O LIVRO
DA IMITAÇÃO E DO
ESQUECIMENTO

Luis S. Krausz

O LIVRO DA IMITAÇÃO E DO ESQUECIMENTO

Benvirá

ISBN 978-85-5717-136-7

DADOS INTERNACIONAIS DE CATALOGAÇÃO NA PUBLICAÇÃO (CIP)
ANGÉLICA ILACQUA CRB-8/7057

SOMOS EDUCAÇÃO | **Benvirá**

Av. das Nações Unidas, 7221, 1º Andar, Setor B
Pinheiros – São Paulo – SP – CEP: 05425-902

SAC 0800-0117875
De 2ª a 6ª, das 8h às 18h
www.editorasaraiva.com.br/contato

Krausz, Luis S.
  O livro da imitação e do esquecimento / Luis S. Krausz. - São Paulo : Benvirá, 2017.
  328 p.

  ISBN 978-85-5717-136-7

  1. Literatura brasileira I. Título

17-0917
CDD-B869
CDU-82(81)

Índices para catálogo sistemático:
1. Literatura brasileira

Copyright © Luis Sérgio Krausz, 2017

Presidente	Eduardo Mufarej
Vice-presidente	Claudio Lensing
Diretora editorial	Flávia Alves Bravin
Editoras	Débora Guterman
	Paula Carvalho
	Tatiana Vieira Allegro
Produtoras editoriais	Deborah Mattos
	Rosana Peroni Fazolari
Suporte editorial	Juliana Bojczuk
Preparação	Luiza Thebas
Revisão	Vivian Miwa Matsushita
Diagramação	Bianca Galante
Capa	Deborah Mattos
Imagem de capa	Shutterstock/Alf Ribeiro
Impressão e acabamento	Gráfica Paym

Todos os direitos reservados à Benvirá,
um selo da Saraiva Educação.
www.benvira.com.br

1ª edição, 2017

Nenhuma parte desta publicação poderá ser reproduzida por qualquer meio ou forma sem a prévia autorização da Saraiva Educação. A violação dos direitos autorais é crime estabelecido na lei nº 9.610/98 e punido pelo artigo 184 do Código Penal.

CL 670578 CAE 621844 EDITAR 15941

"E por que uns merecem filhos e genros eruditos, e outros não?"
– S.Y. Agnon, *Hóspede por uma noite*

I

"Pleeecck", o estalo da pele já um pouco flácida da palma da mão já um pouco descarnada do Prof. Braunfels reverbera pelos azulejos ainda frios do banheiro do seu apartamento, depois de mais um golpe na parede. É a vigésima primeira palmada que ele desfere, com cuidado, com astúcia, sem nenhum movimento desnecessário. O mais importante é não se deixar tomar pela raiva, manter a leveza e a mão relaxada, como se sua palma fosse um anzol e o braço, a vara de pesca que o arremessava. Desta vez, ele acerta o alvo, e uma mancha de sangue escuro, já meio coagulado, surge na superfície azul-lavanda do azulejo no instante em que ele recolhe a palma da mão, como o pescador que puxa a vara com agilidade e assim fisga o peixe, e então começa a girar e a girar a carretilha, e logo os reflexos prateados do peixe que se debate se erguem da superfície da água e começam a subir pelo céu, e os raios de sol reproduzem, nas escamas do peixe, em miniatura, toda a maravilha do sol e do mar num dia claro.

A mancha de sangue meio coagulado tem a cor de um vinho encorpado, doce e espesso que compõe muito bem com o azul-lavanda. Mas, depois de concluído o serviço, será preciso limpar aquelas onze manchas de mosquitos estufados de sangue e esmagados. Vinte e uma palmadas. Onze mosquitos estourados. Nada mal. A cada vitória, o Prof. Braunfels olha com satisfação para os restos do inseto esborrachado. Aquilo lhe provoca uma satisfação visceral, uma satisfação que é como um fogo que arde momentaneamente na sua barriga e que de lá sobe, pelo esôfago, como a fumaça que sobe por uma chaminé. Tendo alcançado o topo, a fumaça se dissipa pela atmosfera, mas um calor vaporoso infla suas faces, ainda meio deformadas pela noite maldormida, como o bafo de ar quente que infla um balão meio murcho.

As manchas de sangue também se alastram pela sua mão a cada vez que ele golpeia a parede. Agora sua mão já começa a se parecer com a mão de um açougueiro, porque os restos de sangue já são visíveis, entre os dedos, junto ao dorso da mão.

A sombra de um sorriso aparece sobre seus lábios enquanto ele mira o próximo alvo: um mosquito estacionado no canto da parede, acima da porta, quase no fio de gesso que percorre o topo da parede e faz a junção com o teto. Para alcançá-lo, será preciso apanhar um banquinho na sala – aquele banquinho estofado, com pés de madeira, no qual ele apoia os pés durante as horas de leitura. Talvez seja melhor recorrer aos fósforos, pois é praticamente impossível atingir o mosquito naquela posição. Aproximar-se dele com o palito de fósforo aceso. Com precisão e delicadeza, queimar suas asas. O inseto, então, despencará no chão. Ficará se retorcendo por algum tempo. Depois, será recolhido do piso de ladrilhos azuis pelo pano de chão molhado, quando Magdalena vier lavar o chão do banheiro. Não é má ideia. Ele passa, primeiro, pela cozinha, para apanhar os fósforos. Depois, pela sala, para apanhar o banquinho. Já são dez para as sete.

Nunca se viu, em São Paulo, uma praga de mosquitos igual àquela. Talvez fosse melhor desistir dos métodos artesanais e, de uma vez por todas, comprar um tubo de inseticida em aerossol, recurso ao qual ele resistiu, sempre, desde a sua chegada ao Brasil, por medo de se envenenar. Mas, afinal, que importância tem aquilo, o que são uns jatos de inseticida a mais ou a menos em meio à nuvem negra que é cultivada dia após dia, há décadas e décadas, e o que é a praga dos mosquitos comparada à praga dos automóveis que infestam cada canto das ruas? Esmagar os insetos ou tostar suas asas, de manhã e à noite, é trabalhoso, mas lhe proporciona certa satisfação. Porém, recolher uma ou duas dezenas de insetos, mortos instantaneamente pelo inseticida, do chão do banheiro – *das wäre auch nicht ohne*, isso também teria seu encanto.

Faz dezenove anos que o Prof. Braunfels está em São Paulo. Nunca foi vista uma praga de mosquitos como aquela. O calor fora de época, no fim de junho, que se estende por mais de uma semana, depois de uns dias de chuva fraca, fez eclodir as larvas. Eles penetram até mesmo pela fresta embaixo da porta do apartamento no segundo andar e circulam pelas escadas como se fossem eles, e não as pessoas, os moradores legítimos do prédio. Mais uma usurpação que se soma aos impostos abusivos, em troca dos quais nada se obtém, aos furtos, aos assaltos, ao tormento dos serviços públicos de má qualidade, à enxurrada da propaganda.

Às cinco para as sete, o Prof. Braunfels dá por encerrado o serviço e lava as mãos. Os mosquitos mortos ficam presos aos azulejos, em meio ao sangue coagulado, esmagados. Assim, depois, ele poderá avaliar melhor o trabalho de Magdalena. Quinta-feira é dia de lavar o banheiro. Restam vivos pelo menos oito mosquitos bem gordos nas paredes. Nunca foi vista uma praga de mosquitos como aquela em São Paulo.

As velas de citronela, que arderam a noite inteira nos dois criados-mudos, um de cada lado da cama, pouco ajudaram, mas são a expressão de uma disposição de espírito e de uma visão de mundo românticas, que o têm acompanhado desde o princípio do seu projeto de mudar-se para o distante *Brasilien*, um país onde as forças colossais da natureza primeva ainda podem ser sentidas em toda a sua intensidade, um país rico em milhares de tipos de ervas desconhecidas na Europa, cada uma delas com poderes maravilhosos, que aguardam pelo dia em que alguém os descobrirá. Um país onde a pureza intacta dos elementos ainda pode ser encontrada, ao contrário do que se passa na cansada Europa.

De uma viagem à Serra da Mantiqueira, a sua primeira, poucas semanas depois de sua chegada a São Paulo, o Prof. Braunfels escreveu à sua mãe, que era médica homeopata e vivia em Konstanz, junto à fronteira suíça, dizendo que ali encontrara, numa caminhada, verdadeiras colônias de *Sophronitella violacea*, uma subespécie de *Sophronitis* que tinha sido catalogada por F. C. Hoehne em sua obra magistral, *Iconografia de Orchidaceas do Brasil*, de 1949, uma planta cujas propriedades ocupavam os estudos de sua mãe havia quase uma década, e cujos princípios ativos, ao que parecia, a tornavam recomendável para a criação de um novo remédio homeopático, que poderia ser recomendável no tratamento de uma tendência que, cada vez mais, e por motivos que não era possível compreender, alcançava as proporções de uma epidemia mundial, cujas consequências ainda não se deixavam antever.

Segundo a Dra. Inge Braunfels, que, animada pelas notícias enviadas pelo filho em seguida à viagem à Serra da Mantiqueira, em breve pretendia visitá-lo no Brasil, para dar continuidade, *in loco*, por algumas semanas, às suas pesquisas, a flor da *Sophronitella violacea* expressava as virtudes daquela orquídea, que estariam implícitas em seu nome, de maneira a fazer valer o provérbio latino, segundo o qual *nomen est omen*. A virtude em questão é a *sophrosyne*, para a qual apontava o nome de uma planta cuja graça e cujo encanto residem em suas proporções modestas, em sua aceitação do destino modesto que lhe cabe na infinidade da natureza. A *Sophronitella violacea* é uma orquídea pequena com uma flor pequena, cuja existência parece ser a materialização mesmo da virtude grega da *sophrosyne*, cujo significado é a temperança, o nunca deixar-se levar pelos ímpetos, a moderação e a prudência, que devem ser buscadas por todos aqueles que encontram na justa medida das coisas o contentamento.

Segundo a Dra. Inge Braunfels, um país tão generosamente dotado pela natureza quanto o Brasil, ao descobrir o verdadeiro significado e o valor autêntico dessa virtude, que no mais das vezes é ensinada pelos tempos de escassez e de carestia, poderia inaugurar uma nova era de felicidade para seus habitantes, desde que eles não só estivessem preparados por uma educação correta, mas também fossem tratados pelos antídotos apropriados, capazes de neutralizar os efeitos de toda a maquinaria de propaganda que atiçava, sempre de novas maneiras, a cobiça dos cidadãos.

Ao olhar para as manchas de sangue em sua mão, o Prof. Braunfels se lembra das representações do inferno reunidas na sala de pintura religiosa da Idade Média da Gemäldegalerie de Berlim, que tinha visitado umas semanas antes.

II

Àquela hora, a Marginal do Rio Pinheiros já está tomada por mais um dos congestionamentos que, dia sobre dia, semana sobre semana, se repetem com a mesma certeza do movimento dos astros, como se fossem, eles também, a expressão de uma necessidade cósmica. Pode-se sentir no ar o frêmito de milhares e milhares de motores vibrando, ainda que a Marginal e o rio estejam a algumas centenas de metros de distância do apartamento modesto do Prof. Braunfels, na Rua Manduri, no Jardim Paulistano. Ele passa, então, para a cozinha. Sobre a parede de azulejos brancos, vê ainda alguns mosquitos. Mas já não lhes dá atenção.

O vento noroeste sopra com força desde o amanhecer e as vidraças da fachada do prédio, com suas molduras de alumínio, vibram, golpeadas pelo vento. Logo ao se levantar, o Prof. Braunfels as fechou para tentar impedir que a poeira que a semana inteira de calor abafado tinha depositado como um poupador consciencioso na superfície das ruas e das calçadas, e que agora a ventania dispersa pelo ar, com um ímpeto perdulário irresistível, penetrasse no apartamento. E grãos inteiros de uma espécie de areia fina golpeiam a vidraça, impelidos pelo vento, e produzem um chiado macio, um baixo contínuo que se soma às flautas das frestas da vidraça, das quais o vento noroeste, como sempre, tira uma melodia de cortar o coração: a música que anuncia a mudança do tempo e a possibilidade de chuva.

Com o vento noroeste, os aviões, no aeroporto de Congonhas, decolam e aterrissam, aterrissam e decolam em sentido oposto ao habitual, de tal maneira que, em lugar dos jatos que normalmente sobrevoam a Rua Manduri, a cada minuto e meio ou a cada dois minutos, e que deixam um rastro sonoro que, atravessando os tapa-ouvidos que o Prof. Braunfels enfia em suas orelhas nas manhãs nas quais pretendia dormir até um pouco mais tarde, parece o ruído do mar, faz-se, no céu, um silêncio solene, uma espécie de reverência ritual à passagem do vento noroeste, que triunfa, majestoso, soberano, absoluto. Os hinos dos cantos mal vedados da vidraça são seus únicos cânticos de louvor.

Virá a chuva? O Prof. Braunfels aproxima-se da janela da sala, que dá para a parte da frente do prédio, debruçando-se sobre a Rua Manduri. O cortejo de automóveis já começa a engrossar com a horda que converge da Avenida Faria Lima, em busca de um atalho para a Marginal do Rio Pinheiros, e em busca de vagas de estacionamento, enchendo o ar da manhã com seu estrépito. Logo mais começarão as buzinas. A pureza virginal do novo dia, desde cedo manchada pelo vento e pela poeira, já desapareceu completamente, exilada do seu território, do qual sobram só alguns resquícios na praça, logo adiante, e num ou noutro canto dos jardins comezinhos que há por ali, diante das casas, refugiando-se sabe-se lá onde, no lugar misterioso onde canta *die Nachtigall*, o rouxinol, ou lá onde a *Sophronitella violacea* floresce e, na discrição de sua modéstia, repete, ano após ano, seu evangelho silencioso.

O céu cinza-claro pode anunciar um dia inteiro de vento seco e pode também anunciar a chegada das tão esperadas nuvens de chuva. Às sete horas, o Prof. Braunfels liga o rádio para ouvir as primeiras notícias do dia, põe a chaleira no fogo, apanha a latinha de chá Twinings, Ceylon Orange Pekoe, que trouxe da última viagem a Berlim, tendo-a comprado com vinte por cento de desconto na galeria Kaufhof da Alexanderplatz, e o bule de porcelana, e uma xícara e um pires, e senta-se, tão logo a água ferve, à mesa da cozinha. Uma xícara de chá ou duas xícaras de chá preto já o ajudarão a aliviar um certo peso que ele sente no estômago desde que se levantou. O jantar, na véspera, na Cantina Orvieto, terminou tarde, e os vapores do vinho tinto e da lasanha, condimentada demais, gordurosa demais, sobem do seu estômago. Assim é: a cada fim de semestre, ele sai com um grupo de colegas para jantar na Cantina Orvieto e, na manhã seguinte, sente um certo enjoo, que vai clareando devagar, enquanto ele toma o chá. Os colegas falam mal de outros, ausentes, e aquilo lhe faz mal à digestão. O ambiente na Rua Martinho Prado, no entorno da Praça Roosevelt, já tinha se transformado bastante nos dezenove anos desde sua chegada ao Brasil, quando começou a frequentar aqueles jantares de fim de semestre com os colegas da universidade. As mudanças não foram para melhor porque o entorno do restaurante, frequentado por prostitutas e pelos participantes dos florescentes comércios sexuais de todos os tipos, que envolvem desde adolescentes até homens grisalhos, agora vaza também para o interior antes predominantemente familiar da cantina.

Antes do fim do próximo semestre, ele proporá uma mudança de endereço, ideia que mantém cozinhando em água fria há anos, como é o costume da terra, mas à qual não se decide a dar voz porque teme que sua reputação seja manchada pela pecha de preconceituoso por este dentre os seus colegas ou por aquele dentre os seus colegas, com os quais não quer se indispor, de maneira nenhuma.

E assim ele também incorpora ao seu caráter aquele costume que antes lhe parecia insuportável: cozinhar em água fria. Dizer não a alguma coisa não corresponde ao que é considerado de bom-tom na vida social. Ainda assim, sem apresentar muitas justificativas, antes do fim do próximo semestre ele sugerirá aos colegas que, finalmente, escolham outro restaurante, em algum bairro menos distante. Distante de onde? A distância poderia ser uma boa desculpa porque, a cada ano que passa, o trânsito de São Paulo fica pior, e é como se a distância da Rua Manduri até a Rua Martinho Prado aumentasse cada vez mais. Encontrar uma boa desculpa é sempre muito importante. Mas há colegas que moram na região da Cantina Orvieto ou perto dali: em Santa Cecília, por exemplo. Na Rua Visconde de Ouro Preto, por exemplo.

O Prof. Braunfels evita, na medida do possível, os bairros centrais da cidade. O acúmulo de edifícios altos e a grande aglomeração lhe parecem perturbadores e, além disso, insalubres. Ele tenta manter-se às margens, tanto quanto lhe é possível, do frenesi da cidade, e tenta limitar seus movimentos ao espaço delimitado pela região do Jardim Paulistano – um pequeno oásis de verde e de silêncio encravado entre a Marginal do Rio Pinheiros, a Avenida Brasil, a Alameda Gabriel Monteiro da Silva e a Avenida Rebouças – e o *campus* da Universidade de São Paulo, para onde ele sempre se dirige de ônibus, deixando o automóvel em casa, num gesto de civilidade que é visto por alguns de seus colegas, sempre prontos a atacar os outros por qualquer motivo ou sem nenhum motivo, como revelador da sua avareza.

Assim, o Prof. Braunfels criou para si mesmo, no interior da cidade de São Paulo, outra cidade, uma cidade imaginária e ao mesmo tempo uma cidade concreta. A materialização de uma ilusão, como o próprio processo civilizatório do qual ele participa ou imagina participar por meio de sua atividade como docente.

Em meio àquele território consagrado, nos limites do seu círculo de giz encantado, o Prof. Braunfels construiu sua modesta fortaleza interior. Agora, a poeira e os detritos que são lançados pelo vento noroeste contra a vidraça ameaçam sua fortaleza. Agora, as notícias transmitidas pelo rádio ameaçam sua paz de espírito. Às sete e meia, religiosamente, ele começa o trabalho. Enche mais uma xícara de chá. Aos poucos, os vapores adormecidos do jantar da véspera se erguem do seu estômago e se dissipam. Seus olhos ardem. O mal-estar se dissolve pouco a pouco. *Peu à peu*, como dizem hoje os berlinenses, imitando, sabe-se lá por que, os franceses. Se não fosse pelo vento noroeste, ele sairia para uma caminhada pelo bairro. Depois, um banho frio. Tudo estaria melhor. Considerou voltar para a cama por mais meia hora. Os livros estão empilhados na grande escrivaninha que ocupa inteiramente uma das paredes do quarto da direita, que lhe serve como escritório. Os livros foram sido trazidos da Alemanha em sua última viagem e, desde a sua volta, aguardam ali pelo fim do semestre. O semestre acaba de terminar. O semestre tendo chegado ao fim, o Prof. Braunfels tem agora diante de si um mês inteiro para se dedicar à sua pesquisa. O fichário alfabético, cheio de fichas em branco, o aguarda. A caneta tinteiro, a lapiseira e o vidro de tinta o aguardam. O tempo, porém, não o aguarda. O relógio de cozinha já marca sete horas e sete minutos e continua estalando, implacável, e continuava a devorar, aos poucos, com seus estalos, todas as substâncias preciosas da manhã. O rádio despeja notícias no ar da cozinha, que cheira a chá. O Prof. Braunfels não lhe dá atenção. Ele se levanta para ir ao banheiro e, às sete e meia, já vestido e barbeado, senta-se à escrivaninha. Magdalena, já tendo chegado, faz o que há a fazer no apartamento. O que há a fazer no apartamento é muito e não é muito. Não é muito porque o Prof. Braunfels é um homem que gosta da ordem e, amando a ordem, faz de tudo para conservá-la.

Se a ordem não impera na cidade, tampouco ela está totalmente ausente do Jardim Paulistano, o bairro que ele escolheu para morar. E, se não impera no bairro, pelo menos o espaço limitado pelas quatro paredes do seu apartamento é sempre conservado em ordem. E o que há a fazer no apartamento é muito porque, não obstante os esforços do Prof.

Braunfels, a poeira da cidade se assenta em todos os cantos do apartamento e parece ter uma predileção especial pelos seus livros. Mesmo o que parece estar limpo nem sempre está limpo. Além disso, a roupa suja se acumula, semana após semana, e, além disso, um dia, inexplicavelmente, a geladeira amanhece suja. Magdalena varre e limpa, esfrega e lava, enxuga e aspira, tira e põe. Durante o semestre, ele mal a vê porque, enquanto ela está no apartamento, ele está na universidade. Agora, sentado diante da sua escrivaninha com a porta fechada, ele tampouco a vê. Mas o zumbido do aspirador de pó soma-se ao zumbido do vento noroeste nas frestas da vidraça e, enquanto ele observa as capas reluzentes e sedutoras dos livros empilhados à sua esquerda, na escrivaninha, os olhos da sua alma seguem os passos de Magdalena, que percorre o apartamento com o aspirador de pó.

O corpo do Prof. Braunfels está no seu escritório e o espírito do Prof. Braunfels vaga, como um fantasma, pelos cantos do seu apartamento. E nos cantos do apartamento ele encontra objetos de todos os tipos, que o lembram deste lugar e daquele lugar, deste tempo e também daquele tempo. Enquanto o Prof. Braunfels persegue as memórias de um outro tempo e de um outro lugar, das quais estão impregnadas aquelas coisas que ele avista em seu espírito, as capas reluzentes dos livros empilhados em sua escrivaninha chamam a atenção dos olhos do seu corpo e ele fixa nelas seu olhar, em busca do fio que irá conduzir a manhã de trabalho, em modo lírico. Enquanto isso, ele continua a sorver, em goles pequenos, o chá fraco e já morno.

Magdalena persegue os grãos de poeira e as manchas no piso da cozinha e os mosquitos esmagados nas paredes do banheiro e os cabelos que se grudaram no travesseiro. O Prof. Braunfels trabalha em sua pesquisa. O tema da sua pesquisa é: a vida cotidiana dos escravos na Palestina sob domínio romano.

Este é um tema que o Prof. Braunfels escolheu há algum tempo, quando se propôs a apresentar uma comunicação no Congresso Internacional de História e Arqueologia da Antiguidade Clássica em Roma. Desde então, já se passaram mais de dois anos, e ele se aprofunda cada vez mais no tema.

Ultimamente, ele está decidido a escrever um livro sobre esse assunto, ignorado pelos historiadores da Antiguidade.

Isso porque a história é escrita pelos senhores e não é escrita pelos escravos.

E é escrita para os senhores, e não para os escravos.

III

Na verdade, alguns dos livros que ele se prepara para examinar, como a obra clássica do Prof. Manfred Herbst sobre os costumes funerários no Império Bizantino, publicada pela Magnes Press da Universidade Hebraica de Jerusalém em 1956 e ainda hoje considerada uma obra de referência sobre o tema, foram adquiridos num interlúdio de sua última viagem à Alemanha, num parêntesis da viagem, numa espécie de hiato no tempo.

O Prof. Braunfels interrompeu por uma semana sua estadia em Berlim e, em meio a muitos segredos, viajou a Israel. A respeito daquela semana em Israel e a respeito da sua passagem pela Universidade Hebraica de Jerusalém, o Prof. Braunfels não falou com ninguém nem mesmo chegou a incluí-la nos relatórios de viagem que, a cada vez que viaja, é obrigado a entregar a diferentes instâncias administrativas na universidade assim como às instituições de fomento à pesquisa acadêmica.

O Prof. Braunfels encontrou o livro de Manfred Herbst na livraria de livros usados e livros raros Stein, na Rua King George, no centro de Jerusalém. Ele já tinha lido trechos do livro de Manfred Herbst numa outra visita a Jerusalém, anos antes, quando apresentou, num colóquio realizado na Universidade Hebraica de Jerusalém, uma conferência sobre aspectos do trabalho escravo em Heliópolis sob o Império Romano. O colóquio foi num mês de agosto insuportavelmente quente e seco, no qual ele encontrava alívio no interior da biblioteca da universidade, cuja condição do ar era sempre amena, no inverno tanto quanto no verão.

Das janelas da biblioteca da Universidade Hebraica de Jerusalém é possível contemplar diferentes faces de Jerusalém. Nessa biblioteca, anos atrás, o Prof. Braunfels conheceu o livro de Manfred Herbst que, desde então, se transformou, para ele, numa espécie de paradigma. O Prof. Braunfels não conhece outro trabalho acadêmico escrito com igual elegância, com igual clareza, com igual precisão: é um texto erudito, mas é também um texto que agrada o espírito e, além do espírito, as vísceras e talvez até os ossos dos leitores.

Isso foi antes do início do boicote internacional às instituições de ensino superior e de pesquisa israelenses, antes do início desse movimento que, tendo começado na Grã--Bretanha, aos poucos alcança o estatuto de moda mundial. A tal ponto que o Prof. Braunfels, agora, prefere guardar segredo de tudo o que diz respeito àquela semana que passou em Israel, em meio à sua última estadia na Alemanha. Da outra vez, não havia problemas. Da outra vez, o Prof. Braunfels tirou muitas fotografias, inclusive durante uma excursão que, apesar do calor de agosto, fez ao Mar Morto, tendo parado na beira da estrada que leva de Jerusalém ao Mar Morto atravessando o deserto da Judeia para fazer um passeio de camelo. A fotografia do animal, portando uma sela bordada e cujo nome, agora o Prof. Braunfels se lembra, era Fistuk, tinha até sido levada por ele a uma das reuniões do seu departamento, e tinha sido mostrada aos colegas, que aproveitaram para fazer gracejos porque havia dentre os colegas do Prof. Braunfels alguns que achavam que o rosto do Prof. Braunfels se parecia com o rosto de um camelo. Mas este já é outro assunto. Aquela tinha sido outra época. Agora, não convém mais falar na universidade a respeito do tema das viagens a Israel.

Tendo se lembrado daquela outra viagem a Israel, o Prof. Braunfels abre aleatoriamente o livro do Prof. Manfred Herbst que está sobre a sua escrivaninha. Há uma tradição apócrifa segundo a qual um livro sagrado – que pode ser *A Eneida* de Virgílio, como fora para os romanos, ou o Pentateuco, como fora para os israelitas –, quando aberto aleatoriamente, funciona como um oráculo.

Tendo aberto o livro do Prof. Manfred Herbst, o Prof. Braunfels fecha os olhos e caminha com a ponta do dedo pela superfície do papel. É um papel grosso, áspero e muito poroso, semelhante ao papel que se usava para imprimir livros na antiga República Democrática Alemã, conhecida também como Alemanha Oriental. A sensação que esse papel provoca ainda hoje lhe desperta um arrepio de medo na coluna. O Prof. Braunfels então abre os olhos e passa a ler o livro a partir do lugar onde seu dedo parou: "Em Bizâncio a morte não era um acontecimento súbito, mas, antes, um processo complexo, que se desenrolava lentamente. O início desse processo era a separação entre a alma e o corpo, e sua culminação era a partida da alma do mundo dos vivos. Os rituais concernentes à preparação do morto para o funeral eram acompanhados por um coro de lamentações. Assim que o morto devolvia ao ar o seu último sopro, tinham início os rituais fúnebres: as mulheres da casa alertavam os vizinhos por meio de gritos e de cantilenas de lamento improvisadas, intercaladas com choro e com gemidos. Esse tipo de lamento ainda era comum na Grécia, na Turquia e nos Bálcãs no início do século XX".

Se o vizinho de porta do Prof. Braunfels, o Sr. Gomes, um homem grisalho, alto, de olhos sempre avermelhados, que trabalha na advocacia da Cúria Metropolitana de São Paulo, morresse hoje, talvez só dentro de alguns dias, quando o fedor do seu cadáver apodrecendo começasse a ser sentido no corredor do prédio e alguém finalmente resolvesse chamar um chaveiro para abrir a porta do seu apartamento, ele ficaria sabendo do acontecido.

Para não falar dos vizinhos da Rua Manduri, que moram nas casas vizinhas, cujos jardins mesquinhos ele avista das janelas do seu apartamento.

O Prof. Braunfels não sabe nada sobre seus vizinhos.

IV

O livro de Manfred Herbst foi escrito na Palestina britânica durante a década de 1940. Foi escrito num tempo em que o caos e as trevas se derramaram como a lava preta sobre a Alemanha. Enquanto Manfred Herbst se dedicava às suas pesquisas, seus parentes e seus colegas e seus amigos que tinham permanecido na Alemanha eram, gradativamente, desalojados de suas posições.

As notícias da Alemanha que chegavam à Palestina britânica eram inquietantes, mas não impediram que o Prof. Manfred Herbst escrevesse aquele trabalho magistral, que ainda levaria mais de uma década para ser publicado, e que permanecia como um clássico dos estudos sobre a Antiguidade e, em especial, sobre o Império Bizantino. Aos olhos do Prof. Braunfels, guardadas as diferenças, o livro de Manfred Herbst tem uma estatura comparável à de *Declínio e queda do Império Romano*, de Edward Gibbon. As diferenças a serem apontadas sendo muitas, ainda assim o livro de Manfred Herbst e o livro de Edward Gibbon têm, para Manfred Braunfels, um estatuto semelhante.

O nome civil do Prof. Braunfels, como se vê, é Manfred, o mesmo nome civil de Manfred Herbst, mas a admiração do Prof. Braunfels pelo livro de Manfred Herbst não tem nenhuma ligação com o fato de que eles, sendo dois, compartilham de um único nome civil. Deve-se, sim, ao fato de que o livro de Manfred Herbst se tornou uma obra clássica e ao fato de que o livro de Manfred Herbst se tornou um texto canônico.

No mundo acadêmico, o conceito de obra clássica e o conceito de obra canônica, seja qual for a área de conhecimento, recua, cada vez mais, para os territórios da História Acadêmica, uma nova disciplina e um novo campo de pesquisas cujo surgimento, na Faculdade de História, o Prof. Braunfels acompanha com estranheza às vezes e com desprezo outras vezes.

Ele vê a História Acadêmica como vê uma donzela de reputação duvidosa, tolerada ocasionalmente e com embaraço. O conceito de obra canônica recua, também, para o território da memória dos professores universitários que, como ele, tendo atingido certa idade, aquela idade em que, por exemplo, a pele das mãos começa a se tornar flácida e as mãos começam a se tornar descarnadas, se lembram dos textos que, em suas épocas de estudantes, ocupavam lugares de honra, sobre pedestais, nos santuários de livros cujo conhecimento os transformaria em mestres.

A partir do ponto de vista desses textos canônicos, a vida acadêmica parecia a esses professores que atingiram certa idade uma espécie de sacerdócio em torno de figuras icônicas, parecia uma versão moderna da vida dos sacerdotes e das sacerdotisas que, na Antiguidade, mantinham em funcionamento templos feitos para durar para sempre, que eram a morada dos deuses: lugares consagrados em meio a paisagens maravilhosas, em cujos centros estavam imagens de divindades.

Os textos canônicos recuaram para o âmbito do esquecimento, de onde a História Acadêmica e os lampejos da memória dos acadêmicos mais velhos os recuperam, às vezes, como alguém que sonha com uma casa onde viveu na infância, e que já não existe mais. O espaço vazio deixado por eles é rapidamente ocupado por uma enxurrada de obras que, no mais das vezes, foram escritas às pressas e que se destinam a satisfazer as exigências de um sistema que, tendo surgido nos Estados Unidos, na década de 1960, tornou-se conhecido pelo nome *publish or perish*. Este, desde então, se torna cada vez mais comum no mundo acadêmico internacional, de tal maneira que os conhecimentos adquiridos, o acervo necessário à construção de uma obra de valor, a uma obra destinada a durar no tempo e a se tornar uma referência, se transformam, de maneira cada vez mais clara, numa espécie de fundo de comércio, de nova moeda de troca no trato com as diferentes instâncias de autoridade no mundo acadêmico e num instrumento por meio do qual é possível avançar pelo labirinto de escadarias, a partir das quais se abrem as portas dos diferentes postos hierárquicos, em vez de material a partir do qual seria possível criar uma obra destinada ao futuro, aquilo que Tucídides chamou de *ktema es aei*, uma aquisição para sempre. Como, por exemplo, o livro de Manfred Herbst, que tinha sido escrito, assim como o livro de Tucídides, em tempos de guerra e de ansiedade. O trabalho em obras como estas era também a manifestação de uma vontade que, ao enfrentar o adverso, parecia se tornar ainda mais forte e mais poderosa.

O ruído do aspirador de pó continua, e o vento continua a sibilar nas frestas das molduras de alumínio da janela do escritório do Prof. Braunfels. Ele fecha o livro de Manfred Herbst. O Prof. Braunfels e Manfred Herbst têm o mesmo prenome. Isso é verdade e não é verdade. É verdade porque, se alguém se der ao trabalho de verificar os documentos civis de Manfred Herbst e de Manfred Braunfels, encontrará o mesmo nome: Manfred. Não é verdade porque Manfred Herbst, a ele a paz, recebeu dos seus pais, no dia do seu nascimento, o nome judaico Menachem, que significa "aquele que consola", um nome típico das antigas comunidades judaicas que viviam em guetos na Alemanha e na Europa Central nos séculos anteriores à Emancipação. A partir da Emancipação, nomes como Menachem se tornaram nomes secretos, conhecidos só pelos familiares mais próximos, nomes usados apenas na vida religiosa e nos ritos sinagogais, nomes dos quais, muitas vezes, nem mesmo os próprios donos se lembravam.

Embora não fosse um homem religioso, Manfred Herbst conhecia seu nome judaico secreto, mas não fazia nenhum uso dele porque, à época da sua fuga da Alemanha para a Palestina britânica, em 1935, os nomes típicos da diáspora judaica na Europa, como o nome Menachem, que àquela altura já não eram mais usados pelos judeus da Alemanha, porque eles já tinham abandonado os nomes judaicos em favor dos nomes alemães, como, por exemplo, Manfred, mas que ainda eram comuns entre os judeus da Polônia, por exemplo, não eram bem-vistos pelos judeus que, tendo emigrado para a Palestina britânica, ali se fixaram. Lá passaram a lutar pelo estabelecimento do Estado de Israel, pelo renascimento da língua hebraica, pela transformação da cultura dos judeus e pelo abandono dos nomes, dos costumes, das línguas e das tradições que, tendo sido cultivadas por séculos e séculos pelos judeus da Europa, passaram a ser malvistos pelos judeus estabelecidos na Palestina britânica, tanto os costumes, os nomes, as línguas e as tradições dos judeus dos países da Europa oriental, que ainda falavam ídiche e que davam aos seus filhos nomes como Menachem e os chamavam pelo nome que lhes tinham dado, quanto os costumes, os nomes, as línguas e as tradições dos judeus dos países de fala alemã, que falavam alemão e que, quando seus filhos nasciam, lhes davam nomes como Menachem, mas os chamavam, por exemplo, de Manfred, que era o nome pelo qual Manfred Herbst era conhecido em todos os seus documentos alemães, da *Geburtsurkunde,* a certidão de nascimento, até o *Führungszeugnis,* o atestado de bons antecedentes, que ele foi obrigado a apresentar às autoridades para obter seu passaporte, e até o próprio passaporte, que era válido para sair da Alemanha, mas que não era válido para voltar à Alemanha.

Muitos refugiados da geração de Manfred Herbst, tendo chegado à Palestina britânica, escolheram para si novos nomes, que nem eram os nomes que tinham usado na Alemanha nem eram os nomes judaicos que tinham recebido de seus pais na Alemanha, mas que não eram usados, muito embora ainda fossem usados pelos judeus da Polônia e dos outros países do leste da Europa, como Menachem.

Escolheram para si nomes hebraicos considerados modernos àquela época: nomes de heróis bíblicos que tinham sido esquecidos pelos judeus de toda a Europa durante os séculos e séculos das suas dispersões pela Europa de língua alemã e pela Europa oriental, e que agora eram retomados por aqueles que, tendo deixado a Europa para trás, inventavam para si novos nomes, como Nir, Uri, Agam, Gilead, Almog, Eran e outros nomes cheios de sons que, para os judeus da Europa, tanto os de fala alemã quanto os de fala ídiche, eram tão desconhecidos quanto as paisagens saturadas de luz e de sol, o clima tórrido, a secura e a poeira do deserto que encontraram ao desembarcar dos navios de imigrantes nos portos da Palestina britânica.

Não querendo acrescentar aos seus dois nomes um terceiro nome, Manfred Herbst registrou-se, junto às autoridades britânicas, como Manfred Herbst. Mais tarde, em 1948, quando foi decretada a independência do Estado de Israel, registrou-se junto às autoridades israelenses como Manfred Herbst, que foi considerado um nome impronunciável.

O pai de Manfred Herbst, tendo sido soldado alemão durante a Primeira Guerra Mundial, serviu nas chamadas *Luftstreitkräfte*, que eram a Força Aérea do Exército Imperial Alemão. O piloto de caça Manfred Albrecht Freiherr von Richthofen, também conhecido como o Barão Vermelho, um herói nacional da Alemanha nascido em Breslau como o próprio pai de Manfred Herbst – hoje Breslau é uma cidade polonesa conhecida como Wroclaw –, foi abatido em seu avião de caça, depois de conquistar fama entre os alemães tanto quanto entre seus inimigos, perto de Amiens, em 21 de abril de 1918.

Manfred Herbst nasceu exatamente um ano depois da morte do piloto Manfred Albrecht Freiherr von Richthofen e, para perpetuar a memória do herói de guerra alemão, responsável por mais de oitenta missões bem-sucedidas antes da sua morte, e também para dar ao seu filho uma faísca do espírito guerreiro do Barão Vermelho, o pai de Manfred Herbst deu a seu filho o nome civil Manfred.

Tendo morrido em 1999, Manfred Herbst foi sepultado no cemitério de Givat Shaul, em Jerusalém. Sobre a lápide do seu túmulo está gravado, em letras latinas, o nome Manfred Herbst e, em letras hebraicas, o nome Menachem ben Mendel, que era seu nome hebraico, pelo qual ele era conhecido na esfera religiosa da qual, no entanto, ele não participava. Manfred Herbst estando morto, seu livro permanecia aberto na escrivaninha do Prof. Braunfels.

A memória do piloto Manfred Albrecht Freiherr von Richthofen estava no nome de Manfred Herbst e a memória de Manfred Herbst estava no seu livro sobre os costumes funerários no Império Bizantino.

Quando os feitos de um homem são maiores do que o próprio homem, eles sobrevivem à sua morte.

V

A disciplina da História Acadêmica investiga os textos acadêmicos escritos em décadas passadas, sob a pressão de diferentes órgãos de fomento e de fiscalização da produção acadêmica, em busca de trabalhos cujo valor seja maior do que o propósito para o qual foram elaborados. Enquanto os estudiosos da História Acadêmica se empenham em divulgar os resultados das suas pesquisas em revistas científicas internacionais, a enxurrada incessante de artigos e de livros amplia, *ad infinitum*, os horizontes dessa nova disciplina. Os estudos de História Acadêmica que se propõem a mapear a produção em determinada área e num determinado momento – por exemplo, os estudos de ciência política feitos nos Estados Unidos durante a década de 1970 que têm como tema a China e o maoismo – já passam a ser recebidos pelos resenhistas das publicações científicas como clássicos.

Na última edição da revista *American History*, por exemplo, da qual um exemplar se encontra na escrivaninha do Prof. Braunfels, há uma resenha sobre um livro assim, que destaca a capacidade do autor de capturar o *Zeitgeist* que impregnava os estudiosos norte-americanos da era Nixon & Kissinger que tratavam do tema da China, balizando suas análises e estabelecendo como critérios objetivos os desdobramentos e as influências da ideologia hegemônica sobre o universo acadêmico norte-americano daquele momento, marcado pelas realidades da Guerra Fria. O livro foi considerado, também, audacioso pelo resenhista, o que, evidentemente, é um elogio. São estudos como esse texto acadêmico a respeito de textos acadêmicos que se firmam, cada vez mais, como potenciais candidatos ao estatuto de clássicos do futuro.

O Prof. Braunfels volta a abrir, de forma aleatória, uma das páginas do livro de Manfred Herbst. Volta a acariciar a página com a ponta do seu dedo e volta a sentir a aspereza e a porosidade do papel, que o lembra do papel com o qual eram feitos os livros na antiga República Democrática Alemã.

Sendo a Israel na década de 1950 um estado pobre, com um governo de tendência socialista, seus governantes se miravam em paradigmas soviéticos. Sendo os paradigmas soviéticos importantes para o governo, os responsáveis pelas editoras acadêmicas acompanhavam de perto o trabalho que era feito pelos seus pares em países como a Tchecoslováquia, a Hungria e a Iugoslávia. Não há, no livro de Manfred Herbst, nenhuma informação sobre a origem daquele papel, mas aquela textura grosseira e absorvente está indissociavelmente ligada, na memória do Prof. Braunfels, àquela outra Europa, terrível e desconhecida, àquele lado de lá que começava do lado de lá da Cortina de Ferro e que hoje continua igualmente separada do mundo civilizado por um fio invisível.

Em sua última viagem a Berlim, logo ao sair do terminal de passageiros do aeroporto de Tegel, o Prof. Braunfels avistou um micro-ônibus branco, com placas polonesas, que fazia a linha Berlim-Szczecin. Szczecin é como os poloneses chamam a antiga cidade prussiana de Stettin, que em 1945 caiu em suas mãos, assim como Danzig, que passou a se chamar Gdansk, Posen, que passou a se chamar Poznan, para não falar de Breslau, que passou a se chamar Wroclaw, que é a cidade onde nasceram o Barão Vermelho e o pai de Manfred Herbst. A viagem em micro-ônibus de Berlim a Stettin demora pouco mais de uma hora.

Talvez ele devesse interromper sua pesquisa sobre a vida cotidiana dos escravos na Palestina sob domínio romano para escrever um artigo sobre o livro de Manfred Herbst?

Ainda naquela semana, ele recebeu por *e-mail* um *call for papers* de uma revista norte-americana de História Acadêmica. A quanto ele saiba, ninguém escreveu um artigo sobre a gênese e a posteridade da obra de Manfred Herbst. Interessante para esse tema seria, por exemplo, saber a origem do papel utilizado na impressão da obra de Manfred Herbst a respeito dos costumes funerários no Império Bizantino. Talvez nos arquivos da Magnes Press, na Universidade Hebraica de Jerusalém, seja possível obter informações a esse respeito, Trata-se, sem dúvida, de papel fabricado em algum país da Europa Oriental.

Manfred Herbst certamente não ficou satisfeito com aquele papel, mas certamente ficou satisfeito com a publicação de seu trabalho e certamente ficaria satisfeito, também, se soubesse que, passados mais de dez anos da sua morte, num país da distante América do Sul, o Prof. Braunfels devota muitas horas de seus dias de trabalho ao estudo do seu livro sobre os costumes funerários no Império Bizantino e às vezes até considera escrever um artigo sobre esse livro.

Há certos tipos de exigência que não se podia fazer em Israel, na década de 1950. Mas os livros acadêmicos que eram publicados na Inglaterra e os livros acadêmicos que eram publicados nos Estados Unidos, entre capas duras forradas de linho, e que eram recebidos como convidados de honra nas bibliotecas dos países periféricos, nunca eram impressos naquele papel de consistência mórbida, que lembra um mata-borrão, e sim em folhas que deslizam nos dedos, em folhas cuja textura ajuda o texto a correr, límpido como a água que jorra de uma fonte na montanha, que foi golpeada pelo casco de um cavalo.

As folhas porosas do livro de Manfred Herbst absorvem a gordura dos dedos de quem as toca e absorvem a umidade do ar de São Paulo no tempo das chuvas. Sobre as manchas de gordura e sobre a umidade, os fungos proliferam. Os fungos deixam no papel manchas de um amarelo alaranjado e manchas cor de ferrugem. Ao observar as manchas, o olhar do leitor se afasta das letras. O olhar tendo se afastado das letras, a mente do leitor se esquece dos costumes funerários no Império Bizantino e passa a ocupar-se com as manchas. Isso não favorece a leitura.

As manchas que o Prof. Braunfels observa na página que foi aberta aleatoriamente têm a mesma cor das manchas que o resto de chá, tendo evaporado, deixa no fundo da xícara. Observando as manchas – tanto as que há na xícara quanto as que há nas páginas do livro de Manfred Herbst –, o Prof. Braunfels se lembra de uma exposição de arte moderna que visitou na semana anterior. Tendo se lembrado da exposição, ele se esquece do livro de Manfred Herbst e se esquece dos seus trabalhos, tanto da pesquisa sobre a vida cotidiana dos escravos na Palestina sob domínio romano quanto do artigo que, há apenas um instante, ele pensou em escrever a respeito do livro de Manfred Herbst.

A mente do Prof. Braunfels está dispersa. Começar o período de recesso acadêmico, que é quando ele pode se dedicar às suas pesquisas, com um jantar acompanhado de vinho na Cantina Orvieto é uma péssima ideia. No próximo semestre, ele vai encontrar alguma maneira de se livrar daquela incumbência. Ele atribui ao vinho e à comida pesada a dificuldade em se concentrar em seu trabalho.

Enquanto isto, na Rua Manduri, o movimento dos automóveis se torna mais intenso. Os automóveis que saem das garagens das casas impedem a passagem dos automóveis que, tendo dobrado à direita na Avenida Faria Lima, seguem em direção à Marginal do Rio Pinheiros. Detidos em suas trajetórias, os motoristas buzinam. Com as buzinas atormentando seus ouvidos, o Prof. Braunfels sente-se expulso da sua casa e expulso da sua escrivaninha. Em vez de pensar no seu trabalho e em vez de pensar na exposição, agora ele pensa que a vida em São Paulo está se tornando impossível.

Quando chegou ao Brasil, ele pensava na *Sophronitella violacea* e agora ele pensa nos congestionamentos, cada vez mais monstruosos. Na sua idade, é cada vez mais difícil recomeçar a vida em outro lugar. Na semana anterior, ele assistiu a um filme cujo protagonista era um acadêmico israelense que vivia em Jerusalém. Para se proteger do barulho da sua casa, do seu prédio, da sua cidade, do seu país, ele usava um par de pesados tapa-ouvidos, como aqueles que são usados pelos que trabalham nas pistas dos aeroportos e por aqueles que trabalham com britadeiras. Tapar os ouvidos era um estratagema antigo. Já tinha sido inventado por Ulisses. Mas o Prof. Braunfels não tem marinheiros à sua disposição. Cabe-lhe remar e cabe-lhe, também, ouvir o canto das sereias. Sua cabeça já parece estar latejando. O vento continua a sibilar nas frestas das vidraças. O aspirador de pó, manobrado por Magdalena, continua a zumbir. E as buzinas continuam a soar, fora.

A todos esses ruídos soma-se, agora, o toque penetrante do telefone, que fica num canto na escrivaninha do Prof. Braunfels. A secretária do Departamento de História Antiga da Faculdade de Filosofia, Letras e Ciências Humanas da Universidade de São Paulo, D. Estelita Figueiredo, avisa que as listas de presença dos alunos das turmas do Prof. Braunfels do primeiro semestre foram novamente entregues por ele sem sua assinatura. O Prof. Braunfels leva a mão à testa. Ele terá que passar pelo departamento para assinar a lista. Ele fecha o livro de Manfred Herbst e vai se preparar para sair.

Primeiro, será preciso fazer a barba.

Depois, trocar de roupa.

Depois, comer alguma coisa.

Depois, andar até a Avenida Eusébio Matoso e apanhar o ônibus Cidade Universitária.

VI

O ponto do ônibus fica na ilha no meio da avenida, debaixo da passarela que sai do Shopping Eldorado. De um dos lados ficam os automóveis presos no congestionamento da pista que sobe em direção ao centro da cidade e do outro lado ficam os automóveis presos no congestionamento da pista que desce em direção à Marginal do Rio Pinheiros. Dos dois lados do ponto de ônibus erguem-se nuvens de fumaça e o ruído de centenas de motores em marcha lenta. E os zumbidos das motocicletas que sobem e descem, e buzinam entre as filas de automóveis parados. Quando chegar o ônibus Cidade Universitária, o Prof. Braunfels já vai estar atordoado. Não faz mal. Quando ele chegar à Cidade Universitária, a caminhada do ponto de ônibus até o prédio da faculdade o acalmará. Há, ao longo da calçada, as tipuanas e os ipês, as amoreiras e as pitangueiras. E os passarinhos.

Na Europa, tão logo chega o fim do outono, os passarinhos vão embora. No Brasil, eles ficam o ano inteiro. Os passarinhos ficam, e o Prof. Braunfels pensa em ir embora. Na sua idade, já é muito difícil começar a vida em outro lugar. Com sua pesquisa sobre os escravos na Palestina sob o domínio romano, o Prof. Braunfels pensa conseguir uma publicação numa editora importante e resenhas em revistas importantes. Uma publicação numa editora importante e resenhas em revistas importantes podem significar passos importantes em sua carreira e podem abrir portas que agora se encontram fechadas. Uma publicação numa editora importante e uma boa resenha numa revista acadêmica importante podem significar um semestre sabático na Alemanha e um semestre sabático na Alemanha pode significar mais um artigo importante, ou mais dois artigos importantes. Ou o início de um novo livro. Um novo livro que, talvez, um dia, será discutido por algum estudioso de História Acadêmica, essa disciplina que o Prof. Braunfels abomina, mas que, como as prostitutas que se enfileiram com suas roupas provocantes ao longo da Avenida Afrânio Peixoto e ao longo da Avenida Cidade Jardim, e naquelas ruas pouco frequentadas que ficam logo ali, do outro lado do rio, como, por exemplo, a Rua Pirajussara, junto ao prédio da Odebrecht, enquanto estalam as línguas e esfregam os seios falsos, feitos de silicone, acena para ele, pisca para ele com seus olhos que parecem feitos de vidro e com os cílios postiços que parecem vassouras lambendo o ar da noite.

Diz-se da região da Rua Pirajussara que é frequentada por travestis. Um travesti parece uma mulher, mas não é uma mulher. Na opinião do Prof. Braunfels, esta nova disciplina, a História Acadêmica, também parece ser o que não é. Ela tenta seduzir o Prof. Braunfels a escrever um artigo sobre o livro de Manfred Herbst. Como uma mulher vulgar, ela sussurra no seu ouvido, dizendo que ele poderia começar o artigo falando sobre o nome de Manfred Herbst, que era uma homenagem póstuma ao piloto alemão Manfred Albrecht Freiherr von Richthofen. Isto não é uma maneira de começar um artigo sério, sendo o nome Richthofen muito conhecido no Brasil por causa de um caso policial escabroso que, anos antes, recebeu muita atenção da imprensa, retruca ele. O nome Manfred evidentemente aponta para o empenho dos judeus da Alemanha, no fim do século XIX e no início do século XX, em adotarem nomes civis que reforçassem suas identidades alemãs e que não os distinguissem dos seus concidadãos, diz ela. O assunto dos judeus da Alemanha e do amor dos judeus da Alemanha pela língua e pela cultura da Alemanha já foi exaustivamente estudado por toda uma geração de acadêmicos, na França e nos Estados Unidos, em Israel e na Alemanha, e não lhe interessa, responde ele.

O nome Herbst significa "outono", e o outono arranca as folhas dos ipês amarelos da Cidade Universitária Armando Salles de Oliveira. O vento noroeste continua a soprar e adiciona sua força à força do outono. Enquanto o ônibus Cidade Universitária desembesta pelas rotatórias da Cidade Universitária, como se quisesse devolver aos seus passageiros as sensações perdidas da infância, por exemplo, a de estar num gira-gira manobrado em alta velocidade, as folhas secas dos ipês se desprendem dos galhos e o vento leva para longe essas folhas secas. A vida e seu próprio esforço levaram o Prof. Braunfels àquele cargo na Universidade de São Paulo. O outono chegou. Enquanto ele se aproxima da Faculdade de História, sua mente se dirige para outros lugares, como se também fosse arrastada pelo vento. O corpo do Prof. Braunfels estando num lugar, sua mente está em outro lugar.

Quando o corpo e a mente estão no mesmo lugar, a isto se chama de felicidade. Quando a mente está num lugar e o corpo está em outro lugar, a mente quer arrastar o corpo e o corpo quer segurar a mente. A História Acadêmica quer arrastar a mente do Prof. Braunfels para longe de seu propósito de trabalhar em sua pesquisa sobre os escravos na Palestina sob domínio romano, assim como as prostitutas da Avenida Afrânio Peixoto, já naquela hora matinal, querem arrastar os corpos dos passantes para seus leitos cheios de doenças venéreas.

Tendo terminado de contornar a rotatória, o ônibus Cidade Universitária para em frente ao prédio de História e Geografia. Tendo descido do ônibus, o Prof. Braunfels se encaminha para dentro do prédio. Enquanto ele passa, saúda, sorrindo, os colegas que por acaso estão ali. O recesso acadêmico tendo começado, os colegas são poucos e dos alunos não se vê ali nenhum.

Um novo dia. Nos grandes espaços abertos e cheios de árvores da Cidade Universitária o vento noroeste agora parece se acalmar um pouco e, ao atravessar o limiar do prédio de História e Geografia, e ao avistar, através da parede de vidro e das plantas de sombra cheias de folhas escuras do jardim interno da faculdade, a biblioteca com suas estantes de livros bem ordenadas, o Prof. Braunfels sente que sua respiração se acalma.

Walter Benjamin, ao escrever sobre a Paris do século XIX como a capital do capitalismo, explica que o cidadão da metrópole, não tendo nunca tempo para se recuperar da sucessão interminável de choques aos quais está exposto ao trombar, a todo instante, com a multidão, e ao se confrontar com uma sucessão ininterrupta de visões e de sons, mirabolantes ou assustadores, acaba criando, para proteger-se, uma carapaça. Essa carapaça o isola do seu ambiente e o torna insensível, como a pele que, debaixo de calos endurecidos, já não consegue mais sentir nada. Para sentir-se viva, uma pessoa assim precisa de estímulos cada vez mais fortes, que, por sua vez, provocam o surgimento de calos cada vez mais duros, cada vez mais espessos.

As passagens da Paris do século XIX, sobre as quais Walter Benjamin escreveu, eram lugares onde as pessoas estavam separadas do seu meio ambiente só pela roupa do seu corpo. Em São Paulo, as pessoas circulam dentro das cápsulas de aço dos seus automóveis e assim se protegem dos choques da metrópole.

O que escreveria Walter Benjamin depois de percorrer, como o Prof. Braunfels, a pé e de ônibus, o trajeto do apartamento da Rua Manduri até o prédio de História e Geografia da Cidade Universitária?

Tendo cumprimentado de longe os colegas que cruzaram seu caminho, o Prof. Braunfels se senta na cafeteria no pátio interno da faculdade, para tomar mais um chá. Ele olha calmamente à sua volta. Sua mente e seu corpo estando no mesmo lugar, o Prof. Braunfels sente-se aliviado. A máquina de café expresso assovia e bufa como uma locomotiva a vapor no interior de uma estação de trens. Digamos, a Gare de Lyon, em Paris. Bufando e assoviando, a máquina de café expresso despacha os que tomam o líquido preto, quente e espesso nas xicrinhas grosseiras para este lugar e para aquele lugar, longe daqui.

Como Goethe e como Manfred Herbst, o Prof. Braunfels despreza o venenoso café. O ritmo frenético da Paris do século XIX e os absurdos das metrópoles modernas nunca teriam sido inventados, segundo o Prof. Braunfels, se não fosse pelo vício cada vez mais difundido de se tomar café. Ele deveria escrever um artigo sobre este tema: o papel do café no surgimento da metrópole moderna. Quando chegou ao Brasil, há dezenove anos, tomava-se, na maior parte dos bares e das cafeterias de São Paulo, o venenoso café de coador, que ficava armazenado em tambores de aço inoxidável, com uma torneira na parte inferior. Agora, em cada bar de esquina há uma locomotiva de café expresso como aquela, de onde jorra um café preto como alcatrão, que é vinte vezes mais venenoso do que o café de coador.

As pessoas se enfileiram diante dos balcões onde as máquinas assoviam e bufam. Depois, desembestam em todas as direções, como nos vagões dos trens expressos, José para o leste e Pedro para o oeste, Uriel para o norte, Ariella para o sul. O vento noroeste se acalma e alguns retalhos de nuvens começam a se espalhar pelo céu, como trapos. O Prof. Braunfels se levanta e se põe a caminho da secretaria do Departamento de História Antiga, onde deve assinar as listas de presença dos seus cursos, que outra vez foram entregues sem sua assinatura. *Jedem das Seine.* A cada qual o que lhe cabe. Isso significa: a cada formulário, sua assinatura.

O Prof. Braunfels parece incapaz de compreender esse princípio fundamental de todas as organizações burocráticas, cujo vigor se expressa em toda a sua amplitude nos sistemas administrativos do mundo universitário. Por causa dessa sua aparente incapacidade, ele vive tropeçando nos próprios passos, como naquela manhã na qual o telefonema da secretária do Departamento de História Antiga, D. Estelita Figueiredo, foi a gota d'água que fez transbordar a xícara da sua concentração e, tendo-o impedido de se dedicar ao seu novo projeto de pesquisa, o levou do seu apartamento até a Cidade Universitária.

Das árvores que ladeiam o pátio de estacionamento dos automóveis, que se estende à frente do pátio interno do edifício, vem o canto de um passarinho. Dos automóveis que vão sendo estacionados no pátio, vem um ruído impertinente. Com o início do recesso acadêmico, os corredores do prédio de História e Geografia se tornaram o território de um espírito estrangeiro. Em vez dos estudantes que, durante o semestre, andam para um lado e para o outro lado, e se aglomeram em volta das suas conversas, ouve-se o som ritmado dos passos do Prof. Braunfels que ecoam pelas paredes frias. As portas das salas de aula estando fechadas, os corredores estão mergulhados em penumbra. O vento balança os cartazes e balança os avisos e os cartazes e os avisos aos poucos se descolam das paredes às quais foram afixados semanas antes.

Os protestos, anúncios, convocações e manifestações são como as folhas das árvores que o vento do outono arranca. Mal tendo acabado, o semestre começa a se transformar em pó e antes que o novo semestre comece, seus rastros já terão desaparecido completamente. Na Faculdade de História, ninguém se preocupa em fazer a crônica dos acontecimentos importantes e dos acontecimentos desimportantes que se sucederam ao longo daqueles meses. Um estudioso de História Acadêmica que desejasse, por exemplo, compreender o que se passou na faculdade durante o semestre que termina, teria que recorrer aos relatórios oficiais e às atas das reuniões dos diferentes departamentos.

A memória dos acontecimentos recentes não interessa a ninguém. Um dia, tendo se tornado suficientemente antiga, ela estará envolta pela aura sagrada que envolve tudo o que foi perdido para sempre. Como os manuscritos de obras perdidas, dos quais só se tem notícia por meio de comentários e por meio de referências indiretas.

Enquanto anda pelo corredor deserto e enquanto o ruído dos seus passos ecoa pelas paredes frias e interfere com o ruído que o vento faz ao balançar os cartazes soltos, o Prof. Braunfels se lembra da história trágica dos manuscritos perdidos de Manfred Herbst.

VII

Em 1952, um incêndio destruiu o apartamento de Manfred Herbst no bairro hierosolimita de Rehavia. Os prédios de Rehavia foram projetados por arquitetos alemães refugiados e formados segundo os princípios austeros da Bauhaus. Os arquitetos alemães formados segundo os princípios da Bauhaus repudiavam todos os tipos de excessos e toda ornamentação e buscavam na pureza das formas e na submissão das formas às suas funções uma arquitetura que ajudasse o ser humano a se libertar das ilusões, assim contribuindo para a criação de uma sociedade mais decorosa, mais equilibrada e, portanto, mais justa. Os prédios de Rehavia têm dois andares e três andares. No máximo, têm quatro andares. São separados uns dos outros por áreas ajardinadas, onde foram plantadas árvores, que cresceram e criaram sombra e umidade naquelas colinas que antes eram desertas.

O apartamento de Manfred Herbst ficava no andar térreo de um prédio de quatro andares, na Rua Arlozorov. Entre o prédio de Manfred Herbst e o prédio vizinho havia casuarinas antigas. As casuarinas antigas, ao perderem seus galhos, não criam galhos novos e assim, em algumas décadas, se tornam como as anciãs do mundo vegetal. Uma casuarina antiga é como uma ruína. As casuarinas plantadas entre os prédios modernistas de Rehavia são como ruínas: alquebradas, encurvadas, elas se erguem em direção ao céu como as velhas e os mutilados, que lançam suas súplicas pelo ar.

Num dia seco de ventania, no começo do outono, uma das casuarinas arruinadas de Rehavia desabou ao lado do prédio onde morava Manfred Herbst. Tendo desabado, atingiu os fios elétricos de uma instalação provisória. No bairro de Rehavia os fios elétricos são enterrados e não há postes, mas em frente ao prédio de Manfred Herbst havia um poste, por causa de uma instalação elétrica provisória. As faíscas logo puseram fogo na madeira, ressecada pelo verão cáustico de 1952. O tronco caído tendo sido tomado pelas chamas, estas entraram pela vidraça do escritório de Manfred Herbst. Tendo incendiado as pesadas cortinas de veludo em estilo alemão, por meio das quais o escritório de Manfred Herbst ficava isolado do bairro de Rehavia, da cidade de Jerusalém, de Israel e do Oriente, ali imperando uma bonita penumbra germânica, que o lembrava de sua vida anterior, na Europa, as chamas penetraram no apartamento. Isso aconteceu da seguinte maneira: das cortinas, o fogo passou para a escrivaninha, e, quando a escrivaninha já estava em chamas, o fogo passou para as estantes de livros. Os manuscritos de um livro ainda inacabado de Manfred Herbst se transformaram em cinzas, assim como as fichas que, ao longo dos anos, Manfred Herbst tinha preenchido metodicamente, ano após ano, com sua caligrafia pequena e controlada, e que eram, por assim dizer, os tijolos com os quais ele construía os edifícios dos seus livros.

Os edifícios de Rehavia foram construídos com tijolos de barro e os livros de Manfred Herbst foram construídos com tijolos que eram fichas.

Diz-se que, enquanto o bairro de Rehavia estava em construção, ouvia-se um rumor incessante de vozes. Ao se aproximar dos que trabalhavam na construção dos prédios, que eram refugiados da Alemanha, via-se que os tijolos eram passados de mão em mão. A cada vez que um dos trabalhadores passava um tijolo ao próximo trabalhador, o que recebia o tijolo dizia: "*Dankeschön Herr Doktor!*". No mesmo instante, o que passara o tijolo respondia: "*Bitteschön Herr Doktor!*".

Isso é verdade e não é verdade. Os doutores de Rehavia, tendo fugido da Alemanha, não se tornaram trabalhadores da construção civil na Palestina britânica. Ainda assim, quando o bairro estava pronto e eles se encontravam nas ruas de Rehavia, tratavam-se, uns aos outros, de *Herr Doktor*, como se ainda estivessem na Alemanha, muito embora seus títulos acadêmicos, conquistados com tanto esforço na Alemanha, não tivessem nenhuma utilidade na Palestina britânica. Manfred Herbst, por exemplo.

Os edifícios de Rehavia tendo envelhecido e as casuarinas de Rehavia tendo envelhecido, o livro de Manfred Herbst sobre os costumes funerários no Império Bizantino não envelheceu: ele permanece como uma obra clássica. Ao menos, na opinião do Prof. Braunfels.

O Prof. Braunfels não sabe qual era o tema do livro perdido de Manfred Herbst, mas a perda daquele livro lhe parece, às vezes, mais trágica do que a perda da vida de uma pessoa. Isso porque, a partir do instante em que nasce, uma pessoa está destinada à morte. Uns alcançam seu destino final mais depressa e há outros que demoram mais para chegar ali. Mas todos chegam, um dia. Um livro é diferente porque um livro se destina a sobreviver ao seu autor.

Tendo perdido num incêndio seu livro inacabado, Manfred Herbst parece, aos olhos do Prof. Braunfels, uma daquelas velhas casuarinas que há entre os prédios de Rehavia, cujos galhos caídos não são substituídos por brotos novos e que se erguem em direção ao céu como as preces de homens em ruínas.

VIII

Em sua visita secreta a Jerusalém, durante aquela semana na qual interrompeu sua última temporada de pesquisa em Berlim, o Prof. Braunfels fez um passeio até o prédio da Rua Arlozorov, em Rehavia, onde viveu Manfred Herbst. Uma placa de bronze discreta, afixada na mureta baixa que separa o jardim do prédio da calçada da Rua Arlozorov sussurra aos passantes, em inglês e em hebraico, que ali viveu, de 1935 a 1999, o historiador da Antiguidade Manfred Herbst.

Em cima de uma das janelas da fachada lateral do edifício, o Prof. Braunfels acreditou enxergar as marcas do incêndio que destruiu o escritório e com o escritório também o livro de Manfred Herbst. Eis que as marcas das labaredas estão impressas na superfície do travertino rosado como as palavras de um livro que não foi escrito. Um trecho do Salmo 23, no original, em hebraico, está também gravado na placa de bronze afixada na mureta do jardim do prédio de Manfred Herbst: *"Gam ki elech be giazalmavet, lo ira ki atá imadi"*, "Também quando eu andar pelo vale das sombras da morte não temerei, pois tu estás comigo".

O nome alemão de Manfred Herbst estando grafado em caracteres latinos, as letras hebraicas revelam seu nome secreto, o nome judaico que seus pais lhe deram, mas pelo qual ele não era conhecido em vida: Menachem ben Mendel. É como se ali estivessem escritos os nomes de duas pessoas diferentes. Uma pessoa: o austero professor universitário alemão cujo nome prussiano alude ao rigor e à disciplina necessários ao bom andamento das pesquisas. Esse nome fala da solidão de grandes bibliotecas germânicas, de tardes cinzentas, de silêncio. Sobre o nome Menachem ben Mendel, o Prof. Braunfels não sabe o que pensar. Sendo-lhe esse nome completamente estrangeiro, o Prof. Braunfels volta e mastiga suas letras como quem mastiga uma comida desconhecida, cujos ingredientes lhe são desconhecidos e cujo gosto ele não é capaz de identificar. Ainda assim, aquele nome ficou marcado na sua memória: Menachem ben Mendel.

Os escravos, em Bizâncio, eram sepultados sob lápides muito simples, que traziam o nome próprio do escravo, seguido do nome do seu senhor, no genitivo. Os escravos do Império Bizantino, ao que parece, não tinham vida familiar, ou sua vida familiar era inteiramente eclipsada pela vida dos seus senhores. Os escravos do Império Bizantino recebiam nomes como Ioannes, Philippos, Eudorus, que eram semelhantes aos nomes usados pelos seus senhores: Polidoros, Eufemius, Eumolpus, Justinianus. Esses escravos eram usados, principalmente, para fazer aqueles trabalhos domésticos que os nobres desprezavam. Os nomes gregos dos escravos do Império Bizantino e os nomes gregos dos senhores dos escravos do Império Bizantino são conhecidos pelo Prof.

Braunfels, que neles enxerga, com clareza, os contornos históricos, políticos, sociais e culturais de um mundo que ele conhece dos livros e dos muitos museus que, ao longo da sua carreira, ele visitou, na Europa e na Ásia Menor.

De todas as cidades do mundo antigo que o Prof. Braunfels visitou em sua juventude, em sua viagem de formação à Grécia e à Turquia, nenhuma o impressionou tanto quanto Éfeso. Tendo ficado impressionado com Éfeso, ele começou a se aprofundar em seus estudos sobre o Império Bizantino. Assim, ficou conhecendo a obra de Manfred Herbst.

O nome religioso de Manfred Herbst, Menachem ben Mendel, não desperta nenhum eco na imaginação do Prof. Braunfels. Aquelas letras grafadas na placa de bronze afixada numa mureta da Rua Arlozorov são para ele como os movimentos da boca de um mudo, de alguém que foi privado da sua voz. Ainda assim, o nome o intriga. Um dia, talvez, partirá em busca de livros que possam ajudá-lo a esclarecer seu significado.

O nome Menachem ben Mendel é como aqueles corredores vazios do prédio de História e Geografia, onde o vento arranca os cartazes e as certezas e os avisos do semestre que terminou. É como as folhas do verão que acabou e que o vento do outono leva para longe, e elas não deixam nenhum rastro.

A desolação do corredor no prédio escuro de História e Geografia agora parece ao Prof. Braunfels o caminho de acesso ao reino do esquecimento. Segundo o livro de Manfred Herbst, os mortos, no Império Bizantino, eram sepultados com uma moeda na boca. Essa moeda destinava-se a pagar a passagem ao barqueiro Caronte, que conduzia as almas dos mortos ao reino de Hades. Ao serem conduzidas no barco de Caronte, através do rio do esquecimento, as almas dos mortos se esqueciam das suas vidas passadas. Não sendo cristãos, era negado, aos escravos do Império Bizantino, um lugar no mundo vindouro. Tendo sido escravos em vida, eles ficavam para sempre confinados à nulidade do Hades, tanto quanto os antigos gregos. Por não terem recebido os sacramentos da religião verdadeira, eles eram escravizados em vida e empurrados para um submundo escuro e sem esperança depois da morte. Segundo Manfred Herbst, a moeda que era posta nas suas bocas, na hora do sepultamento, era um gesto de misericórdia cristã para que, tendo esquecido os sofrimentos das suas sombrias vidas terrenas, esses escravos pudessem passar a eternidade na cegueira do reino das trevas, enquanto aos senhores de boa-fé estava reservada a luz eterna dos aposentos celestiais. Assim, a vida na terra se tornava um prelúdio da vida eterna, onde a cada um cabia o que lhe era devido.

Aqueles temas, provenientes dos livros, agora parecem sair das páginas às quais ficam confinados. Os hábitos da vida cotidiana do Prof. Braunfels não levam em conta questões como as que são discutidas por Manfred Herbst no capítulo do seu livro sobre os costumes funerários entre os escravos do Império Bizantino, que tem como título "Os rituais da morte e o destino da alma após a morte".

Manfred Herbst discute e compara os rituais e as concepções próprias do mundo dos senhores cristãos aos rituais e às concepções próprias do mundo dos escravos pagãos. Aquela discussão teórica é objetiva e exemplar, mas não parece guardar nenhuma relação com a vida dos judeus provenientes da Alemanha sob o mandato britânico na Palestina e, mais tarde, sob o Estado de Israel. No entanto, subitamente, ela parece atual e urgente ao Prof. Braunfels, enquanto ele atravessa, sozinho, a desolação do corredor escuro.

A porta revestida de fórmica azul-cobalto da secretaria do Departamento de História Antiga está fechada. Tendo se deparado com a porta fechada, o Prof. Braunfels sente, por um instante, que o destino dos escravos do Império Bizantino no mundo vindouro poder ser uma inquietante realidade que lhe diz respeito.

Ele gira a maçaneta redonda, que estala, encapsulada pela palma da sua mão, já um pouco descarnada, enquanto o trinco recua para o interior da porta. Um gesto repetido dezenas de vezes, todos os dias, transforma-se, assim, num momento único. Eis que a porta se abre e o esplendor luminoso da secretaria, com seu balcão alto de madeira revestida de fórmica marfim, com o brilho branco das suas lâmpadas fluorescentes, com as telas luminosas dos computadores dos funcionários emanando todas as cores da felicidade, se abre, ofuscante, diante dos seus olhos, como a imagem de um santuário.

A respiração do Prof. Braunfels se acalma e sua mente se expande. D. Estelita Figueiredo traz até o balcão as listas de presença das turmas pelas quais o Prof. Braunfels foi responsável no semestre que agora termina, para que ele as assine.

O Prof. Braunfels é meticuloso em seu trabalho de pesquisa, mas não é meticuloso com as listas de presença. Além de não tê-las assinado, mais de uma vez, muitas vezes, ao longo do semestre, ele se esqueceu de trazer as listas para as aulas ou, tendo-as trazido, se esqueceu de passá-las aos alunos durante as aulas. Os alunos, sabendo do pouco-caso que o Prof. Braunfels faz com as listas de presença, frequentam as aulas sempre que desejam e, quando não desejam, não as frequentam. Quando uma oportunidade se apresenta, eles assinam a lista de presença, colocando suas assinaturas nas linhas que correspondem aos dias em que vieram às aulas, e também nas linhas que correspondem aos dias em que não vieram às aulas.

Assim, tendo olhado a lista, D. Estelita Figueiredo tem a impressão de que todos os alunos frequentaram todas as aulas do Prof. Braunfels, embora nem todos tenham frequentado todas as aulas. Talvez, por isso, semestre após semestre, o Prof. Braunfels entrega aquelas listas sem sua assinatura. Agora, diante de D. Estelita Figueiredo, ele assina as listas com a consciência intranquila, como quem assina um cheque sem fundos.

O Prof. Braunfels não é como alguns dos seus colegas, que acreditam que a verdade histórica seja mais importante do que a verdade dos fatos, e que são meticulosos em suas pesquisas e em seus artigos, mas não se importam, por exemplo, em difamar seus colegas nos corredores da faculdade e nas reuniões da faculdade. Mas o assunto das listas de presença é, em sua opinião, um assunto desimportante. Ainda assim, ele assina aquelas listas contra sua vontade, como alguém que assina uma declaração falsa só para se livrar da punição por algum crime que, na verdade, não cometeu.

Talvez, segundo o Código Penal Brasileiro, ele esteja cometendo o crime de falsidade ideológica ao assinar aqueles formulários que contêm informações que não correspondem à verdade. Mas quem se importa com as listas de presença, na Universidade de São Paulo ou em qualquer outra universidade do mundo? Se ninguém se importa com as listas de presença, por que insistem na necessidade de assiná-las? Semestre após semestre, essas são perguntas que ninguém se faz.

Numa manhã como aquela, em vez de estar diante da sua escrivaninha, ocupando-se com a vida cotidiana dos escravos da Palestina sob domínio romano, o Prof. Braunfels pensa na sua própria morte e no dia em que terá de prestar contas por tudo o que fez e por tudo o que deixou de fazer durante a sua vida. Talvez esse dia não exista. Nesse caso, não há nenhum motivo pelo qual ele deva temer assinar aquelas listas de presença. Se não há nenhum motivo para temer assinar aquelas listas, que motivo pode haver para temer assinar outros tipos de documentos falsos ou mesmo cometer vários tipos de crimes?

O Prof. Braunfels não gosta de filosofia e o Prof. Braunfels não costuma se fazer perguntas como aquelas perguntas. No rosto de D. Estelita Figueiredo ele nota que alguma coisa se alterou. Ela o olha com uma expressão intrigada, como se o rosto do Prof. Braunfels fosse e ao mesmo tempo não fosse o rosto do Prof. Braunfels: havia, nele, uma expressão que ela não conhecia e o olhar de estranhamento de D. Estelita Figueiredo, que durou só uma fração de segundo, um lampejo, antes que ela se desse conta e, contendo-se, voltasse a ocultar suas impressões sob a máscara impassível, solícita e competente que cobre seu rosto durante todas as horas do seu expediente diário, leva o Prof. Braunfels a se dar conta de que alguma coisa mudou em seu próprio interior e, portanto, no seu próprio rosto.

No *De Oratore*, Cícero escreveu: "*animi est enim omnis actio et imago animi vultus*". O significado disso é: "toda a ação é da mente e o rosto é a imagem da alma". Não podendo ver a si mesmo, o Prof. Braunfels vê-se refletido naquela fração de olhar de D. Estelita Figueiredo. Tendo visto a si mesmo por um instante, assusta-se. Sua face verdadeira, cheia de feridas e de culpas, torna-se visível para ele naquele instante.

Há historiadores que imitam outros historiadores e há escritores que imitam outros escritores. O Prof. Braunfels admira o trabalho de Manfred Herbst, mas não pretende imitá-lo. Em sua opinião, o trabalho dos emuladores destina-se ao esquecimento. Como as almas dos escravos do Império Bizantino, que, tendo pagado seu óbolo ao barqueiro Caronte, atravessam o Styx, o rio do esquecimento, e entram para sempre nas trevas do Hades, onde nunca mais verão a luz do dia e onde nunca mais serão vistos por ninguém, os livros de imitação, as obras dos imitadores, segundo o pensamento do Prof. Braunfels, estão destinados a ocupar as prateleiras da grande biblioteca do esquecimento, os arquivos mortos nos subsolos das grandes bibliotecas universitárias, o mesmo Hades escuro e bolorento dos escravos mortos.

Destinados ao esquecimento, os livros assim são como os quadros de artistas que, sendo discípulos deste mestre e daquele mestre, enchem as salas dos museus para fazer número e para fazer eco às obras-primas dos grandes mestres. São como os quilômetros de partituras de compositores esquecidos, que permanecem nos subsolos das academias de música: obras de compositores de quem, depois de sua morte, ninguém mais ouve falar, e que, mesmo em vida, já são esquecidos.

Muitas vezes, ao fazer uma pausa em seu trabalho, o Prof. Braunfels ouve, em seu computador, as transmissões da Venice Classical Radio, uma estação que transmite, principalmente, a música de compositores secundários da história da música ocidental, desde o período barroco até o século XX.

Cada vez que ouve as transmissões da Venice Classical Radio, o Prof. Braunfels se espanta com as obras de compositores cujos nomes nunca ouviu antes. Ele ouve uma peça que lhe parece ser de Tartini e não é Tartini. Ouve uma peça que parece ser de Mendelssohn e não é de Mendelssohn. Se aquelas obras esquecidas recebem a atenção de intérpretes contemporâneos, isso significa que há ainda muitos outros compositores desconhecidos que, não merecendo a atenção dos intérpretes contemporâneos, continuam no esquecimento absoluto.

Um livro de história não é uma obra de arte, mas, não querendo imitar os outros, o Prof. Braunfels dedica suas forças à busca por originalidade. Buscando a própria originalidade, ele se espanta ao ver o reflexo do seu rosto naquele brilho súbito de temor que iluminou o rosto de D. Estelita Figueiredo.

Subitamente, um lapso como aquele significa mais do que uma década de tratamento respeitoso e cordial.

Tendo assinado as listas, o Prof. Braunfels apressa-se em ir até o banheiro para se olhar no espelho.

IX

Um historiador não é um artista, mas um historiador pode ter uma vida estável e organizada, uma carreira. Por exemplo: a carreira de docente na Universidade de São Paulo. Até conseguir aquele posto na Universidade de São Paulo, a trajetória profissional do Prof. Braunfels foi bastante acidentada. Tendo conseguido aquele posto, ele pode dedicar-se às suas pesquisas com a tranquilidade necessária. É mais difícil escrever um livro sobre os costumes funerários no Império Bizantino tendo que sobreviver à custa de traduções de artigos e de resenhas para jornais e para revistas do que fazê-lo enquanto se é docente numa universidade.

Um docente da Universidade de São Paulo pode ser arrancado de sua mesa de trabalho às oito horas da manhã da primeira segunda-feira do recesso acadêmico por ter entregado as listas de presença dos seus alunos sem sua assinatura e pode ver-se na contingência de ter que assinar formulários que contêm informações sobre as quais ele não tem certeza. Isso pode ser inconveniente e pode, também, perturbar sua consciência. No fim do mês, porém, um docente da Universidade de São Paulo recebe seu salário, que é depositado diretamente em sua conta bancária por funcionários pagos pela Universidade de São Paulo, cujo trabalho é pagar os salários dos docentes ao fim de cada mês. Um tradutor de livros e escritor de artigos precisa trabalhar e precisa lembrar aqueles para quem trabalhou, para que o paguem.

Enquanto perde tempo telefonando para fulano e para beltrano, para sicrano e para outros de cujos nomes já não se lembra, o tradutor de livros e escritor de artigos não pode traduzir e não pode escrever. Ninguém remunera o trabalho que ele tem telefonando para este e telefonando para aquele. O trabalho não remunerado é o trabalho escravo. Mas um escravo só é um escravo enquanto tem um senhor. Enquanto não recebe o pagamento pelos seus trabalhos mesquinhos, o tradutor de livros e escritor de artigos recorre a empréstimos bancários. O banco cobra dele juros extorsivos e, quando ele recebe seu pagamento, é como a chuva que cai sobre a terra ressecada por uma longa estiagem: a terra imediatamente absorve toda a água e, quando a chuva termina, nada mudou e a terra parece tão seca quanto antes.

Não estava claro de quem o Prof. Braunfels era escravo enquanto vivia assim: se das editoras, às quais prestava serviços, se dos bancos, aos quais pagava juros todos os meses, ou se de si mesmo, pois ele impunha a si mesmo a obrigação de seguir a carreira que ele tinha escolhido para si, isto é, a carreira de historiador da Antiguidade. Um escravo que não tem um senhor não é um escravo e ainda assim o Prof. Braunfels se sentia como um escravo. Não tendo um senhor, não tinha contra quem se revoltar. Não tendo contra quem se revoltar, restava-lhe resignar-se ou revoltar-se contra si mesmo.

À época em que ingressou na carreira docente, o Prof. Braunfels sofria de uma úlcera no estômago. A úlcera se curou e agora, quando não o perturbam, ele trabalha em seus livros e trabalha em seus artigos.

Tendo cumprido suas obrigações, o Prof. Braunfels sente-se aliviado, mas não completamente. Ele tem o dia inteiro pela frente, mas esse dia já está manchado por aquela assinatura num formulário que contém informações que o Prof. Braunfels sabe bem não serem verdadeiras.

Um homem desperta do seu sono pela manhã e está renovado. Suas forças se refazem enquanto ele dorme e, quando acorda, ele sente que pode reconstruir seu mundo.

Durante sua estada em Jerusalém, o Prof. Braunfels hospedou-se no Österreichisches Hospiz zur heiligen Familie, um albergue no limiar entre o bairro cristão e o bairro muçulmano, na cidade murada, que foi construído, sob o governo do imperador Franz Joseph da Áustria, tendo sido inaugurado em 1863, para os peregrinos austríacos, como primeiro albergue para peregrinos da Terra Santa.

Construído no estilo de um palácio da *Ringstraße* vienense, o Österreichisches Hospiz zur heiligen Familie é um oásis de civilização em meio ao frenesi da cidade velha de Jerusalém. De madrugada, o Prof. Braunfels despertava com o canto do muezim das mesquitas do bairro muçulmano. Bem ao lado do Österreichisches Hospiz zur heiligen Familie há uma mesquita, e todos os dias chega a madrugada e o muezim sobe ao minarete dessa mesquita para chamar os fiéis às suas preces.

Durante os anos em que a Jordânia ocupou o bairro judaico da cidade velha de Jerusalém, as casas foram saqueadas e incendiadas, e a sinagoga Hurva foi destruída por vândalos palestinos e por soldados jordanianos. Depois da guerra de 1967, quando Israel passou a controlar a cidade velha de Jerusalém, as mesquitas do bairro muçulmano continuaram funcionando, e seus imans continuam a incitar os fiéis.

Acordando de madrugada com o canto do muezim, o Prof. Braunfels sentia em si as forças que lhe permitiriam completar sua obra. Em Jerusalém faltava-lhe o tempo. Agora, ele tem o tempo e ele tem os livros. Jerusalém é Jerusalém e São Paulo é São Paulo. Tendo sido incomodado logo pela manhã, o Prof. Braunfels tem ainda o dia quase inteiro à sua disposição. Tendo ido até a universidade, o Prof. Braunfels acha mais prudente instalar-se na biblioteca para trabalhar. Mas, antes, é preciso passar no banheiro.

Ao passar no banheiro, ele se certificará de que o seu rosto continua sendo seu rosto e de que aqueles reflexos no rosto de D. Estelita Figueiredo foram só um lapso momentâneo. Durante dez anos e mais de dez anos um homem cultiva hábitos civilizados e cumpre com o que dele se espera e é como se não estivesse fazendo nada além da sua obrigação. Um dia comete um pequeno deslize, um pequeno escorregão, e algo que foi construído vem abaixo. Um homem que cai sete vezes precisa se levantar oito vezes. Tendo se olhado no espelho, o Prof. Braunfels não nota em seu rosto nada que lhe pareça diferente. Ele deixa o banheiro aliviado, mas a ponta silenciosa de uma suspeita continua a inquietar seu coração.

Quando o coração está inquieto, a mente não tem sossego. O Prof. Braunfels sentindo-se culpado, é como se dentro dele houvesse duas pessoas. Uma diz: "Os alunos não vieram à aula e você assinou um formulário que diz que vieram". A outra diz: "Se os alunos vêm à aula ou se os alunos não vêm à aula, que diferença faz?". O primeiro diz: "Se não fizesse diferença, por que passariam as listas de presença?". Retruca o outro: "Em todas as universidades do mundo acontece a mesma coisa: passam-se as listas, mas ninguém se importa".

Como um pai severo que interrompe o discurso sem sentido dos seus filhos porque tem em vista assuntos mais importantes, o Prof. Braunfels tenta silenciar aquelas vozes para se concentrar no seu trabalho. O silêncio da biblioteca que, com o início do recesso acadêmico, está quase deserta, deveria ajudá-lo a se concentrar no seu trabalho. Em vez disso, o silêncio torna ainda mais audíveis aquelas duas vozes. E aquelas duas vozes, por sua vez, o lembram das discussões estéreis que opõem, nas reuniões de departamento, este colega àquele colega. Não querendo se lembrar dos seus colegas, o Prof. Braunfels volta para a cafeteria da faculdade, para tomar chá preto. Mais um chá preto. Atribuindo sua incapacidade de se concentrar ao jantar da véspera e ao vinho da véspera, ele quer socorrer-se com chá preto.

O pensamento de um homem vai para um lado e vai para o outro lado. De um lugar passa para outro lugar e deste para um terceiro e para um quarto. Quando um professor universitário consegue juntar seus pensamentos e dirigi-los a um único ponto, talvez ele consiga escrever um livro como o livro de Manfred Herbst. Muito embora despreze o café, que considera venenoso, o Prof. Braunfels acredita que o chá preto o ajuda a concentrar seus pensamentos num só ponto. Enquanto sorve o chá, seu olhar se dirige para este lugar e logo para aquele lugar. Seu pensamento segue seus olhos.

X

Ali anda uma colega de cabelos tingidos de ruivo, nariz adunco, e a pele branca das suas bochechas já meio murchas, cheias de manchas de sol, desaba sobre o pescoço gordo e pelancudo. Seus olhos têm a cor e o brilho das garrafas de água mineral Pilar, feitas de vidro verde-escuro, que ainda existiam em São Paulo à época em que o Prof. Braunfels chegou ao Brasil e que, há muito tempo, foram substituídas por garrafas plásticas transparentes. O nome dela é Tamar Peled. O Prof. Braunfels a detesta. Ela é professora do Departamento de Antropologia e diz-se, nos corredores da universidade, que ela está para ser aposentada por motivos de ordem psiquiátrica. Tendo sofrido um câncer na tireoide, ela passou por uma cirurgia para a extração dessa glândula.

Sua tireoide tendo sido extirpada, ela passou a tomar comprimidos que contêm os hormônios que deveriam substituir os hormônios que, antes, eram produzidos de forma natural pela glândula que, tendo adoecido, lhe foi tirada pelos médicos. Os médicos lhe tiraram a glândula e lhe deram comprimidos, mas os hormônios feitos pela indústria farmacêutica não são idênticos àqueles feitos pela sua glândula que, tendo sido tirada do seu corpo, se transformou em lixo hospitalar.

Num artigo científico que leu recentemente numa revista internacional de história, o Prof. Braunfels ficou sabendo, por meio de uma nota de rodapé, que os membros eventualmente amputados de seguidores de determinadas seitas religiosas, como, por exemplo, os judeus, devem ser sepultados no cemitério. Ele não se lembra mais do contexto em que leu aquela nota de rodapé. Enquanto observa a passagem da colega que detesta, e cuja tireoide foi extraída, ele tenta se lembrar de onde leu aquela nota de rodapé. Agora, ele se pergunta se a tireoide doente de sua colega teria sido sepultada no cemitério e ri de si mesmo.

Por causa dos hormônios feitos pela indústria farmacêutica, essa colega começou a engordar muito depois de ter feito a cirurgia. Assim se formaram aquelas pelancas no seu pescoço. Os médicos, vendo que ela engordava e engordava, lhe deram outros hormônios e ela voltou a emagrecer. As pelancas, tendo murchado, agora se acumulam em volta do seu pescoço, soltas.

Quando um jabuti recolhe sua cabeça para dentro da sua carapaça, a pele do seu pescoço se dobra em camadas. O pescoço da Profa. Tamar Peled parece o pescoço de um jabuti cuja cabeça está semirrecolhida para o interior da sua carapaça: as pelancas se amontoam em dobras.

Por causa dos hormônios, os humores da Profa. Tamar Peled se desregularam e já não se acertaram mais. Nos corredores da faculdade, mais e mais pessoas a olham como se olha para uma louca, e a cumprimentam com compaixão, como quem cumprimenta uma louca. Não estando louca, a Profa. Tamar percebe aqueles olhares e percebe aqueles cumprimentos cheios de uma compaixão piegas. Aquilo a enfurece. Olhando-se no espelho, ela vê a pele frouxa do seu pescoço, que é como a pele de um jabuti que começa a encolher a cabeça para dentro da sua carapaça.

Ela tenta voltar-se para suas pesquisas. Se ela ganhasse algum prêmio por suas pesquisas ou mesmo se publicasse um livro acadêmico por alguma editora de prestígio, provaria a todos os seus colegas que não está louca. Mas seu trabalho anda em círculos e não sai do lugar. Agora, espalham-se rumores de que ela está para se aposentar por motivos de ordem psiquiátrica.

Atravessando o saguão no térreo do prédio de História e Geografia, toda vestida de preto, a Profa. Tamar deixa por onde passa um rastro desagradável. Ela usa botas pretas de salto alto e um casaco abotoado, preto. Com uma blusa preta de gola rulê, ela tenta esconder a pele do seu pescoço.

Aquela blusa foi comprada na Alexander's, uma loja da Madison Avenue de Nova York, para onde ela tinha viajado, anos atrás, antes de adoecer. Aquele tipo de gola é chamado em inglês de *turtleneck*, isto é, pescoço de tartaruga. Não sabendo o que pessoas maledicentes, na universidade e fora da universidade, dizem do pescoço dela, depois que ela adoeceu e depois que ela engordou e depois que ela emagreceu, que se parece com o pescoço de um jabuti que começa a recolher a cabeça para o interior da carapaça, ela usa aquela blusa de pescoço de tartaruga sem pensar duas vezes.

Os que sabem que, em inglês, aquele tipo de colarinho se chama pescoço de tartaruga e sabem o que se diz sobre o pescoço da Profa. Tamar percebem a ironia e tentam conter o riso quando a veem com aquela blusa preta. Contendo seu riso, seus rostos ficam com uma expressão estranha. Ao perceber aquelas expressões estranhas, a Profa. Tamar se pergunta sobre o seu significado e se sente magoada.

O Prof. Braunfels olha-a de soslaio e imediatamente percebe a ironia daquela blusa: ao tentar esconder as pelancas do seu pescoço, a Profa. Tamar usa um tipo de gola que alude a pelancas no pescoço.

Depois que ela passa, o Prof. Braunfels a esquece.

Aquilo que está longe dos olhos é mais facilmente esquecido do que aquilo que se coloca diante dos olhos. Os escravos do Império Bizantino eram enterrados e eram esquecidos e os senhores do Império Bizantino eram enterrados e eram lembrados e Manfred Herbst escreveu sua obra-prima lembrando-se deles. A vida cotidiana dos escravos da Palestina sob domínio romano está muito longe dos olhos do Prof. Braunfels. Buscando aquilo que está longe, o Prof. Braunfels deixa de dar atenção àquilo que está perto. A morte de um escravo do Império Bizantino ou a morte de um escravo na Palestina sob domínio romano lhe parece mais importante do que a Profa. Tamar e do que a doença da Profa. Tamar.

O Prof. Braunfels não é um médico e o Prof. Braunfels não é um assistente social: é um historiador. Os historiadores se lembram daquilo que os outros esquecem e enxergam o que os outros não veem. Esse é o seu trabalho e esse é o lugar que lhes cabe na ordem social. A sociedade estando em desordem, os historiadores se preocupam com os assuntos dos assistentes sociais, os médicos se dedicam à especulação no mercado de divisas e no mercado financeiro. Os artistas se dedicam à política e os políticos se dedicam a perpetuar a desordem e assim servem ao interesse de todos aqueles que acreditam que, em meio à desordem, podem lucrar mais do que em meio à ordem. Os que buscam triunfar em meio à desordem espalham a desordem à sua volta. Deixando atordoados os que apreciam a ordem, usurpam seus lugares. Em vez de fazer, falam. Parecendo convictos do que dizem, convencem os outros. Os que trabalham em silêncio passam despercebidos e os que fazem barulho são ouvidos.

O Prof. Braunfels é um homem da ordem e do empenho consciente. Ele busca distanciar-se daqueles colegas que falam muito e fazem pouco. O Prof. Braunfels não é o tipo de pessoa que se alegra com a desgraça alheia, mas, a bem da verdade, deve ser dito que a Profa. Tamar não se destaca nem pela qualidade das suas publicações acadêmicas nem pela quantidade das suas publicações acadêmicas. Seus artigos não são aceitos para publicação pelas revistas importantes, então ela os publica em revistas de terceira categoria ou de quarta categoria, ou não os publica. Os livros da Profa. Tamar são publicados por aquele tipo de editoras que, tendo recebido dos autores uma quantia de dinheiro suficiente para cobrir os custos de edição e para cobrir os custos de gráfica, publicam vários tipos de livros: livros bons, que merecem ser publicados, e livros que, por não serem bons, não merecem ser publicados. Uma vez publicados, os livros assim destinam-se ao esquecimento. Mal saem da gráfica, em caixas, e já ninguém lhes dá atenção. Mandam exemplares para as redações dos jornais e das revistas e para os endereços dos editores das revistas especializadas e alguém olha para aqueles livros e os folheia e os deixa de lado. São como as crianças enjeitadas que, no passado, eram postas na roda dos enjeitados dos conventos e das santas casas de misericórdia. Até mesmo as bibliotecas universitárias, cada vez mais abarrotadas, se recusam a acrescentá-los aos seus acervos. Ou, ainda pior, são como aquelas crianças que já nascem mortas e que resumem, em um único instante, toda uma vida de alegrias e de sofrimentos: saindo do útero materno, dirigem-se, diretamente, à sepultura.

Diz-se das crianças que nascem assim que elas se transformam em anjos. O mesmo se diz dos fetos abortados. Os livros da Profa. Tamar, porém, não são anjos e não são obras de anjos. Não sendo bem escritos, tampouco são bem pesquisados.

Um crítico severo poderia dizer que são como abortos.

XI

A Profa. Tamar não tem filhos e, tendo atingido certa idade, já sabe que não mais terá filhos. Mas ela se orgulha dos seus livros. Pouco tempo antes de adoecer, ela teve um caso de amor rumoroso com um professor do Departamento de Ciências Sociais chamado Amnon. Em hebraico moderno, Amon e Tamar é o nome de uma flor. Uma flor muito delicada, como quase todas as flores, cujo nome, em português, é: amor-perfeito.

Sobre os livros da Profa. Tamar não seria indelicado dizer que não são livros perfeitos. Sobre o caso de amor da Profa. Tamar e do Prof. Amnon, tampouco seria indelicado dizer que não foi um amor perfeito.

A virgindade era considerada pelos antigos como um sinal da honra e como um sinal da virtude das mulheres. Se antes as jovens se orgulhavam de ser virgens na hora do casamento, hoje, depois de uma certa idade, permanecer virgem torna-se um fardo pesado para uma mulher.

Não se pergunta a idade de uma mulher, mas a Profa. Tamar já não era jovem quando se apaixonou pelo Prof. Amnon. Isso foi antes de ela adoecer, mas a paixão pelo

Prof. Amnon já bastava para deixá-la doente. Ela olhava para o Prof. Amnon passando pelos corredores da faculdade e seu coração se dissolvia dentro do seu peito. Ela o olhava por um momento e já não era capaz de dizer nada. Sua língua gelava, em silêncio, e um fogo delicado corria por debaixo da sua pele. Ela deixava de ver e um zumbido enchia seus ouvidos. Um grande zumbido enchia seus ouvidos e suor frio cobria seu corpo, que estremecia. Mais verde do que uma folha, ela parecia a ponto de morrer. Nunca a Profa. Tamar sentira por um homem uma paixão como aquela. Ela olhava para ele e era como se olhasse para um deus. Ela já não era mais ela mesma. Quase não comia, e a paixão a devorava por dentro e jorrava pelos seus olhos verdes como o vidro verde-escuro das garrafas de água mineral Pilar, ou como a água de uma fonte que jorra.

Não sendo cego nem insensível, o Prof. Amnon não demorou a perceber o que se passava. Aos poucos, aquele comportamento da Profa. Tamar chamou sua atenção. Ele começou a se acostumar a observá-la assim. Observava-a e era como se ele ouvisse o coração dela, que pulava, desesperado, no peito dela. Como se estivesse possuída por um espírito estranho, a Profa. Tamar não era mais a Profa. Tamar. Antes de adoecer, a Profa. Tamar tinha sido tomada pela paixão. Tendo adoecido, passou a ser tomada pelos remédios que os médicos lhe recomendavam, sempre que os tomava.

Quando ela não os tomava, não era tomada pela euforia dos euforizantes nem pela tranquilidade dos tranquilizantes, mas tampouco ela era a Profa. Tamar de antes. Enquanto ela se perguntava quem era, os outros diziam que ela tinha enlouquecido. Dizendo que ela tinha enlouquecido, eles a olhavam de uma maneira estranha. Isso a magoava. Se alguém perguntasse à Profa. Tamar quando sua vida tinha se transformado numa tragédia, ela não seria capaz de responder. Um dia, uma pessoa acorda e já não é mais ela mesma. A vida que vinha sendo bordada cuidadosamente como um bordado que acompanha linhas perfeitas traçadas de antemão se desencaminha.

Tendo se acostumado a ouvir as batidas do coração da Profa. Tamar, o Prof. Amnon acabou se aproximando dela. Poucos dias se passaram entre o dia em que o Prof. Amnon se aproximou da Profa. Tamar e o dia em que o Prof. Amnon satisfez a Profa. Tamar. Durante aqueles poucos dias, a Profa. Tamar achou que fosse enlouquecer. Olhando para trás, ela achava que tinha adoecido porque suas glândulas não tinham conseguido suportar o que suportaram durante os dias que passaram entre o dia em que o Prof. Amnon se aproximou dela pela primeira vez e o dia em que ele a satisfez.

Ainda assim, depois que o Prof. Amnon a satisfez, a Profa. Tamar foi tomada de nojo por ele. Ela o expulsou da sua casa. Primeiro educadamente e, logo depois, aos gritos. Ele, não querendo sair por causa de todo o esforço que fizera, ela estava a ponto de chamar a polícia.

Na gaveta da cozinha da casa da Profa. Tamar havia uma grande faca de cozinha, muito afiada, que a Profa. Tamar tinha comprado recentemente. Tendo assistido a um programa de televisão chamado *Trivial Gourmet*, ela, que nunca tinha se interessado muito por culinária, decidiu que precisava comprar uma boa tábua de cozinha e uma boa faca de cozinha. Estes são instrumentos básicos, que não podem faltar em nenhuma cozinha. Quando comprou a faca de cozinha e a tábua de cozinha, ela pensava nos pratos que prepararia para o Prof. Amnon de acordo com as receitas apresentadas no programa *Trivial Gourmet*, que ela começou a acompanhar religiosamente.

Antes de ser tomada por aquela paixão, a Profa. Tamar nunca tinha se interessado por religião e nunca tinha se interessado por culinária. Sendo uma intelectual que, durante toda a sua formação, tinha olhado para os modelos franceses de pensamento, que privilegiam a razão tanto quanto a fluência do discurso, ela não se interessava por religião nem por culinária. Os livros da Profa. Tamar eram tentativas de sintetizar a razão e a fluência do discurso, mas não eram bons exemplos dessa tentativa.

Durante aquele período estranho e breve da sua vida, ela começou a acompanhar religiosamente o programa *Trivial Gourmet*. Depois que o Prof. Amnon a satisfez e não queria ir embora, ela estava a ponto de apanhar na gaveta da cozinha aquela faca. Não para esfaqueá-lo, mas para assustá-lo, para que ele fosse embora. Felizmente, apesar do cansaço, o Prof. Amnon se levantou e foi embora antes que a Profa. Tamar tivesse tempo de ir até a cozinha apanhar a faca de cozinha. Mas foi como se a ponta daquela faca tivesse sido enfiada no seu coração, que ficou marcado por aquela cicatriz. Não podendo mais suportar a vista do Prof. Amnon, a Profa. Tamar passou a se desviar dos caminhos que ele frequentava na universidade, para evitar qualquer tipo de encontro com ele nos corredores.

Se o nome do Prof. Amnon tinha se tornado insuportável para ela, o que dizer da vista do Prof. Amon? Se ela o visse, seria capaz de cometer uma loucura. Tendo perdido sua virgindade de uma maneira que agora lhe parecia vergonhosa, a Profa. Tamar começou a se sentir como uma mulher caída em desgraça. De um dia para outro, passou a se vestir de preto. Antes, ela usava preto às vezes e roupas coloridas outras vezes. Agora, ela não usa mais as roupas coloridas e só usa as roupas pretas.

Quem a vê assim, sempre vestida de preto, acha que ela enviuvou. Na verdade, ela continua solteira. Pouco tempo depois, ela começou a engordar muito. Pensando que talvez tivesse engravidado, ela foi consultar os médicos. O que os médicos lhe tiraram, ela não conseguiu recuperar. Nem o dinheiro que pagou aos médicos, que não era pouco dinheiro, nem a saúde que tinha quando sua tireoide funcionava normalmente.

Agora, ela anda de preto pelos corredores e se esconde do Prof. Amnon e, por onde passa, deixa um rastro desagradável. Os rumores acompanham aquele rastro e o tornam ainda pior. Os caminhos dos rumores vão para um lado e os caminhos da Profa. Tamar vão para outro lado, de maneira que não chegam aos seus ouvidos o que dizem aqueles que se dedicam a estraçalhar a reputação alheia com suas línguas. Mas, quando ela olha para alguns dos seus colegas, percebe que, entre os dois, interpõe-se uma terceira pessoa: aquele fantasma que muda de forma mais facilmente do que mudou de forma a Profa. Tamar desde que começou seu caso de amor que se transformou em doença e sua doença que agora já se está transformando em tragédia.

Aquele fantasma toma esta forma e toma aquela forma porque é construído por palavras, como um livro. Os que dedicam seu tempo a falar da vida alheia vão construindo pessoas que são como as pessoas construídas pelos escritores nos seus contos e nos seus romances. Podem construir pessoas que em tudo correspondem às pessoas que existem realmente e podem construir pessoas que em nada correspondem às pessoas que existem realmente e podem, ainda, construir pessoas que parcialmente correspondem às pessoas que existem realmente e parcialmente não correspondem às pessoas que existem realmente.

Já foi dito que a fofoca é a prima pobre da literatura. Os que inventam os rumores sobre a vida da Profa. Tamar são como os escritores que, olhando para uma pessoa, inventam-lhe uma história, e então essa história se torna mais verdadeira do que a própria pessoa. Assim, os rumores, em vez de surgirem a partir da realidade, se impõem sobre a realidade e moldam a realidade. Porque esse é o poder das palavras. As pessoas se apegam às palavras antes de se perguntarem se elas são falsas ou se elas são verdadeiras. A paixão dos homens pelas palavras pode ser a causa da sua salvação e pode ser a causa da sua desgraça.

No caso da Profa. Tamar, a paixão dos outros pelas palavras que dizem respeito a ela não lhe é favorável porque as palavras com as quais se criam esses rumores não lhe são favoráveis. Se a reputação de um homem, como já foi dito, é como uma coroa, a reputação da Profa. Tamar é como uma coroa de espinhos.

Ela porta aquela coroa sem saber e às vezes sente que os olhares que os colegas lhe lançam quando a veem pelos corredores são como os espinhos que tiram o sangue da sua testa. Parece-lhe que alguns colegas derivam um prazer perverso ao olhá-la assim.

Antes de cair em desgraça, a Profa. Tamar não costumava tratar seus colegas com cortesia e não costumava tratar seus colegas com respeito. Orgulhando-se dos seus livros, ela imaginava ser melhor do que seus colegas. Altiva, ela marchava pelos corredores como uma rainha entre os homens, acompanhada pelo séquito das boas palavras que ela pensava que todos diziam sobre os seus livros e sobre os seus artigos.

Na verdade, não se diziam boas palavras sobre os livros da Profa. Tamar, e sobre os artigos da Profa. Tamar as palavras que eram ditas não eram melhores do que as usadas para se referir aos seus livros: eram ainda piores. Mas, estando convencida das virtudes do seu próprio trabalho, ela tinha certeza da existência daquelas palavras que, em realidade, não existiam.

Seu séquito imaginário, antes que começasse sua desgraça, eram palavras que só ela imaginava. Ela não sabia de tudo o que se dizia sobre ela e não sabia de tudo o que se deixava de dizer sobre os livros dela. Sabia o que pensava sobre os próprios livros, mas não sabia o que os outros diziam sobre os livros dela, mesmo sem os terem lido.

Agora, seu séquito são as figuras assustadoras criadas por todos aqueles rumores escabrosos. Os colegas não sentem compaixão pelas desgraças da Profa. Tamar, que são vistas como castigos pelo seu comportamento arrogante. A desgraça do outro, especialmente quando é entendida como um castigo merecido, dá a quem a contempla uma forma de satisfação. A essa satisfação os alemães chamam de *Schadenfreude*, o prazer que deriva do dano. Um homem se satisfaz com o dano alheio. Tendo sido satisfeita pelo Prof. Amnon, a Profa. Tamar o expulsou da sua casa. Tendo comprado uma faca de cozinha e uma tábua de cozinha, a Profa. Tamar pensou em fazer uso daquela faca para espantar o Prof. Amnon e não voltou a usá-la. Tendo sido possuída pelo ódio, a Profa. Tamar ficou cega. Ela se empenhou para construir à sua volta um círculo de silêncio e de tranquilidade. Veio o Prof. Amnon e rompeu aquele círculo. Ele entrou e ela tentou expulsá-lo. Expulsou-o da sua casa, mas as marcas dele ficaram no seu corpo. Não é possível desfazer o que já foi feito. A Profa. Tamar se resignou. Não podendo mais voltar a ser quem tinha sido antes, ela se arrependeu. Seu arrependimento a fez olhar para trás. Olhando para trás, agora, nada do que ela tinha feito lhe parece igual. Os livros e os artigos dos quais antes ela se orgulhava agora lhe parecem sem valor. Tampouco voltou a assistir ao programa *Trivial Gourmet*, tendo se esquecido de tudo o que aprendeu ali.

Depois de tudo o que lhe aconteceu, a Profa. Tamar tampouco conseguiu retomar sua vida anterior. Quem se compadecia dela? O Prof. Braunfels não se compadecia e tampouco era daqueles que, vendo-a desgraçada, se alegravam.

Ainda assim, vendo-a passar pelo saguão, ele se lembrou do pescoço de uma tartaruga e sorriu.

XII

Os rumores entram nos ouvidos de todas as pessoas, mas, enquanto circulam pelo mundo, eles vão mudando, de tal forma que a cada um chegam de maneira diferente. *Vox corridorum, vox Dei.* A audição é o sentido mais vulnerável do homem. Ao sentir com os dedos uma superfície excessivamente quente ou excessivamente fria, um homem tira seus dedos dali. Ao ver algo que não lhe agrada, ele volta os olhos para o outro lado, cobre os olhos com as mãos ou fecha os olhos. Quando alguém lhe fala, ele não pode tampar os ouvidos. Ainda que ele tampe os ouvidos com os dedos, ouvirá a voz do outro porque os dedos não tampam os ouvidos completamente. Por isso, antes de dizer qualquer coisa, as pessoas deveriam pensar duas vezes e três vezes. Se, antes de falar, as pessoas pensassem, não haveria tantos rumores.

Tendo ouvido o que não queria, o Prof. Braunfels preferia ter esquecido o que ouviu. No entanto, um homem não pode escolher o que vai esquecer e o que vai lembrar. Quem conhece o funcionamento da memória e quem se atreve a dizer que pode governá-la? Querendo esquecer tudo o que tinha ouvido a respeito da Profa. Tamar, o Prof. Braunfels queria abrir espaço, em sua mente, para a história dos escravos da Palestina sob domínio romano. Estando no prédio de História e Geografia, ele se lembra do pescoço de tartaruga da antropóloga e da blusa com pescoço de tartaruga da antropóloga. O vinho da véspera e o jantar fora de hora na Cantina Orvieto atrapalham sua capacidade de concentração e ele tenta se socorrer com chá preto. Em vez de ajudá-lo a se concentrar nas suas ideias, o chá preto parece levá-lo a se dispersar ainda mais. Agora, ele pensa em tudo o que ouviu a respeito da Profa. Tamar deste e daquela, de Miguel e de Josué, de Carmen e de Antonieta. Nada do que lhe disseram aquelas pessoas parece lhe interessar e, ainda assim, aquelas vozes se acumulam e se sobrepõem umas às outras, em sua memória, e assim ocupam o lugar destinado às fichas e aos resumos e às anotações com as quais o Prof. Braunfels quer criar seu trabalho – um trabalho que tem como paradigma nada menos do que o livro de Manfred Herbst.

Manfred Herbst escreveu seu livro em tempos de adversidade. À Palestina britânica, na década de 1940, chegavam notícias sobre o que se passava na Europa. Fora da Palestina uns matavam os outros e dentro da Palestina uns matavam os outros. Em 1948 começou mais uma guerra. A comida era racionada e dentro das casas as pessoas instalavam lâmpadas muito fracas, para economizar na conta de eletricidade. No inverno, as casas eram aquecidas parcimoniosamente, só por algumas horas, e só nos dias realmente muito frios, com estufas a querosene. Ameaçado pela fome, pelo frio e pelas notícias que vinham da Europa, Manfred Herbst escreveu uma obra que, ainda hoje, é uma referência entre os estudiosos de História Antiga.

As condições de vida do Prof. Braunfels não são perfeitas, mas as ameaças estão distantes da sua pele e estão distantes do seu pescoço. Tendo o dia inteiro para se dedicar às suas pesquisas, ele sorve chá preto e olha à sua volta. Olha à sua volta e pensa nas desgraças da Profa. Tamar Peled, que parecem interessar a todos, enquanto lhe parece que, talvez, a história da vida cotidiana dos escravos na Palestina sob o domínio romano não interesse a ninguém. As condições de vida do Prof. Braunfels são incomparavelmente mais confortáveis do que as condições de vida de Manfred Herbst. Ele não se sente permanentemente ameaçado nem se pergunta com o que haverá de encher sua boca amanhã. A geladeira da casa do Prof. Braunfels está sempre cheia de boa comida, e um grande supermercado, perto da sua casa, oferece todos os tipos de comidas, tanto as que são produzidas no Brasil como muitos tipos de comida que não são produzidos no Brasil, durante os sete dias da semana.

Há uma diferença, porém, que não é tão óbvia: essa diferença é o ar. Num texto de Martin Buber – ou teria sido numa carta de Gershom Scholem? –, o Prof. Braunfels leu alguma vez que o ar de Jerusalém torna os homens sábios. Muitas coisas podem ser ditas sobre o ar de São Paulo. Poucas delas, porém, são boas. A pessoa respira e imediatamente o que está no ar passa para seu sangue. Do sangue, vai para o coração. Salvar um coração é salvar uma vida porque o coração é o centro da vida. Do coração, o ar que se respira se espalha por todos os órgãos. Quando o sangue que está no coração está envenenado, todos os órgãos do corpo são envenenados. Os sábios de Israel disseram que o ar de Israel e, em especial, o ar de Jerusalém, torna as pessoas sábias. Porém, não disseram o que acontece com essa sabedoria quando a pessoa sai de Israel e passa a respirar o ar de outro lugar. A sabedoria permanece com a pessoa ou a sabedoria desaparece com o ar? Como se sabe, o ar, quando suficientemente envenenado, pode matar uma pessoa em questão de minutos. Pode, também, matar muitas pessoas de uma só vez: isso já foi comprovado pela ciência e já foi comprovado pela prática. Quando está moderadamente envenenado, o ar mata uma pessoa aos poucos porque a vai transformando numa criatura pior do que ela era antes de respirar aqueles venenos. A ciência ainda não estudou esse fenômeno, mas a prática comprova que uma pessoa que passa sua vida respirando todos os tipos de venenos se torna uma pessoa transtornada.

Quando chega à Cidade Universitária e avista todas as árvores que há ali, o Prof. Braunfels respira, aliviado. Embora o ar de São Paulo não seja o ar de Jerusalém, há alguma coisa no ar da Cidade Universitária que parece muito favorável ao Prof. Braunfels. Ele caminha e inala, inala e caminha e lhe parece que o ar dos bosques é diretamente injetado em seu coração e que a sabedoria dos bosques clareia suas ideias. Assim, mesmo em relação à questão do ar, não é possível dizer com certeza que as condições de vida do Prof. Braunfels não sejam melhores do que as condições de vida de Manfred Herbst, porque o Prof. Braunfels quer acreditar que o ar da Cidade Universitária é uma grande exceção dentro da atmosfera de São Paulo.

Às vezes, o Prof. Braunfels viaja para participar de congressos fora de São Paulo ou para participar de bancas fora de São Paulo. Nessas ocasiões, ele toma o avião no aeroporto de Congonhas. Tendo o avião decolado e tendo alcançado uma certa altitude, é possível observar, pelas janelinhas, a cidade lá embaixo, com seus arranha-céus, envolta por uma massa colossal de gases cinza. Quando olha para esses gases cinza, o Prof. Braunfels vê que não é possível existir ali nenhum tipo de exceção. Tendo voltado de uma dessas viagens, ele entra na Cidade Universitária e seus sentidos lhe dizem que as condições, ali, são muito diferentes das condições no resto da cidade. Para todos os sistemas de regras existem exceções.

O trabalho de Manfred Herbst é um trabalho excepcional, não só por ter sido escrito sob condições adversas, mas por causa das suas qualidades intrínsecas, que são independentes de quaisquer circunstâncias. Por isso, parece ao Prof. Braunfels que objetivamente não existe nada que o impeça de escrever um livro destinado a se tornar um clássico em seu gênero. Quando ele contempla os trabalhos dos seus colegas, que são publicados pelas editoras universitárias, ele se pergunta se algum deles merecerá, um dia, o título de clássico.

Todas as semanas, as editoras universitárias lançam no mercado novos livros. Ao fim de um mês, estes somam algumas dezenas. Passa um ano e as dezenas se transformam em centenas. Enquanto os críticos e os resenhistas estão ocupados com a leitura de um livro, surgem outros para disputar sua atenção. Mal chegam às prateleiras dos livreiros, os novos livros são esquecidos porque outros, ainda mais novos, já querem torná-los obsoletos. Para acompanhar esse ritmo, os livros têm que ser escritos depressa. Muitas vezes, os livros que são escritos depressa não são tão bons quanto outros, que foram escritos devagar. Tendo sido escritos depressa, eles alcançam antes as prateleiras das livrarias e, quando os que foram escritos devagar estão prontos e seus vendedores vêm bater à porta dos livreiros, os lugares que deveriam ser ocupados por esses livros que foram escritos devagar já estão ocupados por aqueles outros livros, que chegaram antes porque foram escritos mais depressa.

Manfred Herbst levou mais de dez anos escrevendo seu livro sobre os costumes funerários do Império Bizantino. A época em que Manfred Herbst tinha vivido era uma época de pobreza. Vivendo em meio à dificuldade e em meio à preocupação com a sobrevivência, a maioria das pessoas dedicava seus dias a procurar os meios para sua sobrevivência. Uns trabalhavam como diaristas na construção civil, inclusive um ou outro refugiado alemão que, ainda assim, não abria mão do seu título de *Doktor*. Outros se dedicavam à agricultura. Os empregos na universidade eram escassos. Uma pesquisa como a pesquisa de Manfred Herbst era entendida como um luxo. Do tempo de Manfred Herbst para o tempo do Prof. Braunfels muitas coisas mudaram no mundo – algumas coisas mudaram para melhor e outras coisas mudaram para pior. O ar, por exemplo: à época de Manfred Herbst ninguém se preocupava com a poluição do ar porque os automóveis eram poucos e a população das cidades não era como hoje, nem em Jerusalém e, menos ainda, em São Paulo. Os livros, por exemplo: a impressão de um novo livro era um processo trabalhoso, e os tipógrafos tinham que colocar os tipos nas chapas, um a um. Facilmente um livro como o livro de Manfred Herbst continha, entre suas capas, dois milhões de letras ou ainda mais letras. Cada uma delas tinha que estar exatamente no lugar que lhe cabia. Sendo poucos e muito dispendiosos, os livros estavam cercados de cuidados de todos os tipos: desde o instante em que um estudioso começava a preparar suas fichas com anotações de todos os tipos até a leitura das provas de impressão preparadas pelos tipógrafos, todos os cuidados eram tomados.

Não é preciso dizer que o número de livros publicados multiplicou-se exponencialmente, não só por causa da prosperidade, mas por causa de todas as invenções que tornaram fácil a publicação de um livro. Pessoas que antes se dedicariam a escrever em jornais ou que se dedicariam a tarefas muito mais simples, como trabalhar numa companhia de seguros, agora se põem a escrever livros. Livros que antes eram datilografados e ficavam esquecidos no interior das gavetas agora são publicados e, tão facilmente quanto foram publicados, são esquecidos. Distraídos e aviltados por esse movimento vertiginoso, os críticos vão ficando calejados e já não conseguem distinguir os bons livros dos maus livros: louvam os livros que não merecem ser louvados e, quando lhes chega às mãos mais uma obra de valor, eles já gastaram todas as suas palavras para falar de outros livros e permanecem em silêncio.

Se houvesse menos livros novos, talvez os novos livros recebessem mais atenção. Mas se não fosse tão fácil publicar um novo livro, talvez o trabalho do Prof. Braunfels não teria nenhuma chance de ser publicado. Enquanto ele pensa sobre o destino dos livros e sobre o destino da Profa. Tamar e sorve chá preto, os grãos da manhã não param de escorrer pela ampulheta. *Ars longa, vita brevis*. Se não fosse o jantar da véspera e se não fosse o vento noroeste e se não fosse a questão das listas de presença, que eram como um verme pequeno, mas persistente, a importunar sua paz de espírito, talvez agora ele estivesse trabalhando diligentemente em sua pesquisa, preenchendo fichas que depois se tornarão páginas e páginas que depois se tornarão capítulos.

As coisas sendo como são, elas nem sempre são como deveriam ser. Ele se pergunta se vale a pena ou se não vale a pena começar a escrever aquele livro. Tendo o dia inteiro pela frente e o ar da Cidade Universitária à sua disposição, o Prof. Braunfels sorve chá preto e pensa nas desgraças da Profa. Tamar Peled em vez de pensar na vida cotidiana dos escravos da Palestina sob domínio romano. Pensar na vida cotidiana dos escravos não é muito útil. Um estudioso pensa muitas coisas sobre seu objeto de estudo. Se não anota seus pensamentos, mais tarde, quando chega a hora de redigi--los, ele já não se lembra mais do que pensou antes, porque novos pensamentos já tomaram o lugar dos pensamentos anteriores, que foram esquecidos. Um estudioso que pensa enquanto fita o vazio e permite aos seus pensamentos que o levem para onde eles quiserem é como uma torneira que foi deixada aberta: sua água é desperdiçada e, tendo sido desperdiçada, não existe maneira para recuperá-la.

Os pensamentos do Prof. Braunfels se dirigem para cá e se dirigem para lá. Enquanto isso, as fichas permanecem em branco e os livros permanecem fechados. Um livro como o livro que o Prof. Braunfels quer escrever é feito de pensamentos e é feito de outros livros. Uma vez que não é possível interrogar os escravos da Palestina que viveram sob o domínio romano sobre as circunstâncias das suas existências, é preciso recorrer às fontes bibliográficas, tanto as fontes bibliográficas primárias quanto as fontes bibliográficas secundárias. Os escritores do Império Romano davam pouca atenção aos escravos, assim como davam pouca atenção aos porcos, às galinhas e aos peixes. Sendo a escrita o privilégio de umas poucas pessoas educadas, o tema dos escravos interessava à maioria dos escritores romanos tanto quanto o tema das pedras do calçamento. Isto é: não lhes interessava.

Assim como o Prof. Braunfels nunca pensou em escrever uma única linha sobre Magdalena, que limpa seu apartamento enquanto ele sorve chá preto no saguão do prédio de História e Geografia, os autores do Império Romano pouco se importavam com o que acontecia e com o que deixava de acontecer aos seus escravos. Esta não é uma boa analogia porque Magdalena não é uma escrava, mas é uma boa analogia porque tudo aquilo que era feito pelos escravos no Império Romano é feito por Magdalena na casa do Prof. Braunfels. A vida cotidiana das empregadas domésticas não é um tema que interessa aos historiadores, muito menos aos historiadores de História Antiga, enquanto um livro sobre a vida cotidiana dos escravos da Palestina sob domínio romano é capaz de ser saudado como um estudo original, inovador, que abre novas fronteiras para a pesquisa histórica.

A principal fonte bibliográfica primária para o novo estudo do Prof. Braunfels são as obras do historiador Flavius Josephus, que, tendo nascido e vivido nas terras de Israel, viu seu país ser subjugado pelos romanos, aos quais ele mesmo se aliou, tendo sido considerado um traidor por muitos dos membros do seu próprio povo. Flavius Josephus escreveu muitas coisas sobre muitos temas e também um pouco sobre o tema que tanto interessa ao Prof. Braunfels. Segundo as palavras do Prof. Braunfels, "a pesquisa sobre a vida cotidiana dos escravos da Palestina sob domínio romano permite investigar a história de um determinado período e de um determinado lugar a partir do seu avesso e, assim, revelar-lhe novas perspectivas".

A palavra "avesso" lhe parece especialmente adequada porque, "tendo a história sido escrita pelos vencedores, os derrotados e os que foram empurrados para os subterrâneos evidentemente a viram por outra perspectiva".

As obras completas de Flavius Josephus, tanto no original grego quanto em tradução para diferentes línguas europeias, se encontram no acervo da biblioteca de História e Geografia. Durante seus anos de estudos na Universidade de Heidelberg, o Prof. Braunfels obteve o título de mestre em Estudos Clássicos. Ele está perfeitamente habilitado a ler, no original grego, os textos de Flavius Josephus. Os textos em grego clássico de Flavius Josephus contêm um certo número de referências aos escravos – tanto escravos bárbaros quanto escravos gregos, tanto escravos hebreus quanto escravos gentios.

Há, nas obras de Flavius Josephus, todo um vocabulário específico para se referir ao fenômeno da escravidão. O tema da escravidão e de suas representações na obra de Flavius Josephus já interessava aos historiadores alemães do século XIX, por exemplo Marcus Olitzky, o autor do artigo

"*Der jüdische Sklave nach Josephus und der Halacha*", ou seja, "O escravo judeu segundo Josephus e segundo a *Halachá*", publicado em 1889 e que discute a omissão de Josephus de tudo o que diz respeito ao caráter humanitário da atitude dos judeus ante os escravos.

Em parte da sua obra, Flavius Josephus quis apresentar ao mundo gentio os fundamentos da religião e da cultura e da história judaicas. No entanto, em nenhum momento ele cita que, de acordo com o texto da Torá, o homem foi criado à imagem e à semelhança de Deus e que tanto o escravo quanto seu senhor foram criados à imagem e semelhança de Deus. O assunto que interessa ao Prof. Braunfels ocupa os historiadores e os estudiosos de História Antiga há mais de um século. No entanto, espera-se que, com suas pesquisas, o Prof. Braunfels seja capaz de dizer algo de novo a respeito de um assunto antigo.

O imperativo de sempre dizer coisas novas sobre os mesmos assuntos antigos cria aquilo que alguém – ele já não lembra mais quem – chamou de "o colesterol da cultura contemporânea". Quando começou seus estudos sobre a Antiguidade Clássica, o Prof. Braunfels imaginava que encontraria as obras definitivas sobre os diferentes temas dos Estudos Clássicos, e que aquele acervo de obras definitivas seria estável. Aos poucos, ele passou a se dar conta de que essas obras definitivas não existem porque o progresso das ciências é o irmão siamês da obsolescência das ciências.

Irmãos siameses não podem viver um sem o outro. O conceito de progresso sendo estranho ao mundo antigo, ele se tornou fundamental em todos os estudos modernos sobre o mundo antigo. Inovações como os grandes arquivos digitais denominados *Thesaurus Linguae Graecae* e *Thesaurus Linguae Latinae* revolucionaram as pesquisas de História Antiga. Agora, bibliotecas inteiras se encontram ao alcance das pontas dos dedos dos pesquisadores, em arquivos digitais. Informações que antes dependiam de pesquisas demoradas nos catálogos das bibliotecas e nas estantes das bibliotecas agora são obtidas por meio de alguns cliques.

Com tantas informações à sua disposição, muitas vezes os pesquisadores se extraviam. Os pesquisadores antigos tinham à sua disposição poucas informações e muito tempo. Os pesquisadores modernos têm à sua disposição muitas informações e pouco tempo. Assim como nos restaurantes onde cada um se serve à vontade e enche seu prato com mais comida do que é capaz de digerir, muitos historiadores acumulam informações que não são capazes de interpretar. Sobrecarregados, entupidos de detritos, seus livros se destinam ao esquecimento, assim como a comida que sobra nos pratos dos restaurantes onde cada um se serve à vontade.

O Prof. Braunfels atribui os defeitos que qualquer um é capaz de enxergar nos livros acadêmicos que são produzidos industrialmente, como numa linha de montagem, à pouca experiência dos pesquisadores. Os títulos acadêmicos de mestre e de doutor, que antes eram conquistados a duras penas por professores universitários com anos de carreira como assistentes, e que eram prerrogativas de pessoas maduras que tinham acumulado experiências de vida de todos os tipos, agora são obtidos por estudantes recém-formados. Tendo passado a vida inteira sentados em bancos escolares, esses jovens seguem, diretamente, para os estudos de pós-graduação. Aos vinte e poucos anos, são doutores, prontos para ingressar na carreira acadêmica. Um doutor de Humanidades aos vinte e poucos anos é, aos olhos do Prof. Braunfels, uma figura patética. E, no entanto, esses jovens inexperientes, cuja reputação efêmera repousa sobre livros acadêmicos que foram escritos às pressas, com vistas à obtenção de títulos acadêmicos, são disputados pelas universidades por causa do seu suposto potencial. Aos quarenta e poucos anos, não tendo escrito nada de importante, os trabalhos com os quais eles construíram suas carreiras acadêmicas são considerados velhos e ultrapassados, e são esquecidos.

Uma nova geração de mão de obra acadêmica, sequiosa por títulos e ávida por empregos, já sai das fôrmas alardeando seu grande potencial, que chama a atenção dos empregadores. Assim, passa a ocupar os lugares que aqueles, os anteriores, não chegaram a ocupar realmente.

Como numa dança das cadeiras, o que importa é manter a música tocando, as pessoas correndo em volta das cadeiras, as rodas girando, as engrenagens estalando. Uma hora, a música tendo parado de tocar, todos têm que se sentar. Há, sempre, uma cadeira a menos. Alguém fica sem cadeira e cai fora do jogo. A isto se chama de progresso do conhecimento.

Um ou outro fatalmente ficará sem cadeira. Mais cedo ou mais tarde, Sílvio ou Henrique, Selma ou Helena estarão fora do jogo. Vendo a queda de uns, os que ficaram no jogo correm ainda mais. Correndo ainda mais, tropeçam.

Uns conseguem se levantar e os que não conseguem se levantar podem ser pisoteados pela manada que vem atrás.

Importa continuar a correr, sempre.

Um dia, cedo ou tarde, todos estão destinados a cair.

XIII

Tendo caído em desgraça, a Profa. Tamar Peled segue andando pelos corredores da universidade e tenta provar a si mesma que nada mudou. Nas estantes da biblioteca da faculdade, seus livros acumulam poeira, porque nunca alguém os tira da prateleira. A Profa. Tamar Peled diz a seus alunos que leiam seus livros. Basta-lhes, porém, a obrigação de aturá-la durante as aulas que eles são obrigados a frequentar. Ao contrário do Prof. Braunfels, que é liberal no que diz respeito às listas de presença e que não se importa se, nas folhas que passa ou que não passa em cada uma das suas aulas, os alunos assinam nas linhas que correspondem a aulas que, na realidade, eles não assistiram, e que, depois, ao colocar sua própria assinatura nesses formulários, na hora de entregá-los, na secretaria do Departamento de História Antiga, sente uma pequena perturbação na sua consciência, como se um pequeno verme mordesse, persistentemente, seu coração, a Profa. Tamar Peled exige dos seus alunos que estejam presentes em pelo menos setenta e cinco por cento das aulas que ministra, conforme reza o regimento da faculdade. Ela é meticulosa em suas exigências.

Antes de começar sua aula, a Profa. Tamar Peled passa a lista de presença entre os alunos. Assim que eles terminam de assinar a lista, ela confere as assinaturas, uma por uma. Os espaços deixados em branco significam: este aluno não veio à aula e aquele aluno não veio à aula. Com uma régua transparente e com uma caneta vermelha, a Profa. Tamar Peled preenche aqueles espaços vazios com linhas vermelhas, e as linhas vermelhas que ela traça nas listas também desenham, no seu rosto, uma expressão de satisfação. Esta é uma expressão semelhante à que surgiu no rosto da Profa. Tamar Peled no dia em que, tendo sido satisfeita pelo Prof. Amnon, ela o expulsou da sua casa, mas só o Prof. Amnon sabe disso.

Ao traçar as linhas vermelhas, é como se ela fizesse cortes com uma faca na pele dos alunos faltosos, que deixam marcas perfeitas. Os alunos que chegam atrasados já não têm mais onde colocar suas assinaturas: o espaço destinado a elas já está ocupado pela linha vermelha da Profa. Tamar Peled.

O pequeno verme do arrependimento ameaça o coração do Prof. Braunfels quando ele entrega aquelas listas de presença preenchidas com desleixo, mas a Profa. Tamar Peled jamais se arrepende das suas linhas vermelhas. Os alunos, não gostando dela, recusam-se a ler seus livros, que acumulam poeira nas estantes da biblioteca. Sabendo de onde ela tira as ideias e as informações que constam dos seus livros, porque se aconselharam com os alunos veteranos, os alunos da Profa. Tamar Peled leem os livros dos grandes antropólogos franceses.

Na internet, circulam as respostas às questões que a Profa. Tamar Peled propõe aos seus alunos nas provas. Os alunos sabem disso e a Profa. Tamar Peled não sabe disso. Assim, sendo obrigados a assistir às suas aulas, eles se livram de ter que ler seus livros.

Os cursos da Profa. Tamar Peled sendo obrigatórios, seus alunos encontram maneiras de atenuar a severidade do castigo que, por força do regimento acadêmico, recai sobre eles. Os alunos fazem reclamações ao Departamento de Antropologia. Essas reclamações são comentadas nas reuniões de departamento e depois são esquecidas. São esquecidas, mas não são esquecidas, porque acabam sendo incorporadas aos rumores diferentes versões sobre o caso da Profa. Tamar Peled com o Prof. Amnon, sobre a gordura e, depois, sobre o emagrecimento, e sobre as pelancas do pescoço da Profa. Tamar Peled, que agora se parece como pescoço de um jabuti que está com a cabeça meio recolhida para dentro da sua carapaça.

Quando o livro da Profa. Tamar Peled, que seus alunos se recusam a ler, foi publicado, ela mesma o inscreveu para o Prêmio Jabuti. Estando convicta da qualidade do seu trabalho, ela tinha certeza de que seria indicada para o prêmio e de que seu nome, pelo menos, figuraria na lista dos dez finalistas do prêmio. Ela não fez segredo disso: ao contrário, contou a todos os seus colegas, querendo lhes mostrar o quanto ela confiava em si mesma e o quanto ela confiava em seu próprio trabalho.

Seu trabalho não tendo sido selecionado pela comissão responsável pelo Prêmio Jabuti, agora seu pescoço lembra a todos que a avistavam esse episódio. A ligação entre o pescoço da Profa. Tamar Peled e seu fracasso no prêmio não é evidente, mas, alguém tendo criado um rumor maldoso, agora todos olham para ela e sentem vontade de rir. Sentindo vontade de rir, mas estando na frente dela, não podem rir. Isto torna ainda mais difícil reprimir o riso. Ao reprimirem o riso, uma expressão que não é natural surge nos seus rostos. Ao ver aquelas expressões artificiais, a Profa. Tamar Peled percebe que algo está errado. Aquilo a magoa. Ela é vista andando sozinha pelos corredores: uma mulher caída em desgraça. Ninguém se aproxima dela.

Na Idade Média, os leprosos eram obrigados a andar com um sino pendurado no pescoço. O tilintar do sino anunciava a aproximação do leproso. Ao ouvirem o sino, os outros se afastavam. Os rumores que acompanham as passagens da Profa. Tamar Peled são como o sino dos leprosos: quando ela é vista, todos aqueles rumores começam a tilintar e os outros se afastam. Isso a magoa e isso a enfurece. Estando magoada, ela se recolhe aos próprios pensamentos, que não são bons pensamentos. Estando furiosa, ela maltrata a todos os que são obrigados a conviver com ela. Isso não contribui para sua reputação.

Não tendo família nem filhos, ela maltrata os alunos. Obriga-os a assistirem às suas aulas porque, se não os obrigasse, eles não viriam. Se os alunos fazem perguntas, ela diz que são perguntas estúpidas. Não fazem perguntas, são múmias e não prestam atenção. Muitas vezes, ela diz coisas sem sentido, para provocar os alunos e ver se alguém reage. Eles a interrompem: são insolentes. Não a interrompem: marmotas. Os alunos ficam perplexos. Fazem reclamações. As reclamações se somam às reclamações. O tilintar dos rumores se torna mais forte. Mais as pessoas se afastam dela, mais ela se enfurece. Mais ela se enfurece, mais maltrata os alunos.

Querendo estudar o comportamento dos homens, a antropóloga Tamar Peled não entende o próprio comportamento. Sua ciência não aliviando seu sofrimento e ela não entendendo o próprio comportamento, ela passou a procurar os médicos. Os médicos lhe receitaram remédios, ora para estimulá-la, ora para tranquilizá-la. Ela confia e não confia nos médicos. Um dia toma os remédios e, no outro dia, não os toma. Seus humores variam como o vento, mas ela raramente está de bom humor. Seus humores variam entre o ruim, o pior e o péssimo. Isto também não contribui para sua reputação. A vida, que um dia lhe pareceu um caminho reto, se torna um labirinto. Ela dá voltas em volta de si mesma. Com os próprios pés, escavava as valas onde tropeça. Tropeça e cai.

Como ela é docente concursada da universidade, não podem mandá-la embora. Sabendo que não podem mandá-la embora, a Profa. Tamar Peled abusa. Os regimentos governam as relações entre as pessoas dentro da universidade. Uma hierarquia coloca cada um em determinado lugar. Alguns, aproveitando a existência dessa hierarquia, abusam das prerrogativas dos seus cargos. Por exemplo: a Profa. Tamar Peled. Segundo a hierarquia da universidade, os alunos estão em posição de submissão em relação aos docentes. A Profa. Tamar Peled maltrata seus alunos. Eles deixam de ler seus livros porque não a suportam e, quando chega a hora de responderem às questões que aparecem nas provas da Profa. Tamar Peled, eles se socorrem com as respostas que circulam pela internet.

Gostando de maltratar os outros, algumas pessoas escolhem carreiras que lhes permitem maltratar os outros. Diante de um docente, um aluno é uma criatura indefesa. Dizia-se do pai da Profa. Tamar Peled que ele tinha sido isto e aquilo. Ela é antropóloga. Na universidade acredita-se nos talentos e nas capacidades de cada um e não se pergunta a ninguém quem foi seu pai e quem foi sua mãe. Nas provas e nos concursos, essas perguntas são deixadas de lado.

XIV

Na Argentina e no Brasil uma organização criminosa chamada Zwi Migdal agiu, durante as primeiras décadas do século XX, no tráfico de escravas brancas. Há rumores de que os antepassados da Profa. Tamar Peled fizeram fortuna com o tráfico de escravas brancas: o tráfico de mulheres que eram trazidas do interior da Polônia e exploradas como prostitutas na América do Sul.

Alguém que casa seu filho ou sua filha quer saber quem são os pais da noiva e até quem foram os avós e os bisavós da noiva. Na universidade, não é assim. Uma pessoa se apresenta e faz as provas que constituem um concurso. As respostas às questões das provas que fazem parte dos concursos se revelam imediatamente. Se a pessoa passa no concurso, lhe dão o emprego. As provas são feitas em três dias. O caráter da pessoa só se revela aos poucos. Quando o caráter da Profa. Tamar Peled se tornou claro para todos, já era tarde. Talvez o caráter da Profa. Tamar Peled tenha sido a causa da sua doença e talvez a sua doença tenha sido o que moldou seu caráter. Não havendo doença boa, o que se pode dizer sobre um caráter assim?

Os médicos tentam curar a doença da Profa. Tamar Peled com seus remédios. O caráter de uma pessoa não pode ser mudado com remédios, mas algumas doenças podem ser curadas. O caráter e a doença estando numa mesma pessoa, quem é capaz de distinguir um do outro? Os médicos tentam este remédio e depois tentam aquele remédio. Primeiro, porém, será preciso encontrar o remédio que levará a Profa. Tamar Peled a tomar regularmente os remédios que os médicos lhe receitam. Quando esses outros remédios começarem a surtir efeito, talvez sua doença poderá ser curada. Mas, se isso acontecer, a Profa. Tamar Peled ainda será a Profa. Tamar Peled?

Nas reuniões de departamento, as pessoas falam com ela e não sabem se estão falando com ela, se estão falando com um euforizante, ou se estão falando com um tranquilizante. Um nó cego embaralha e ata, uns aos outros, os remédios, a doença e o caráter da Profa. Tamar Peled, numa confusão monstruosa. Os antigos acreditavam que seus feitos tinham consequências não só sobre os próprios destinos, mas sobre os destinos dos seus descendentes. As pessoas, assim, seriam o que são como manifestações de uma lei inexorável, que governa cada uma das linhagens familiares. Os escravos, por exemplo.

Conforme a teoria que o Prof. Braunfels tenta estabelecer, vigorava, na Palestina sob o domínio romano, a crença de que o destino dos escravos fosse a manifestação de uma vontade superior, que os punia com esse destino por causa das transgressões cometidas pelos seus antepassados. Por acreditar nessa concepção, o historiador judeu Flavius Josephus, que se aliou aos romanos depois da conquista da Judeia pelos exércitos do cruel Tito, abstinha-se, segundo o Prof. Braunfels, de mencionar, em seu livro sobre as tradições religiosas e culturais do judaísmo, que fora escrito em grego, mas que é conhecido no mundo dos manuscritos antigos pelo seu título em latim, *Antiquitates Judaicae*, de mencionar que todos os homens foram criados à imagem e semelhança de Deus.

A ordem social romana não era fundamentada no princípio da igualdade e não era fundamentada no princípio da misericórdia. A sociedade romana era uma sociedade na qual havia, de um lado, os senhores, pertencentes à classe patrícia e, de outro lado, os escravos, provenientes de todos os quadrantes do Império. As ideias judaicas a respeito da escravidão eram bem mais complicadas. Segundo a lei bíblica, um homem que tem dívidas pode se transformar em escravo. Ao fim de sete anos, ele é libertado. Se ao fim de sete anos ele não quer a liberdade, sua orelha é furada, como sinal de submissão permanente ao seu senhor.

Conforme as ideias bíblicas, o enriquecimento e o empobrecimento estão nas mãos de Deus. Um homem endividado pode se tornar um escravo. Entre os romanos, ninguém perguntava a um escravo se ele tinha dívidas ou se ele não tinha dívidas. Passados sete anos, ninguém perguntava a um escravo se ele queria continuar a ser escravo ou se ele queria ser liberto. Um escravo era um escravo e um homem livre era um homem livre. Uma das consequências da conquista romana da Judeia foi o choque entre essas duas concepções contraditórias sobre o fenômeno da escravidão. Flavius Josephus, querendo agradar os novos governantes da terra de Israel, absteve-se de mencionar, em seu livro *Antiquitates*

Judaicae, que, segundo a tradição do judaísmo, todos os homens foram criados à imagem e semelhança de Deus. Esse princípio bíblico sendo incompatível com a ideia romana de escravidão, ele o excluiu do seu livro. Tendo-o excluído do seu livro, ele tentou se manter numa posição intermediária, ajustando-se aos valores dos novos governantes.

Segundo o Prof. Braunfels, o historiador Flavius Josephus foi o precursor daqueles que, desejando assimilar-se aos povos em meio aos quais vivem, modificam os valores culturais herdados dos ancestrais, como as leis religiosas, os costumes da vida cotidiana e até mesmo as leis dietéticas, assim esperando contar com a simpatia dos poderosos. Essa é uma história conhecida por todos e, em especial, pela família do Prof. Braunfels, que viveu por muitas gerações na Alemanha.

Muitas das leis religiosas judaicas, como se sabe, eram incompatíveis com o estilo de vida da burguesia alemã do século XIX e do século XX, tanto nas grandes cidades, como Berlim, Düsseldorf e Frankfurt, quanto nas cidades que tinham, havia séculos, comunidades judaicas tradicionais, como Mainz, Speyer e Worms – nomes de cidades às margens do Reno que tinham um lugar de grande importância na história dos judeus da Alemanha e na história dos judeus na Alemanha.

Se, para os antigos, o destino de uma pessoa era moldado pelos feitos dos antepassados, cujos efeitos recaíam, pela lei natural das coisas, sobre seus descendentes, o destino de tornar-se escravo estava atrelado aos erros que desfiguravam as almas daqueles que os tinham cometido, à culpa por eles incorrida, que recaía sobre seus descendentes. Flavius

Josephus acreditava que, se os escravos estavam sendo castigados, de alguma maneira eles eram merecedores desses castigos, seja porque tinham, eles mesmos, cometido atos dignos de castigo, seja porque seus antepassados tinham cometido atos dignos de castigos. Essa visão sobre a escravidão se acomodava perfeitamente às ideias dos senhores de escravos, mas não era conveniente para os próprios escravos.

Tendo se aliado aos romanos, que se tornaram senhores da Judeia depois da vitória dos exércitos de Tito, e depois da destruição do esplêndido templo que Herodes construiu em Jerusalém, Flavius Josephus queria agradar os novos senhores da Judeia com seus livros, que ele escreveu em Roma, em aramaico, e que eram, imediatamente, traduzidos para a língua grega. Há um provérbio bíblico que diz que um cão vivo vale mais do que um leão morto. Esse provérbio está contido no livro de Eclesiastes. Flavius Josephus, segundo o Prof. Braunfels, conhecia esse provérbio.

A Judeia tendo sido capturada, os romanos cunharam uma grande quantidade de moedas com os dizeres *Judaea Capta*. Essas moedas trazem a imagem de uma mulher encurvada e escravizada que representa a Judeia, acorrentada e submetida aos vitoriosos romanos. Essas moedas ainda hoje podem ser encontradas, em versões originais e em versões falsificadas, nos antiquários numismáticos de Jerusalém e também aparecem, às vezes, em leilões numismáticos promovidos por grandes casas internacionais de leilões, como a Sotheby's e a Christie's, onde alcançam valores elevados. Quem compra moedas assim? Principalmente, colecionadores judeus. Eles olham para essas moedas milenares que representam a Judeia submetida ao Império Romano. Olham para essas moedas, nas quais está representada uma mulher escravizada, junto a uma tamareira carregada, submetida a um militar romano em todo o esplendor do seu aparato de guerreiro. Hoje, o que resta do Império Romano, da Judeia até Cartago, da Sicília até Colônia? O gigante foi arruinado e os cativos foram libertos. O nome da mulher que aparece na moeda *Judaea Capta*, junto a uma tamareira, é Tamar.

Se os erros e as culpas de um homem recaem sobre seus descendentes, o que se pode dizer de alguém que descende de traficantes de escravas brancas? Ninguém perguntou à Profa. Tamar Peled quem tinham sido seus antepassados e, no entanto, havia quem dissesse que tanto sua doença quanto seus sofrimentos, tanto seu caráter quanto a antipatia que ela despertava entre seus colegas e entre seus alunos, eram o resultado de coisas que tinham sido feitas pelos seus antepassados, coisas que foram feitas, mas que não deveriam ter sido feitas. Se isto é assim, para que servem os remédios dos médicos? Os remédios dos médicos não fazem os efeitos que os médicos desejavam porque a Profa. Tamar Peled não os toma como os médicos querem que ela faça ou porque os remédios e os médicos nada podem contra as causas do sofrimento da Profa. Tamar?

Se os remédios não são capazes de curar a doença da Profa. Tamar, quem será capaz de curá-la? A mulher cuja efígie está gravada na moeda romana sob os dizeres *Judaea Capta* chama-se Tamar. Atrás dela há uma tamareira. Da tamareira pende um cacho de tâmaras. A Profa. Tamar dá seu dinheiro aos médicos e os médicos não tiram de sobre as costas da Profa.

Tamar o fardo da sua doença. A doença é mais forte do que os médicos e é mais forte do que os remédios e a mão da doença pesa sobre as costas da Profa. Tamar como um fardo de tâmaras sobre as costas da mulher estampada na moeda *Judaea Capta*: como a mão do senhor sobre as costas do escravo.

Segundo Flavius Josephus, a captura da Judeia era merecida, porque tinha sido causada pelas rivalidades e pelos ódios dos moradores da Judeia: este era seu castigo. A doença verga as costas da Profa. Tamar e o pescoço da Profa. Tamar lembra o pescoço de um jabuti que está recolhendo a cabeça para o interior da sua carapaça. Um jabuti simboliza a sabedoria, mas os livros da Profa. Tamar nem mesmo foram indicados para a lista dos finalistas do Prêmio Jabuti. Privada da sua saúde e privada dos prêmios que imagina conquistar por meio do seu trabalho, a Profa. Tamar segue seus caminhos. Seus caminhos não são agradáveis e seus caminhos não são prazerosos. Os médicos tentam mudar o curso desses caminhos e não conseguem.

Os caminhos que resultam da interferência dos médicos são, sem dúvida, diferentes dos caminhos que ela seguiria se não fossem os médicos. Ela se pergunta se são melhores ou se são piores. Quando lhe parece que são melhores, ela toma os remédios que os médicos lhe recomendam, e, quando lhe parece que são piores, ela não toma esses remédios. Assim, ela não segue por um caminho nem segue pelo outro caminho.

Dá voltas em torno de si mesma. Dá voltas em torno dos remédios.

Dá voltas em torno da sua doença, cuja causa, não sendo conhecida, sua cura também não é conhecida.

XV

Depois do término das aulas, o prédio da faculdade fica vazio. Os alunos não estando lá, não há o eco das suas vozes nos corredores. Outros barulhos, que não são ouvidos durante o semestre, são ouvidos agora: o barulho dos cartazes e o barulho dos avisos que, pendendo da parede, balançam com as correntes de ar e aos poucos são arrancados. Durante o semestre, o Prof. Braunfels se sente incomodado pelo barulho dos alunos. Tendo visto a Profa. Tamar Peled, aquele silêncio começa a pesar sobre seu coração. Seu coração estando intranquilo, ele não consegue pensar em seu trabalho. De qualquer maneira, é inútil pensar no trabalho enquanto se sorve chá preto. O Prof. Braunfels já compreendeu que o trabalho se faz fazendo, ou seja, não sorvendo chá, mas preenchendo as fichas, os resumos e as páginas, e que só as ideias diretamente vinculadas à ação de escrever podem ter algum valor.

As ideias que passam pela sua cabeça enquanto ele está sentado ali são como os passarinhos que vêm e que vão embora. As ideias que lhe vêm enquanto ele está trabalhando, sendo apanhadas pela escrita, se fixam no papel. Estando fixas no papel, não escapam mais dali. Ele as captura.

Às vezes, quando está trabalhando, ele se lembra do Zentralfriedhof de Viena, onde estão sepultados alguns dos seus antepassados porque um ramo da família do Prof. Braunfels veio de Viena. No Zentralfriedhof de Viena há uma seção cristã, que é maior, e uma seção judaica, que é menor.

Durante a noite, as lebres devoram as flores que são colocadas de dia sobre os túmulos da seção cristã do cemitério. Os guardiões do cemitério caçam as lebres com suas espingardas, para que elas não devorem as flores. Durante o dia, as lebres se escondem na seção judaica do cemitério, onde ninguém coloca flores porque os judeus não colocam flores sobre os túmulos dos seus mortos e porque quase ninguém visita a ala judaica do Zentralfriedhof de Viena.

As lebres se escondem na seção judaica do cemitério, e os guardiões as caçam com suas espingardas. Uma lebre morta não come flores. Por isso, às vezes, quando está trabalhando, o Prof. Braunfels se lembra do Zentralfriedhof de Viena: assim como uma lebre morta não pode fugir, os pensamentos confinados ao papel também não têm como escapar. Eles são como as lebres mortas e o trabalho do Prof. Braunfels é como o trabalho de um caçador.

Há, no Zentralfriedhof de Viena, mais sepulturas de judeus do que há, em Viena, judeus vivos. Os descendentes das pessoas que foram sepultadas no Zentralfriedhof de Viena no século XIX e nas primeiras décadas do século XX não podem voltar de onde estão para visitar os túmulos dos seus antepassados porque eles mesmos já estão sepultados.

Desses, alguns têm suas sepulturas em terras distantes, situadas em partes do planeta que são, por sua vez, muito distantes umas das outras. Por exemplo: Melbourne e Tel Aviv, La Paz e Nova York, Johannesburgo e Xangai. Outros têm suas sepulturas nas nuvens. Os descendentes que foram sepultados em terras distantes têm, muitas vezes, descendentes que, por sua vez, passam uma vez ou outra por Viena. Mas suas vidas se fizeram em outros lugares. Os que têm sepulturas nas nuvens não deixaram descendentes, ou seus descendentes, na maior parte das vezes, estão igualmente sepultados nas nuvens.

Por isso, as lebres do Zentralfriedhof de Viena se escondem na ala judaica do Zentralfriedhof de Viena durante o dia. Lá não há flores e lá quase nunca há gente viva. Há sepulturas esquecidas, árvores e guardiões que perseguem as lebres com espingardas, para que elas não comam as flores que os vienenses cristãos colocam sobre as sepulturas cristãs.

Alguns anos antes, o Prof. Braunfels fez uma visita ao Zentralfriedhof de Viena. Lá, ele não encontrou nem flores, nem lebres, nem as sepulturas dos seus antepassados. As lebres mortas não comem flores. Era inverno. Mesmo no inverno, pouco tempo depois de terem sido mortas, as lebres começam a apodrecer. À entrada do Zentralfriedhof de Viena, os guardiões, quando não estão caçando lebres, vendem mapas do cemitério, que custam vinte cents. Com um desses mapas nas mãos, em meio a uma tarde de inverno, o Prof. Braunfels se embrenhou no Zentralfriedhof de Viena à procura da sepultura da sua bisavó. No lugar da sepultura, encontrou uma lebre morta. O corpo da lebre já estava estufado e apodrecia por dentro, debaixo da pele lustrosa. No dorso manchado de sangue coagulado estava a marca de um tiro. Os guardiões costumam apanhar as lebres mortas. Talvez comam a sua carne e talvez usem sua pele para enfeitar as golas e as bordas dos capuzes dos casacos de inverno das suas mulheres.

Aquela lebre, tendo sido alvejada, tinha corrido muito. Os guardiões a alvejaram, mas não conseguiram apanhá-la. Foi morrer no lugar onde o Prof. Braunfels esperava encontrar o túmulo da sua bisavó.

A visão da lebre morta e do sangue coagulado no dorso da lebre morta e das entranhas estufadas e podres da lebre morta agora aparece diante dos olhos do Prof. Braunfels, enquanto ele ouve os cartazes farfalhando, agitados pelas correntes de ar que percorrem os corredores silenciosos e desertos do prédio de História e Geografia, antes de se juntarem, outra vez, à grande corrente do vento noroeste, que sopra sobre a cidade.

Uma lebre, tendo sido alvejada, ou é apanhada pelos seus caçadores, ou apodrece. O pensamento, capturado no papel, não escapa. Mas os livros também são esquecidos. O Prof. Braunfels quer escrever um livro que seja lembrado. Escrevendo sobre aqueles que foram esquecidos, ele quer ser lembrado, assim como Manfred Herbst, que é lembrado por causa do seu livro sobre os costumes funerários no Império Bizantino.

O Prof. Braunfels não é Manfred Herbst e os escravos da Palestina sob o domínio romano não viveram no Império Bizantino. O Prof. Braunfels está vivo e Manfred Herbst está morto. O livro do Prof. Braunfels ainda não foi escrito e o livro do Prof. Herbst já está pronto.

São nove horas da manhã de segunda-feira e o Prof. Braunfels vaga pelos corredores vazios do prédio de História e Geografia.

Em vez de se dedicar à sua pesquisa, ele presta atenção ao barulho que as correntes de ar fazem ao lamber os cartazes e os avisos que começam a se soltar das paredes e se lembra da lebre morta que viu no Zentralfriedhof de Viena, no lugar onde esperava encontrar a sepultura da sua bisavó.

XVI

Na revista acadêmica internacional de História Antiga intitulada *Ancient History*, que é publicada duas vezes por ano pela Universidade de Oxford, o Prof. Braunfels leu, há alguns dias, uma resenha sobre o novo livro do Prof. A. John Graham, no qual o grande historiador da University of Pennsylvania discute diferentes aspectos das representações da guerra do Peloponeso feitas por Tucídides. Como se trata de uma publicação póstuma, o Prof. A. John Graham tendo morrido alguns meses antes de o livro ficar pronto, a boa reputação à qual o livro, por suas qualidades intrínsecas, necessariamente estava destinado na posteridade não depende dos contatos do Prof. A. John Graham, como é o caso de tantos livros de historiadores e de estudiosos medíocres, porém hábeis em compensar a parcimônia dos seus talentos com sua grande capacidade de tecer redes de relacionamentos internacionais com pessoas que ocupam posições-chave em diferentes graus das complicadas hierarquias de grandes instituições acadêmicas. Também não depende de expedientes como telefonemas ou mensagens de correio eletrônico, dirigidas às pessoas certas nas horas certas nem, tampouco, do delicado equilíbrio entre obrigações mútuas impostas pelos princípios de reciprocidade, que regem as trocas de favores, no mundo acadêmico tanto quanto fora do mundo acadêmico – princípios por meio dos quais livros que, por eles mesmos, não seriam merecedores de atenção ocupam as páginas de resenhas de publicações internacionais de prestígio enquanto outros, tendo sido escritos por estudiosos competentes, por estudiosos sérios e talentosos, caem no esquecimento, mal tendo sido publicados, porque seus autores não contam com o apoio de uma rede internacional de relações sociais convenientemente estabelecidas.

No caso do livro do Prof. A. John Graham, essa suspeita não existe. Não só porque os mortos não telefonam a ninguém e não enviam mensagens de correio eletrônico a ninguém e, se tanto, se comunicam com os vivos por meio de aparições ou em sonhos, mas, e sobretudo, porque qualquer gesto nesse sentido, e talvez até mesmo a aparição no sonho de algum dos resenhistas, ou de algum dos editores da revista *Oxford Studies in Ancient History*, teria sido considerada pelo Prof. A. John Graham como um gesto abaixo da sua dignidade.

Assim como o livro de Manfred Herbst, que se impõe por si mesmo e que, uma vez publicado, não depende de nenhum gesto ulterior do seu autor para ocupar o lugar que lhe é devido nas páginas da História Acadêmica, nas prateleiras das grandes bibliotecas universitárias e nas atenções de todos os estudiosos sérios de História Antiga, também é o livro do Prof. A. John Graham: uma obra que, de certa maneira, é tributária direta do valor da obra que comenta e que estuda, a *História da Guerra do Peloponeso*, de Tucídides. Pois, ao escrever seu livro, Tucídides declarou que se tratava de uma obra destinada a durar para sempre.

A resenha sobre o livro de A. John Graham publicada pela revista *Oxford Studies in Ancient History* é, como não poderia deixar de ser, uma resenha elogiosa, que ressalta as grandes qualidades do historiador britânico que passou sua vida acadêmica no exílio norte-americano, assim emulando, de certa forma, o exílio do próprio Tucídides, expulso da terra natal em decorrência do desfecho da Guerra do Peloponeso e que, se não fosse esse exílio, jamais teria escrito esse livro.

Ano após ano ao longo da sua vida, o Prof. A. John Graham voltava à Inglaterra, tão logo tinha início o recesso de verão, e se alojava na propriedade rural que tinha herdado dos seus antepassados no condado de Sussex, onde se dedicou, por anos, à escrita do seu livro, e onde se dedicava, também, ao seu *hobby*, que era a apicultura. O verão britânico e as abelhas britânicas eram o seu lar, onde ele se recompunha das estranhezas da vida norte-americana.

Há acadêmicos que usam seus livros para satisfazer as exigências dos órgãos responsáveis pela administração das universidades e há acadêmicos que usam seus postos para satisfazer as exigências da excelência na escrita dos seus livros. A instrumentalização da escrita para fins burocráticos opõe-se à instrumentalização da burocracia para os fins da escrita.

Um homem não é capaz de compreender as circunstâncias em que se encontra. Tendo se afastado do lugar e do tempo onde vive, ele olha para trás e compreende o que se passou ali. Quando olha para trás, aquilo que ele compreende já não existe mais. Um homem não compreende o tempo em que vive. Não compreendendo o que se passa em seu tempo, ele olha para o tempo que passou e imagina compreendê-lo. Ao escrever sobre a Guerra do Peloponeso, Tucídides tentou compreender os acontecimentos que culminaram com a guerra entre atenienses e espartanos. Ao escrever sobre a *História da Guerra do Peloponeso*, de Tucídides, o Prof. A. John Graham tentou compreender o retrato que Tucídides fez da Guerra do Peloponeso.

Não sendo capaz de compreender seu próprio tempo, o Prof. Braunfels tenta compreender a vida cotidiana dos escravos da Palestina sob domínio romano. O presente sendo incompreensível, o passado se oferece aos historiadores na forma de um livro. As conclusões dos historiadores a respeito do passado não os ajudam a compreender o próprio tempo.

Supondo que exista uma continuidade entre o que aconteceu há muito tempo e o que acontece no presente, os leitores buscam os livros dos historiadores. Não encontrando respostas para suas dúvidas e para suas perguntas sobre o presente, dão-se por satisfeitos com explicações sobre o que aconteceu no passado. Segundo o Prof. Braunfels, o historiador Flavius Josephus se absteve de mencionar em seu livro *Antiquitates Judaicae* a ideia bíblica de que todos os homens foram criados à imagem e semelhança de Deus porque ele queria cair nas graças dos romanos e porque não queria que os romanos acreditassem que as crenças judaicas fossem incompatíveis com a ordem social do Império Romano.

Porém, as crenças judaicas e, em especial, as ideias judaicas a respeito da escravidão não podem ser reconciliadas com as ideias romanas a respeito da escravidão. Tendo escrito suas obras em aramaico e tendo-as traduzidas ao grego, o historiador Flavius Josephus foi considerado um traidor pelos seus contemporâneos judeus e foi considerado um charlatão e um oportunista pelos estudiosos da Idade Média responsáveis pela transmissão dos seus manuscritos que, sendo sobretudo padres cristãos, o acusavam de tentar reconciliar o judaísmo com as crenças pagãs.

O primeiro capítulo do livro que o Prof. Braunfels pretende escrever será dedicado à discussão das ideias judaicas sobre a escravidão e à discussão das ideias romanas sobre a escravidão e à discussão das ambiguidades das ideias de Flavius Josephus sobre a escravidão, que buscava um lugar novo, um lugar entre as ideias judaicas e as ideias romanas.

Estar neste lugar, segundo o Prof. Braunfels, é como estar sentado entre duas cadeiras. Quem está sentado assim não está sentado sobre uma cadeira e não está sentado sobre outra cadeira. Não estando sentado, tampouco está de pé. No lugar nenhum entre dois lugares, uma pessoa assim não está assim e não está assado, não é isto e também não é aquilo, não está aqui e não está lá.

As lebres que, durante a noite, comem as flores que são colocadas sobre os túmulos dos cristãos no Zentralfriedhof de Viena se escondem, durante o dia, na ala judaica do cemitério. Na ala judaica do Zentralfriedhof de Viena há mais sepulturas de judeus do que há judeus vivos em Viena, mas ali ninguém põe flores. Às vezes, vem de longe alguém e procura uma sepultura. Em vez disso, encontra uma lebre morta.

Às vezes, os guardiões do Zentralfriedhof de Viena alvejam uma lebre com suas espingardas e a lebre não morre. Agonizando, ela junta as forças que ainda estão no seu sangue e foge à procura de um refúgio. O sangue escapa pela ferida da lebre agonizante. Suas forças acabam: ela cai. Estertora. Depois, morre. Não tendo sido recolhida, fica ali, com os olhos vazios.

Às vezes um homem enfrenta adversidades e encontra um refúgio, dedicando-se a pesquisar, por exemplo, os costumes funerários do Império Bizantino. Este é o caso de Manfred Herbst. Outras vezes, um homem quer se dedicar a uma pesquisa e, em vez disso, fica se lembrando de uma lebre morta que encontrou quando buscava a sepultura de uma antepassada no Zentralfriedhof de Viena.

Este é o caso do Prof. Braunfels.

XVII

Na opinião do Prof. Braunfels, aqueles que usam seus livros para avançarem pelos degraus da burocracia hierárquica acadêmica são como os que não têm escrúpulos em usar a força de trabalho dos escravos: submetem o espírito à matéria e as coisas mais importantes às coisas menos importantes. Tendo alcançado o título de livre-docente em História, o Prof. Braunfels não precisa do seu livro a respeito da vida dos escravos na Palestina sob domínio romano para obter novos títulos acadêmicos e não precisa desse livro para impressionar seus superiores na hierarquia acadêmica.

Também não precisa desse livro para obter bolsas de pesquisa que lhe permitam fazer viagens para recolher material bibliográfico nas bibliotecas das grandes universidades, na Europa, nos Estados Unidos ou em Israel.

O que o impele a fazer aquele trabalho é o trabalho em si mesmo. Tendo alcançado o título de livre-docente em História, o Prof. Braunfels acredita que, quanto mais puras forem suas intenções, melhores serão os resultados do seu trabalho. Sendo um historiador da Antiguidade, ele acredita que seu papel na vida seja estudar a Antiguidade e divulgar, por meio das suas aulas e por meio dos seus artigos e por meio dos seus livros, o conhecimento da Antiguidade.

Acreditando na História Antiga como sua verdadeira vocação, o Prof. Braunfels a coloca acima de todas as outras coisas. Comparada à vida de Manfred Herbst, que enfrentou todos os tipos de adversidades, a vida do Prof. Braunfels é tranquila e é confortável. Mas Manfred Herbst respirava o ar das montanhas de Jerusalém. À época de Manfred Herbst, o ar de Jerusalém era tão puro quanto o vinho, e o perfume da resina das casuarinas e o perfume da resina dos pinheiros pairavam no ar. Quem respirava aquele ar imediatamente sentia esses perfumes. A mente de quem sentia aqueles perfumes se expandia. Quando a mente se expande, ela se torna maior do que as adversidades. Uma mente assim envolve as adversidades como uma capa. As adversidades tomam forma quando o homem as nomeia. Encontrando o nome de cada coisa, o homem compreende cada coisa. Sobre o ar de São Paulo, pouco resta a ser dito. O Prof. Braunfels gosta de acreditar que o ar na Cidade Universitária seja uma exceção dentro da atmosfera de São Paulo porque ali muitas vezes é possível sentir o perfume que emana das árvores.

As árvores de São Paulo não são os pinheiros e as casuarinas de Jerusalém, mas o Prof. Braunfels quer escrever um livro que tenha a estatura do grande clássico de Manfred Herbst. O livro de Manfred Herbst é conhecido por todos e é recomendado por todos por causa das suas qualidades intrínsecas. Vivendo numa época conturbada, Manfred

Herbst encontrou, no seu trabalho, um refúgio das preocupações que afligiam sua cidade. Quanto maiores eram as aflições, mais ele se refugiava no seu trabalho. Ao agir assim, Manfred Herbst colocava as adversidades para trabalharem a seu favor.

As adversidades que o Prof. Braunfels enfrenta não podem ser comparadas àquelas que foram enfrentadas por Manfred Herbst e o ar de São Paulo não pode ser comparado com o ar de Jerusalém. Um homem respira o ar saturado com o perfume da resina do pinheiro e com o perfume da resina da casuarina e sua mente se expande. Ao inalar todos os tipos de venenos e todos os tipos de partículas que há no ar de São Paulo, uma pessoa se assusta. Sentindo medo, o homem tenta enxergar o que o ameaça. Não conseguindo enxergar nada, seu medo persiste e sua mente se contrai.

Quando viaja para participar de congressos e de outros eventos acadêmicos, o Prof. Braunfels costuma tomar o avião no aeroporto de Congonhas. O avião tendo alcançado certa altitude, é possível observar pela janela a grande nuvem preta que envolve toda a cidade de São Paulo, durante a maior parte do ano. Ao observar aquela nuvem, o Prof. Braunfels compreende o que o assusta e pensa em se mudar dali. Tendo voltado para São Paulo, ele logo se esquece daquilo que é impossível enxergar: estando no meio da nuvem preta, é impossível enxergar a nuvem preta. Não enxergando a nuvem preta, ele se esquece dela. Quando um homem está envolvido por circunstâncias, não compreende essas circunstâncias. Tendo saído delas, olha-as de fora e então vê o que não via antes.

O Prof. Braunfels viaja para participar de congressos e de outros eventos acadêmicos. Sai de São Paulo e volta para São Paulo. Ao sair, pensa que compreende sua vida em São Paulo. Tendo voltado, retoma as coisas tal e qual elas eram antes. Por exemplo, semestre após semestre, ele participa dos jantares de fim de semestre, que sempre são marcados na Cantina Orvieto. Chega a manhã seguinte e ele se arrepende. Os vapores do vinho que sobem do seu estômago o impedem de se concentrar no que é importante. Sendo a História Antiga sua vocação, o que lhe importa são suas pesquisas e seu livro sobre a vida cotidiana dos escravos na Palestina sob domínio romano. Em vez de se alimentar para obter as forças que o ajudarão a realizar o trabalho que pretende realizar, ele se alimenta e as comidas e as bebidas que ele ingere o impedem de alcançar o estado mental de concentração necessário à realização do seu trabalho. Sentindo-se atordoado, ele toma chá preto. Agora, ele se lembra do Zentralfriedhof de Viena e das lebres do Zentralfriedhof de Viena, e de sua busca pelo túmulo de sua bisavó. Em vez de encontrar o túmulo, encontrou uma lebre morta. O sangue da lebre escapou pela ferida causada pela bala da espingarda de um dos guardiões. Escorrendo pelo dorso da lebre, coagulou. Uma crosta dura, vermelho-escura, se formou sobre o pelo lustroso da lebre. Os olhos da lebre estão arregalados e vazios e suas entranhas estão estufadas.

Em vez de se alimentar de alimentos leves que seriam favoráveis à sua produção historiográfica, o Prof. Braunfels ontem se alimentou de carnes e de outras comidas gordurosas e tomou vinhos tão escuros quanto o sangue coagulado sobre o dorso da lebre. Em vez de pensar nos escravos da Palestina sob domínio romano, ele pensa na viagem que fez a Viena anos antes, ou pensa na tragédia da Profa. Tamar Peled e no seu rumoroso caso com o Prof. Amnon.

O Prof. Braunfels não perde de vista seus propósitos, mas ele não consegue dar nenhum passo para se aproximar deles. Paralisado, como se fosse, ele pensa em assuntos que não dizem respeito ao propósito que colocou para si mesmo. O vento noroeste e os ecos do vento noroeste dentro da sua casa tanto quanto nos corredores da faculdade dispersam seus pensamentos. Um homem viaja em busca de uma sepultura e encontra uma lebre morta.

Uma lebre vai a um vaso de flores colocado sobre um túmulo para comer as flores e leva um tiro.

Em vez de cuidar dos túmulos dos mortos, o guardião do cemitério se dedica a atirar nas lebres com sua espingarda.

Em vez de juntar seus pensamentos para dar um passo à frente, o Prof. Braunfels permite que eles caminhem em círculos.

Incapaz de compreender o tempo em que vive, um homem se dedica a pesquisar um mundo que já não existe mais e que talvez nunca tenha sido tal qual os livros o representam.

XVIII

Já são quase dez horas da manhã e o Prof. Braunfels está sentado diante de uma mesa na biblioteca de História e Geografia. À sua frente estão os volumes da edição da Oxford University Press das obras completas de Flavius Josephus, que contêm as *Antiquitates Judaicae*, e à sua frente está a concordância de Karl Heinrich Rengstorf das obras de Flavius Josephus. Em grego antigo, um escravo é chamado *doulos*, mas Flavius Josephus usa também outros termos para se referir ao fenômeno da escravidão. O Prof. Braunfels procura na concordância de Karl Heinrich Rengstorf pela palavra *doulos* e, em seguida, analisa uma a uma as ocorrências desse termo nos livros de Flavius Josephus. Ele lê e faz anotações em suas fichas, com sua caligrafia miúda. Vendo que as anotações progridem, ele já respira mais aliviado. Depois, terá que procurar numa concordância bíblica, o termo hebraico que corresponde a escravo, que é *Eved*, e analisar, uma a uma, suas ocorrências no texto bíblico. Mais tarde, ele terá que trabalhar sobre o Talmude.

Confrontando suas anotações sobre o texto de Flavius Josephus com suas anotações sobre o texto bíblico e sobre o texto talmúdico, o Prof. Braunfels pretende construir o primeiro capítulo do seu livro. Ele procede de forma metódica e paciente. Escrever um estudo histórico é como fazer uma caminhada até o topo de uma montanha. Primeiro, é preciso subir. A subida é difícil e exige muito esforço. A subida corresponde à pesquisa das fontes primárias e a pesquisa das fontes primárias é exaustiva. Uma vez que haja anotações em quantidade suficiente, começa a descida da montanha. A descida da montanha parece fácil, mas é a parte mais perigosa da caminhada. Ao descer, é fácil tropeçar. E, ao tropeçar, é fácil escorregar e cair. Quanto mais íngreme for o caminho da subida, mais perigosa será a caminhada da descida. Para escrever um trabalho relevante, é preciso pesquisar as fontes primárias de maneira aprofundada. Quanto mais se pesquisam as fontes primárias, mais informações se tem. Quanto mais informações se tem, mais difícil é juntá-las de maneira a construir alguma análise coerente.

O Prof. Braunfels lê os livros e toma nota nas fichas. As anotações se acumulam: para cada uma das passagens indicadas na concordância, ele faz uma nova ficha. As fichas se empilham, e Karl Heinrich Rengstorf, o autor da concordância das obras de Flavius Josephus, é como um guia que leva o Prof. Braunfels pela mão, para que ele possa contemplar as paisagens e as passagens que lhe interessam na grande cordilheira formada pelas obras completas de Flavius Josephus.

Não podendo compreender a obra de Flavius Josephus como um todo, o Prof. Braunfels se concentra nas passagens indicadas por Karl Heinrich Rengstorf. Com base nos seus apontamentos, ele construirá o primeiro capítulo do seu livro. Os capítulos dos livros nascem um do outro. As questões que são deixadas em aberto num capítulo voltam a ser tratadas no capítulo seguinte. De muitas fichas se faz um capítulo e de um capítulo se faz outro capítulo. E de muitos capítulos faz-se um livro. Enquanto preenche suas fichas e as junta, o Prof. Braunfels pensa no livro de Manfred Herbst.

Em vez de usar a concordância de Karl Heinrich Rengstorf, o Prof. Braunfels poderia usar o *Thesaurus Linguae Grecae*. Com um clique no computador, todas as ocorrências da palavra *doulos* nas obras de Flavius Josephus apareceriam, instantaneamente, na tela. Mas o Prof. Braunfels despreza essa rapidez porque acredita que o trabalho bem-feito depende menos dos resultados obtidos do que da maneira pela qual esses resultados foram obtidos. Em sua opinião, o trabalho acadêmico depende de um ritual, de uma cerimônia capaz de constelar, no historiador, aqueles estados de espírito convenientes ao bom desempenho das suas tarefas. Os mecanismos de busca eletrônica de dados disponibilizados pelo *Thesaurus Linguae Grecae* fornecem aos pesquisadores listas instantâneas. Essa rapidez, segundo o Prof. Braunfels, não é adequada ao seu objeto de estudo. Enquanto um historiador revira as páginas dos livros em busca das informações de que necessita, sua mente está trabalhando. Desse trabalho silencioso, muitas vezes inconsciente, vêm as ideias das quais ele vai precisar mais tarde, quando começar a descida da montanha. Preencher as fichas com informações recolhidas pacientemente é como galgar a pé uma montanha. Olhar as informações por meio de um mecanismo eletrônico é como subir a montanha por meio de um teleférico. O caminhante chega ao topo da montanha sem se cansar. Não tendo feito nenhum esforço, chega lá no alto e é como se não tivesse ido a lugar nenhum. Em vez de contemplar o panorama, ele se dirige ao bar e café que foi construído ao lado da estação do teleférico e come um pedaço de pizza. As paredes do bar e café são envidraçadas. Enquanto mastiga o pedaço de pizza, ele observa a vista pelas vidraças. Observando a vista, nem percebe que a massa da pizza é borrachenta e que o queijo é pouco, porém salgado demais. Tendo engolido a pizza junto com a paisagem, ele volta para o lugar de onde saiu e é como se não tivesse ido a lugar nenhum.

Os mecanismos de busca eletrônica parecem ao Prof. Braunfels um teleférico que, parecendo útil, é inútil. Com a ajuda de tais atalhos, os livros e os artigos acadêmicos rapidamente são escritos e rapidamente são publicados. Tão rapidamente quanto são escritos e são publicados, ou mais rapidamente do que foram escritos e foram publicados, esses livros e esses artigos são esquecidos. Mal deixam as rotatórias das gráficas onde foram impressos, passam diante dos olhos deste resenhista e daquele resenhista e depois desaparecem como se nunca tivessem sido. Como o sonho que se desvanece pela manhã e como as moscas que vivem por um dia, como a erva que brota e logo seca ou o artigo de jornal que se torna o embrulho das fezes do cachorro, já no dia seguinte, são esses livros e esses artigos.

Enquanto vira as páginas de Flavius Josephus, guiado pela concordância de Karl Heinrich Rengstorf, o Prof. Braunfels pensa em Tucídides e pensa no livro de Manfred Herbst. Enquanto trabalha assim, ele sente que o tempo age a seu favor. Tanto quanto o livro de Manfred Herbst, *Mimesis*, a obra-prima de Erich Auerbach, foi escrita sob condições adversas. Estando exilado em Istambul durante a década de 1940, Erich Auerbach não tinha à sua disposição as grandes bibliotecas alemãs e, no entanto, tomando por base alguns épicos e alguns romances que tinha à mão, escreveu a melhor história da literatura ocidental que se conhece, ainda hoje estudada em todas as universidades do mundo.

Se Erich Auerbach tivesse à mão todos os livros eruditos sobre cada um dos épicos e sobre cada um dos romances que analisa em *Mimesis*, e os tratados que estão à disposição dos pesquisadores nas grandes bibliotecas alemãs, jamais teria sido capaz de escrever *Mimesis*: sua voz teria sido desviada e teria sido atropelada por tantas vozes que seu livro nunca teria sido escrito. Enquanto folheia as obras completas de Flavius Josephus à procura das ocorrências da palavra *doulos* apontadas na concordância, o Prof. Braunfels pensa nestes dois exemplos: Manfred Herbst, em Jerusalém, e Erich Auerbach, em Istambul. Um e outro se exilaram da Alemanha em antigas terras do Império Otomano. Sob céus estranhos, continuaram a trabalhar segundo os mesmos métodos e com a mesma obstinação e perseverança que conheciam dos seus tempos de estudantes em universidades alemãs.

Erich Auerbach obteve seu grau de doutor na Universidade de Greifswald e Manfred Herbst vinha da Universidade de Heidelberg. Àquela época, alguém que tivesse estudado numa universidade assim se transformava de maneira invisível. O título de *Doktor* era acoplado ao nome da pessoa como uma nova alma, que o acompanhava até o túmulo. Os rituais que levavam à aquisição desse título eram como uma espécie de renascimento. Iniciados nos mistérios do mundo superior, esses doutores eram pessoas transformadas e o respeito imposto pelo seu título já não se separava mais delas – ou, pelo menos, assim elas acreditavam. Em Jerusalém e em Istambul, eles continuavam sendo quem tinham sido antes, e seus trabalhos eram a prova desse feito. Sabe-se que nem todos os doutores da Alemanha tiveram o mesmo destino de Manfred Herbst e o mesmo destino de Erich Auerbach. Sob céus estranhos, o Prof. Braunfels se lembra de sua época de estudante em Heidelberg.

A biblioteca de História e Geografia está vazia e silenciosa. Qual seria a atmosfera de uma biblioteca em Istambul nos anos 1940 e qual seria a atmosfera de uma biblioteca em Jerusalém em 1940? Enquanto outros roncam nas suas camas, o Prof. Braunfels folheia os livros de Flavius Josephus. Fazendo-o, ele acredita que está realizando sua vocação, sua *Berufung*. *Berufung*, em alemão, significa "o chamado". *Beruf*, que vem de *Berufung*, significa "profissão". Essas palavras têm o mesmo significado e não têm o mesmo significado. Com o passar do tempo, *Beruf* se transformou numa forma atenuada de *Berufung*, mas, na origem, as duas palavras significavam a mesma coisa. O Prof. Braunfels vê a História Antiga como sua vocação, sua *Berufung*. Ao folhear os livros de Flavius Josephus, ele acredita estar se consagrando ao trabalho para o qual foi criado, desempenhando, assim, o papel que lhe cabe na sociedade humana e o papel que lhe cabe na ordem humana. Nesse sentido, as ideias do Prof. Braunfels a respeito do seu trabalho são semelhantes às ideias de Manfred Herbst e são semelhantes às ideias de Erich Auerbach. As adversidades, assim, se tornam desimportantes: como um bule de cerâmica japonês que se quebra e é consertado com ouro e que, depois de quebrar e de ter sido consertado se torna mais bonito e mais precioso do que era antes, elas tornam o trabalho ainda melhor.

Ao se dedicar ao seu trabalho, o Prof. Braunfels acredita que está fazendo sua contribuição para a ordem do mundo e a ordem é, para ele, um princípio fundamental. Há, na Universidade de São Paulo, muitos grupos que desprezam a ordem e que colocam a ordem abaixo de outros valores. Por pensarem assim, não hesitam em interromper, de diferentes maneiras, a vigência da ordem. Por exemplo, promovendo paralisações no funcionamento da universidade por este motivo e por aquele motivo. O Prof. Braunfels não é daqueles que pensam que, por qualquer motivo, se deva interromper o funcionamento da universidade. O universo está sujeito a uma determinada ordem. Assim também, segundo o Prof. Braunfels, a vida dos homens deve estar sujeita a uma ordem que seja um eco e um reflexo dessa outra ordem.

Por causa dessas opiniões, o Prof. Braunfels age diante do seu trabalho de forma metódica. Ele estabelece horários e estabelece prazos para desempenhar suas tarefas e segue rigorosamente os horários e os prazos estabelecidos. Há, entre seus colegas, muitos que não agem dessa maneira. Têm vontade de trabalhar, trabalham. Têm vontade de passar horas conversando sobre tolices, passam horas conversando sobre tolices. Interessa-lhes fazer intrigas e tecer planos para prejudicar seus colegas, fazem intrigas e tecem planos para prejudicar seus colegas. Antes de agir, o Prof. Braunfels pensa. Assim, imagina poupar-se dissabores. Por meio de sua dedicação ao trabalho, ele imagina galgar os degraus de uma longa escadaria.

Na Idade Média, os cumes das torres das catedrais eram alcançados por escadarias em espiral. Isto não é um acaso. Os mestres arquitetos e os mestres construtores, os membros da confraria dos pedreiros, sabiam o significado do movimento de quem sobe por uma longa escadaria de pedra em espiral. Do topo da torre de uma catedral é possível avistar toda a extensão da paisagem à sua volta. Mas isso demanda um grande esforço. Às vezes, o Prof. Braunfels olha para alguns dos seus colegas e os vê como pessoas que sobem de elevador nos prédios mais altos da cidade, como o Edifício Martinelli, o Edifício Itália, o Empire State Building ou as Torres Gêmeas. Tendo chegado ao topo dessas construções proeminentes, eles observam o panorama à sua volta e depois vão embora, como se nada tivesse acontecido.

Quem sobe a pé a torre de uma catedral vê coisas que quem subiu de elevador não vê. O conhecimento, na opinião do Prof. Braunfels, não é um capital e não é um fundo de comércio: é um valor em si mesmo. Um absoluto. Assim, também, a ordem. A ambos ele consagra seus dias. Devotar aos seus trabalhos as melhores horas dos seus dias lhe parece a única maneira possível de corresponder à confiança que nele foi depositada.

Enquanto o Prof. Braunfels folheia as páginas de Flavius Josephus e lê e relê os contextos das ocorrências da palavra *doulos*, e anota em suas fichas suas observações e suas ideias e seus comentários, o silêncio da biblioteca que penetra em seus ouvidos o tranquiliza. Os livros, nas estantes, abafam os ruídos e agora é possível ouvir até mesmo os sussurros da caneta que desliza pelo papel e que lhe parece semelhante ao ruído de uma espada que corta o ar. É possível ouvir, também, os murmúrios do punho direito do Prof. Braunfels que avança aos poucos, claudicante, pela ficha de papel-cartão, como um aleijado que se arrasta por um caminho íngreme e, estando a ponto de alcançar o topo, é levado de volta, ao fim de cada linha, ao ponto de partida, de onde recomeça, paciente, seu percurso, como se o estivesse fazendo pela primeira vez, como um Sísifo privado de memória que, ao ver sua pedra rolar pela encosta, já se tivesse esquecido que ele mesmo a tinha empurrado até ali.

A causa do tormento de Sísifo é sua lembrança de que aquele esforço está sendo repetido pela nongentésima nonagésima nona vez, e que assim continuará sendo. Sem memória, o tormento de Sísifo não seria um tormento. Linha após linha, o Prof. Braunfels preenche suas fichas com sua caligrafia miúda e regular. As ideias de Flavius Josephus sobre a escravidão lhe parecem contraditórias. Um escravo sofre por repetir, todos os dias, as mesmas tarefas e porque não vê sentido nessa repetição. Ao preencher suas fichas com sua caligrafia sempre igual a si mesma, o Prof. Braunfels sente que está construindo sua liberdade.

Ele acredita que a qualidade do trabalho que faz seja a imagem perfeita do seu estado de espírito ao fazê-lo.

XIX

Enquanto o Prof. Braunfels faz o que faz, a Profa. Tamar Peled, sendo docente do Departamento de Antropologia, atravessa os corredores silenciosos do prédio de História e Geografia a caminho do Departamento de História Antiga. Toda vestida de preto, ela segue como uma sombra pela penumbra cinzenta dos corredores. Os saltos das suas botas pretas raspam o piso de borracha preta ao ritmo apressado da sua caminhada. A música que acompanha o ritmo daquelas passadas não é alegre e não é serena.

Os parentes da Profa. Tamar Peled que vivem em Israel são proprietários de uma indústria de fechaduras e de cadeados cujo nome é Peled. Fechar portas, trancar cofres e guardar segredos é o negócio da família Peled, mas a Profa. Tamar Peled, que é acompanhada pelos rumores do seu caso com o Prof. Amnon aonde quer que ela vá, como o mendigo que é acompanhado pelo seu cão, não gosta de abrir portas nem de arrombar cofres, mas adora revelar segredos.

A Profa. Tamar Peled tem relações com uma funcionária da secretaria do Departamento de História Antiga. Essa funcionária é D. Estelita Figueiredo. Antes de ter sido transferida para o Departamento de História Antiga, D. Estelita Figueiredo tinha ocupado um posto administrativo no Departamento de Antropologia.

Sendo a Profa. Tamar Peled incapaz de organizar sua escrivaninha e de organizar seus arquivos e de organizar sua biblioteca, Estelita Figueiredo, uma vez a cada duas semanas ou uma vez a cada três semanas, vai ao apartamento da Profa. Tamar Peled, no bairro de Pinheiros, na Rua Virgílio de Carvalho Pinto, para arrumar seus livros, seus arquivos e sua escrivaninha.

Terminado seu expediente no Departamento de História Antiga, Estelita Figueiredo apanha um dos ônibus que sobem a Avenida Rebouças. Chegando à esquina da Rua Capitão Antônio Rosa, ela desce do ônibus e de lá segue a pé até o prédio onde mora a Profa. Tamar Peled. Normalmente, ela faz esse percurso numa quinta-feira. Tendo saído da Cidade Universitária às cinco horas da tarde, ela costuma permanecer no apartamento da Profa. Tamar Peled até por volta das nove horas da noite, e às vezes até as dez horas da noite. A Profa. Tamar Peled sendo muito desordeira e Estelita Figueiredo sendo muito meticulosa, a arrumação, naturalmente, se estende noite adentro.

Às oito horas a Profa. Tamar Peled costuma descer até a padaria do Sr. Mesquita, que fica na esquina da Rua Artur de Azevedo, e traz de lá dois baurus e duas latas de Guaraná Antarctica, que as duas consomem juntas, na cozinha do apartamento. A Profa. Tamar Peled, além disso, remunera por hora os serviços de Estelita Figueiredo, que, às vezes, tendo vindo numa quinta-feira, se não consegue terminar o trabalho, porque três ou quatro horas não bastam para reconciliar a desordem feita pela Profa. Tamar Peled com os padrões de ordem exigidos por Estelita Figueiredo, volta no sábado subsequente, pela manhã.

Enquanto consomem os baurus e enquanto consomem os guaranás na cozinha, e mesmo enquanto Estelita Figueiredo trabalha na escrivaninha da Profa. Tamar Peled e nas estantes de livros da Profa. Tamar Peled, e organiza e empilha, tira e põe, junta e separa, de maneira a tentar restabelecer a ordem num lugar perturbado, a Profa. Tamar Peled observa Estelita Figueiredo trabalhando e as duas conversam. Tudo o que os médicos com seus remédios tentam fazer com a Profa. Tamar Peled e não conseguem, Estelita Figueiredo consegue fazer com a escrivaninha e com as prateleiras e com as diferentes mesinhas que há no escritório da Profa. Tamar Peled: ela restabelece a ordem e a tranquilidade e, colocando cada coisa no lugar que lhe cabe, cria um ambiente favorável à paz de espírito, purificado.

Os efeitos dos remédios dos médicos não duram, e a ordem estabelecida pelas mãos diligentes de Estelita Figueiredo, já, ao mais tardar, na tarde de sexta-feira, começa, outra vez, a desaparecer por causa dos gestos nervosos da dilacerada Profa. Tamar Peled. O telefone, por exemplo, soa no escritório da Profa. Tamar Peled. Ela se senta diante da escrivaninha e começa a ouvir e começa a falar. Na outra extremidade da linha está a Sra. Peled, mãe da Profa. Tamar Peled, a respeito de cuja família, na Argentina, se fala o que se fala. Os rumores que correm na Argentina sobre a família da mãe da Profa. Tamar Peled a associam ao tráfico de escravas brancas e à prostituição e, como se sabe, esses rumores chegaram também ao Brasil.

A Sra. Peled está doente e, enquanto a Profa. Tamar Peled conversa ao telefone com a mãe doente, fica nervosa. Sendo a mãe doente, a filha é nervosa. Sendo nervosa, a Profa. Tamar Peled fala ao telefone com a mãe. Com uma mão ela segura o fone junto ao ouvido e com a outra mão ela revira os objetos que se encontram sobre a escrivaninha, ao alcance da outra mão. O que está em pé, ela deita. O que está deitado, ela põe em pé. Vira e remexe. A voz da Sra. Peled sendo aguda e penetrante, ela irrita a Profa. Tamar Peled. Estando irritada, seus gestos vão se tornando impetuosos. Quando a mãe finalmente desliga o telefone, a Profa. Tamar Peled se sente culpada por ter ficado nervosa em vez de sentir compaixão pela mãe doente.

As coisas que foram reviradas na escrivaninha ficam onde estão porque, depois de desligar o telefone, a Profa. Tamar Peled sai do seu escritório em disparada como se, ao fugir de lá, ela também estivesse fugindo da sua irritação e do seu nervosismo e da culpa que dilacera seu coração. Quando ela volta ao escritório, começa a procurar coisas. A ordem estabelecida por Estelita Figueiredo é digna de admiração. Mas é, também, misteriosa como a ordem das estrelas no céu. Onde, por exemplo, ela terá guardado os trabalhos de meio de semestre dos alunos do curso de Antropologia Social ministrado pela Profa. Tamar Peled?

Ela começa a procurar entre as pilhas de papel que pareciam tão bem organizadas e começa a revirar, cada vez mais ansiosa, as pastas no arquivo de pastas suspensas. Como alguém que desbrava um matagal, tudo o que se coloca à sua frente precisa ser arrancado, podado, cortado. Quando os trabalhos de meio de semestre finalmente estão em suas mãos, ela já está arfando. Para se acalmar, acende um cigarro. Antes que termine de fumar, o telefone toca outra vez. Cheia de remorsos, ela atende, apressada, pensando em pedir desculpas à mãe. Em vez da mãe doente, quem a chama é o contador. O contador quer que a Profa. Tamar Peled lhe envie os recibos das consultas médicas que ela pagou no ano anterior – tanto as consultas médicas da Profa. Tamar Peled quanto as consultas médicas da mãe da Profa. Tamar Peled.

Não tendo aposentadoria, e sendo viúva, a mãe da Profa. Tamar Peled depende dela para sobreviver. Sendo dependente dela, suas consultas médicas têm que ser declaradas na declaração de imposto de renda da Profa. Tamar Peled. Para tanto, é preciso que os contadores tenham em mãos o recibo. Enquanto ela fala com o contador, o cigarro arde no cinzeiro. Um vento forte sopra pela janela e as cinzas se espalham pela escrivaninha. A ponta do cigarro acesa poderia ter caído da borda do cinzeiro. Encostando nas folhas soltas dos trabalhos de meio de semestre dos alunos do curso de Antropologia Social, poderia ter provocado um incêndio. O incêndio só poderia ser dominado pelo corpo de bombeiros e não seria possível responsabilizar o contador por ele. Ainda assim, nenhum manuscrito de alguma obra importante teria sido perdido.

Mas a Profa. Tamar Peled apaga a tempo a ponta do cigarro. Agora, ela se põe a procurar os recibos e, enquanto procura os recibos, acende mais um cigarro. Ela não encontra os recibos que procura, mas se esquece de tomar seu remédio. Duas semanas depois ou três semanas depois chega a quinta-feira, e com a quinta-feira chega Estelita Figueiredo. O que Estelita Figueiredo encontra no escritório da Profa. Tamar Peled precisaria de muitas linhas para ser descrito e leva muitas horas para ser arrumado por Estelita Figueiredo, mas o que Estelita Figueiredo leva muitas horas para arrumar leva menos de uma hora para ser desarrumado. É mais fácil perturbar a ordem do que estabelecer a ordem. É mais fácil estabelecer a ordem do que conservar a ordem.

Os médicos tentam estabelecer a ordem com seus remédios e a Profa. Tamar Peled perturba as ordens dos médicos. Não havendo quem conserve a ordem, ela é estabelecida e, logo a seguir, desestabelecida. Assim, a Profa. Tamar Peled continua dependendo de Estelita Figueiredo e continua dependendo dos médicos, e assim os médicos e Estelita Figueiredo continuam, mês após mês, a rolar suas pedras de Sísifo encosta acima: uma vez alcançado o topo, as pedras rolam para baixo, outra vez.

Os médicos e Estelita Figueiredo repetem todos os dias as mesmas tarefas e não veem sentido nessa repetição. A Profa. Tamar Peled os remunera e o Estado remunera a Profa. Tamar Peled. Sendo remunerados, os médicos e Estelita Figueiredo se dão por satisfeitos. O Estado remunera a Profa. Tamar e não se dá por satisfeito nem se dá por insatisfeito. A Profa. Tamar Peled gasta todo o seu salário. Em vez de fazer dois sanduíches, um sanduíche para si e um sanduíche para Estelita Figueiredo, naquelas noites de quinta-feira ela desce até a padaria do Sr. Mesquita, na esquina da Rua Artur de Azevedo, e compra dois baurus. Em vez de comprar duas latas de Guaraná Antarctica no supermercado, a Profa. Tamar Peled as compra na padaria do Sr. Mesquita.

Evidentemente, com isto, ela gasta mais do que precisaria, mas, enquanto consegue pagar suas contas com seu salário, ela se dá por satisfeita, muito embora não se possa dizer da Profa. Tamar Peled que ela seja uma pessoa satisfeita.

XX

Durante a última visita de Estelita Figueiredo, enquanto tomavam seu lanche noturno, as duas mulheres começaram a falar sobre o Prof. Braunfels. O Prof. Braunfels sendo uma pessoa incomum, sua presença muitas vezes chama a atenção no prédio de História e Geografia. Por isso, é perfeitamente natural que falem dele em vez de falar, por exemplo, de Miguel ou de Edgard, de Vicente ou de Paula. Quando Edgard, por exemplo, fala, sua fala não se distingue das falas de Miguel ou de Vicente ou de Paula por um sotaque estrangeiro. Tampouco a postura de Edgard é diferente da postura de Miguel ou da postura de Vicente, embora seja diferente da postura de Paula, porque Edgard é homem e Paula é mulher. Seja como for, os três andam meio eretos e meio encurvados. O Prof. Braunfels presta muita atenção à sua postura. Ele caminha sempre ereto e de peito aberto pelos corredores da faculdade. Às vezes, vendo-o passar, seus colegas lhe fazem pequenas reverências. Não percebendo a ironia desses gestos, ele também os cumprimenta com uma pequena reverência.

Para as mulheres, muitos aspectos da vida do Prof. Braunfels parecem interessantes. Falando sobre isto e falando sobre aquilo enquanto mastigam seus sanduíches gordurosos e engolem seus refrigerantes doces, a Profa. Tamar Peled e Estelita Figueiredo chegam ao assunto das listas de presença. A Profa. Tamar Peled é descuidada com a ordem da sua escrivaninha e é descuidada com a ordem do seu escritório. Ela também é descuidada com seus remédios, mas, no que diz respeito às listas de presença dos seus cursos, a Profa. Tamar Peled é rigorosa.

A lista é passada logo que ela entra na sala de aula, no horário do início da aula. A lista tendo circulado uma vez pela sala, a Profa. Tamar Peled a recolhe. Tendo-a recolhido, ela preenche com traços vermelhos, feitos com o auxílio de uma régua transparente, todos os espaços em branco que se correspondem àquela aula. Os alunos que chegam atrasados ficam impedidos de assinar a lista e aqueles que, não tendo vindo à aula, tentam alegar falsamente suas presenças em aulas às quais não assistiram, assinando nos espaços correspondentes uma semana depois da aula em questão ou duas semanas depois da aula em questão, deparam-se com aquelas linhas vermelhas e imediatamente são frustrados em suas intenções.

Mais de uma vez, alunos da Profa. Tamar foram reprovados por terem frequentado somente uma aula a menos do que o número mínimo de aulas exigido pelo regimento interno da faculdade.

Uma vez, uma aluna da Profa. Tamar Peled, estando a caminho da universidade, foi detida por assaltantes. Os assaltantes a obrigaram a acompanhá-los a um shopping center. Com seu cartão de crédito, a aluna foi obrigada a lhes comprar tênis novos, roupas esportivas novas, óculos escuros novos e até aparelhos de telefone celulares novos. Quando a aluna foi finalmente libertada, já era tarde demais. Ela se dirigiu a uma delegacia de polícia para dar queixa. Na delegacia, lhe entregaram um documento chamado Boletim de Ocorrência.

Com esse documento em mãos, a aluna se dirigiu, ainda no mesmo dia, à sala da Profa. Tamar Peled, na faculdade, onde ela permanecia durante o horário de plantão de atendimento a alunos. Tendo já quase atingido o número de faltas que a impediriam de ser aprovada, a aluna não poderia mais ter nenhuma falta. O espaço, porém, destinado à sua assinatura naquele dia já estava ocupado por um traço vermelho, feito pela Profa. Tamar Peled. O número de traços vermelhos sendo tal qual ele era, a aluna foi reprovada.

O nome dessa aluna era Eliana Buzaglio. Eliana Buzaglio era também aluna do curso de Introdução à História de Roma, do Prof. Braunfels. A aula do Prof. Braunfels era às quartas-feiras das dez horas às onze e quarenta da manhã, e a aula da Profa. Tamar Peled era às quartas-feiras das oito horas às nove e quarenta. Tendo sido apanhada pelos bandidos quando estava a caminho da universidade, Eliana Buzaglio ficou nas mãos dos bandidos até a hora em que as lojas do shopping Iguatemi São Paulo abrem. As lojas do shopping Iguatemi São Paulo abrem às dez horas da manhã.

Uma vez liberta, Eliana Buzaglio dirigiu-se à delegacia de Pinheiros, que fica à Rua Lacerda Franco. Da delegacia de Pinheiros, ela seguiu diretamente para a Cidade Universitária. Isso aconteceu no dia 5 de maio. No prédio de Ciências Sociais, a Profa. Tamar Peled atende os alunos nas tardes de quarta-feira. O caso de Eliana Buzaglio foi comentado pelos corredores da faculdade. Quem ouvia esse caso sentia antipatia pela Profa. Tamar Peled. Se ela fosse tão exigente consigo mesma quanto era exigente com seus alunos, sua escrivaninha seria mais bem organizada e, naquela noite, ela não estaria na cozinha do seu apartamento comendo um bauru com Estelita Figueiredo.

As coisas sendo como elas são, e não sendo como elas deveriam ser, entre uma mordida e um gole, Estelita Figueiredo comenta com a Profa. Tamar Peled que o Prof. Braunfels, que parece tão disciplinado, é desleixado com as listas de presença.

O Prof. Braunfels está sentado na biblioteca. Ele procura as ocorrências da palavra grega *doulos*, que significa "escravo", e faz anotações nas suas fichas. Ele é amparado pela concordância das obras de Flavius Josephus feita por Karl Heinrich Rengstorf. A Profa. Tamar Peled caminha pelos corredores vazios do prédio de História e Geografia. Em sua bolsa há um telefone celular. No telefone celular há uma câmera fotográfica. O telefone celular recebe chamadas. Por exemplo, da mãe doente da Profa. Tamar Peled, que a deixa nervosa e, depois, com remorsos, e depois dilacerada pela culpa. Por exemplo, do contador da Profa. Tamar Peled, que ainda não recebeu os recibos das consultas médicas da Profa. Tamar Peled e ainda não recebeu os recibos das consultas médicas da mãe da Profa. Tamar Peled.

Ele precisa dos recibos porque precisa entregar a retificação da declaração de Imposto de Renda da Profa. Tamar

Peled. Se ele não receber os recibos, não poderá fazer os descontos na declaração. Se ele não fizer os descontos na declaração, em vez de receber uma restituição da Receita Federal, ela não receberá nenhuma restituição. A Profa. Tamar Peled paga os médicos e paga os impostos. Paga, também, o contador. Na hora de receber uma restituição, ela não encontra os recibos necessários porque ela se interessa mais pelas listas de presença do que pelos recibos dos médicos e do que pelos remédios dos médicos.

As listas de presença se tornaram uma obsessão para a Profa. Tamar Peled. Os médicos, ao saberem disso, querem lhe dar outros remédios, que às vezes ela toma e outras vezes ela não toma. Agora, já não basta à Profa. Tamar Peled a acribia com relação às suas próprias listas de presença, que é conhecida por todos na universidade: professores, funcionários e alunos. Ela quer saber, também, o que se passa com as listas de presença dos outros, dos seus colegas.

Quando Eliana Buzaglio, tendo sido detida pelos assaltantes, e tendo sido obrigada a comprar para eles o que comprou para eles, foi falar com a Profa. Tamar Peled, no dia 5 de maio, ela argumentou que o Prof. Braunfels tinha abonado sua falta à aula de Introdução à História de Roma, na manhã daquele mesmo dia. Ao conversar com Estelita Figueiredo enquanto mordia o bauru e tomava Guaraná Antarctica, a Profa. Tamar Peled se lembrou desse fato.

O bauru é gorduroso e morno e o Guaraná Antarctica é doce e gelado e as listas do Prof. Braunfels despertam na Profa. Tamar Peled um apetite irresistível. Com a câmera fotográfica do telefone celular, ela pode fotografar tudo.

Por exemplo: a lista de presença do curso de Introdução à História de Roma e, em especial, a página na qual a assinatura de Eliana Buzaglio está aposta no lugar que corresponde à aula do dia 5 de maio.

Eliana Buzaglio entregou à Profa. Tamar Peled uma cópia do Boletim de Ocorrência que o escrivão da delegacia de Pinheiros lavrou quando da sua visita à delegacia. A Profa. Tamar Peled não sabe onde se encontram os recibos dos médicos que a atenderam no ano passado e não sabe onde se encontram os recibos dos médicos que atenderam sua mãe no ano passado. Por isso, ela tem que responder aos telefonemas do contador. Ela sabe, porém, onde se encontra a cópia do Boletim de Ocorrência que lhe foi entregue por Eliana Buzaglio no dia 5 de maio: ela se encontra na gaveta da escrivaninha do seu gabinete, no segundo andar do prédio de Ciências Sociais.

Primeiro, ela hesita e hesita. Estelita Figueiredo a conhece bem. A Profa. Tamar Peled não tem muitos amigos porque há poucas pessoas no mundo dispostas a tolerar uma pessoa como a Profa. Tamar Peled. A Profa. Tamar Peled não tem culpa por ser como ela é, mas os outros também não têm culpa por ela ser como ela é.

Antigamente, acreditava-se que os atos de uma pessoa tinham consequências irreversíveis sobre seus filhos, sobre seus netos e sobre seus bisnetos. Se isso é verdade, então os sofrimentos da Profa. Tamar Peled foram causados por seus avós e por seus bisavós, sobre os quais se fala o que se fala. Se isso não é verdade, então os sofrimentos da Profa. Tamar Peled foram causados pelos médicos, que não lhe deram os remédios certos, ou são causados pela Profa. Tamar Peled, que não toma os remédios que os médicos lhe recomendam. Mas ela não tem culpa por não tomar os remédios: às vezes, ela não os toma porque às vezes não acredita que eles lhe façam bem. Ela se sente dilacerada pela culpa quando fica irritada com a mãe doente. Então, começa a revirar tudo o que está à sua frente, sobre a escrivaninha. Por isso, na quinta-feira passada, ela comeu bauru junto com Estelita Figueiredo. Por isso, ela ficou sabendo das listas de presença do Prof. Braunfels.

Quando ouviu o que Estelita Figueiredo disse sobre as listas de presença do Prof. Braunfels, ela sentiu um calafrio. Calou-se. Agora, seus passos seguem ritmados pelo corredor do prédio de História e Geografia e vão em direção ao Departamento de História Antiga. Os saltos das suas botas raspam o piso de borracha. Ela já avista a porta entreaberta do Departamento de História Antiga.

Do outro lado da porta há um balcão.

Do outro lado do balcão está Estelita Figueiredo.

O aparelho de telefone celular com câmera está na bolsa da Profa. Tamar Peled e as listas de presença do Prof. Braunfels estão num envelope pardo.

O envelope pardo está em cima da mesa de Estelita Figueiredo.

XXI

Depois da morte de Manfred Hebst, a biblioteca particular de Manfred Herbst foi doada por sua viúva Henrietta à Universidade Hebraica de Jerusalém, que a incorporou ao acervo da Biblioteca Nacional no bairro hierosolimita de Givat Ram. Manfred Herbst deixou quatro filhos e, em vida, manifestou o desejo de que os livros que tinha reunido em vida fossem doados à universidade onde fez sua carreira. Essa disposição constava, também, do testamento de Manfred Herbst. Os livros da sua biblioteca particular foram incorporados ao acervo da Biblioteca Nacional, em Jerusalém, mas se distinguiam de todos os outros livros da Biblioteca Nacional, em Jerusalém, porque em suas folhas de rosto estava aposto o ex-líbris de Manfred Herbst: um plátano cujas folhas secas são arrancadas, o que alude ao outono, que é o sobrenome de Manfred Herbst, e os dizeres latinos: *Vita fugit, opera manent*, que significa "a vida escapa, as obras permanecem".

A palavra *Herbst* significa, em alemão, "outono". O plátano perde suas folhas no outono. Em 1936, Manfred Herbst deixou a cidade alemã de Leipzig, onde tinha sido assistente do célebre Prof. Steinhardt, e mudou-se para o que era, então, a Palestina britânica. O clima de Leipzig é muito diferente do clima de Jerusalém. No inverno, as ventanias que nascem na Sibéria, atravessam a imensidão das planícies russas. Não encontrando obstáculos em seu caminho, elas chegam até Leipzig e açoitam as ruas de Leipzig. Não satisfeitas em terem arrancado todas as folhas de todas as árvores, sua fúria se prolonga até o fim de março, quando já não resta mais nenhum grão de poeira sobre nenhum dos ramos das árvores da cidade.

Em Jerusalém, o inverno tem dias ensolarados e amenos e tem dias de chuva, vento e neve. Mas não há o desconsolo do inverno de Leipzig e das ventanias que, vindo da Sibéria, começam em novembro e parecem que nunca vão acabar. Ao se mudar para o bairro hierosolimita de Rehavia, Manfred Herbst se surpreendeu ao encontrar ali plátanos idênticos aos que conhecia de Leipzig. Em Jerusalém, porém, as folhas dos plátanos não desaparecem ao fim de uns poucos dias, quando o outono começa a se transformar em inverno. O que, na Alemanha, era conhecido como *Der goldene Herbst*, o outono dourado, estende-se, em Jerusalém, inverno adentro, até fevereiro, quando já se sentem no ar os primeiros sinais da primavera. As folhas secas dos plátanos resistem até quase o momento em que os brotos das folhas novas começam a aparecer.

Ao ver os plátanos de Rehavia e ao ver como era longo, para eles, o outono, quase como se não existisse inverno, Manfred Herbst se apegou àquelas árvores.

Durante sua última visita a Berlim, onde passou uma temporada de pesquisas, o Prof. Braunfels fez uma visita de uma semana a Jerusalém, sobre a qual não comentou com ninguém. Durante essa visita, comprou a obra clássica de Manfred Herbst e também folheou, na Biblioteca Nacional, em Givat Ram, em Jerusalém, alguns dos livros da biblioteca de Manfred Herbst. O ex-líbris com o plátano cujas folhas parecem delicadamente tiradas dos ramos e dos galhos por uma brisa, e não arrancados pela fúria invernal de uma ventania siberiana, chamou sua atenção.

Os plátanos de São Paulo também perdem suas folhas no outono. Na praça da esquina da Rua Manduri com a Rua Ibiapinópolis, há plátanos. Quando, num dia seco de outono, como naquele dia, o vento noroeste sopra, as folhas secas dos plátanos são arrancadas e voam para longe.

Sentado na biblioteca de História e Geografia, o Prof. Braunfels observa pela janela o movimento das árvores açoitadas pelo vento. Na Cidade Universitária há ipês e há tipuanas, mas também há plátanos na Cidade Universitária. Também na Cidade Universitária *Der goldene Herbst*, o outono dourado dos plátanos, se estende, inverno adentro, com todas as implicações líricas que estão associadas ao outono de um modo geral e ao outono de Manfred Herbst na Palestina britânica, e logo em Israel, em particular.

Manfred Herbst transformou as adversidades numa das obras-primas da historiografia da Antiguidade no século XX: seu livro sobre os costumes funerários do Império Bizantino. Enquanto folheia as páginas das obras de Flavius Josephus, o Prof. Braunfels fita as árvores com as folhas ressecadas que se avistam, no outono, pelas vidraças da biblioteca de História e Geografia e pensa que também ele deveria apor, aos livros da sua biblioteca particular, um ex-líbris com a gravura de um plátano cujas folhas são gentilmente apanhadas por uma brisa, no outono.

Porém, em vez dos dizeres *vita fugit, opera manent*, ele escreveria, em forma de arco, sobre a árvore, as palavras gregas *kat'hemeran ergazomai*, "trabalharei dia após dia", que lhe parecem mais modestas e mais condizentes com a sua atitude diante do trabalho e com sua devoção ao trabalho. A devoção ao trabalho, segundo o pensamento do Prof. Braunfels, tem um valor em si mesma e esse valor é um valor elevado.

Ao se dedicar à sua vocação, ele acredita estar desempenhando o papel que lhe cabe na ordem natural das coisas, conforme estabelecido por um plano que lhe é desconhecido. "Não é preciso entender o mundo", ele diz a si mesmo, "mas apenas encontrar seu lugar dentro dele." O lugar de um homem no mundo lhe é revelado por meio da sua vocação. Ao se devotar à sua vocação, o Prof. Braunfels acredita estar desempenhando o papel que lhe foi destinado, conforme uma concepção agostiniana de sociedade que, tendo sido estabelecida na Idade Média, parece-lhe ter validade absoluta.

Sendo essas as ideias que fundamentam a existência das universidades, o Prof. Braunfels se mantém fiel a elas. O chá preto tendo produzido seus efeitos, a mente do Prof. Braunfels está mais clara. Estando mais clara sua mente, ele avança em suas leituras e avança no preenchimento das suas fichas. Com isso, sua respiração se acalma, e os vestígios dos transtornos da manhã, que o arrancaram da sua escrivaninha logo cedo, se apagam aos poucos.

Buscando os vestígios de coisas que aconteceram muito tempo antes, em lugares longe dali, o Prof. Braunfels se esquece do que se passa com ele aqui e agora: o que se passa com ele aqui e agora é sua busca por coisas que aconteceram no passado remoto. Ele está ali e vê as folhas secas dependuradas por um fio dos ramos das árvores e ele não está ali: penetrando nas páginas dos livros de Flavius Josephus, ele é transportado para outro tempo e para outro lugar, que lhe parecem mais importantes do que o lugar onde ele se encontra agora. Seu corpo estando em um lugar e o seu espírito estando em outro lugar, o Prof. Braunfels realiza sua vocação de historiador da Antiguidade.

Os imperativos do zen-budismo, filosofia da qual o Prof. Braunfels às vezes gostaria de se considerar um praticante, propõem que a Iluminação pode ser obtida quando um homem consegue focalizar sua atenção inteiramente no presente. Enquanto preenche suas fichas, o Prof. Braunfels concentra toda a sua atenção no ato de escrever. Ao escrever, ele pensa nos escravos da Palestina sob domínio romano, e esses pensamentos conduzem sua escrita e conduzem sua mão. É como se a mão do Prof. Braunfels escrevesse por si mesma. Estando absorto pela escrita sobre o passado distante, ele se sente feliz. Assim é o trabalho dos historiadores que, ao pensar no passado e ao escrever sobre o passado, realizam sua vocação e se concentram inteiramente no presente.

Pensando sobre seu trabalho, o Prof. Braunfels se distrai de seu trabalho em si mesmo.

Pensando sobre o zen-budismo, ele se afasta daquilo que o zen-budismo busca, que é o não pensar.

Por isso, em vez de se dedicar a escrever sobre tudo aquilo que não pode ser descrito, ele se dedica a escrever sobre os escravos da Palestina sob domínio romano.

XXII

Ainda outro dia, quando estava a caminho da praça na esquina da Rua Manduri com a Rua Ibiapinópolis, onde há, também, alguns plátanos, o Prof. Braunfels se deparou, na calçada, com um saco de lixo azul cheio de livros até a boca. Uma cena que já é bem comum nos Estados Unidos se ofereceu a seus olhos ali, na calçada da Rua Manduri. As bibliotecas dos mortos, sendo desprezadas pelos seus descendentes, acabam ensacadas, largadas na calçada, à espera de alguém que as carregue para um daqueles lugares desolados onde são cremadas, todos os dias, quantidades colossais de lixo, que é trazido de todos os quadrantes da cidade.

Mesmo as bibliotecas públicas, para não falar das bibliotecas universitárias, agora se recusam a aceitar novos donativos de livros. Os tesouros cultivados e armazenados por uma geração se transformam em estorvo para a geração seguinte. De objetos longamente desejados nas vitrines, nas prateleiras e nos catálogos das grandes livrarias de todas as cidades do mundo, tornam-se lixo num dia e cinzas no dia seguinte.

Manfred Herbst não se preocupou somente com os livros que escreveu: também sua biblioteca meticulosamente organizada, cujos volumes têm a marca do seu ex-líbris, sobrevive à sua morte. Os livros de Manfred Herbst e os livros que pertenceram a Manfred Herbst estão preservados na Biblioteca Nacional de Jerusalém. O Prof. Braunfels se pergunta agora que utilidade teria seu ex-líbris, no qual pensa com tanto carinho enquanto traz à memória o ex-líbris de Manfred Herbst. Talvez o destino da sua biblioteca particular será semelhante ao destino daqueles livros ensacados que, numa manhã de outono, apareceram sobre a calçada da Rua Manduri.

Talvez o livro que ele tanto se empenha em escrever terminará nos porões bolorentos dos arquivos mortos das bibliotecas universitárias. Ou nas usinas de reciclagem de papel. E por tudo isso, em vez de hesitar, o Prof. Braunfels persevera e persevera em sua leitura e insiste em preencher suas fichas, porque elas são sua única chance. Sua única chance de escapar daquele destino assustador cuja representação mais perfeita são os sacos de lixo cheios de livros até a boca que, numa manhã de outono, apareceram na calçada da Rua Manduri.

O recesso acadêmico tendo começado, a biblioteca da Faculdade de História está deserta. Os colegas do Prof. Braunfels, quando chega essa época, se dispersam como se tivessem sido arrastados por uma ventania. Uns se dirigem ao litoral e, querendo uma desforra por todos os apuros do semestre, se esquecem de tudo para mergulhar na doce melancolia de canções sem palavras e no oceano e outros se dedicam a seus passatempos preferidos em seus apartamentos na cidade, e frequentam os cinemas e os restaurantes.

Outros, ainda, visitam parentes no interior ou em outros estados. Há, também, os que partem em viagens a países estrangeiros – uns para se dedicar às suas pesquisas em bibliotecas de grandes universidades, na Europa e na América do Norte, e outros que viajam para esses países da Europa e aos Estados Unidos para andar de cidade em cidade, de bairro em bairro, de rua em rua, à procura de alguma coisa que não são capazes de explicar com umas poucas palavras o que é, assim como o Prof. Braunfels tampouco seria capaz de explicar em poucas palavras por que se dedica ao que se dedica. Uns vão andar por museus que se parecem com lojas de departamentos e outros vão andar por lojas de departamentos que se parecem com museus. Há, ainda, outros que vão andar tanto pelos museus quanto pelas lojas de departamentos, de onde voltam, também, abarrotados de coisas e também abarrotados de impressões. Outros, ainda, se dirigem com suas famílias às fazendas onde as proporções das coisas são completamente diferentes das proporções das coisas na cidade: os cômodos das casas são gigantescos e, nas cozinhas, grandes tachos de comida fervem nos fogões, ao lado de caldeirões descomunais. À hora do almoço, a mesa é posta para doze pessoas e para vinte pessoas. Reses inteiras são devoradas por muitas bocas em poucos dias. Outros seguem, com suas famílias, para hotéis-fazenda no interior, onde os refeitórios têm piso de ardósia e da mesa de doces escorrem gelatinas, pudins doces de matar e grandes travessas de goiabada, o queijo branco coberto por campânulas de plástico azul rendilhadas, cujos orifícios deixam ver o que cobrem, mas não deixam passar as moscas.

Depois de um almoço desses, essas sobremesas são o tiro de misericórdia que antecede uma modorra que zumbe junto com as cigarras na tarde de sol, e que acaba escorrendo pelas bochechas, junto com a baba, para se alojar nas fronhas e nos travesseiros.

Em vez de se dedicar a prazeres como esses, o Prof. Braunfels se dirige aos livros da biblioteca e às suas fichas. "Trabalharei dia após dia." A imagem da brisa colhendo aos poucos as folhas que se desprendem dos ramos do plátano diz todo o resto.

Em sua opinião, é melhor estar sentado à mesa de trabalho na biblioteca, pensando no que estariam fazendo os outros nas diferentes localidades das suas dispersões, do que estar sentado num lugar distante e deparar-se com centenas ou milhares de quilômetros que o separam do seu trabalho.

XXIII

Há alguns meses o Prof. Braunfels foi convidado a participar de uma comissão, na faculdade, que tem entre suas atribuições julgar o mérito de diferentes tipos de requerimentos que são feitos por alunos dos cursos de pós-graduação. Um desses requerimentos, que foi discutido durante uma das reuniões dessa comissão, diz respeito a uma orientanda da Profa. Tamar Peled, que se dirige à comissão nos termos mais enfáticos: quase os termos de uma suplicante.

Há algo do tom das tragédias de Eurípides no texto dessa aluna e, ao contrário da atenção rotineira que os membros da comissão costumam prestar à leitura dos textos dos requerimentos, passando, então, imediatamente às discussões, às deliberações e às decisões, o que se passou, terminada a leitura do texto da aluna, cujo nome era Anita Scheld, foi algo que nunca tinha sido visto numa reunião da comissão: um grande silêncio derramou-se sobre a mesa.

Quando um grupo de pessoas está reunido em volta de uma mesa e um silêncio paira ali, diz-se que um anjo está passando. No caso do requerimento da aluna Anita Scheld, as palavras da requerente foram capazes de tirar os membros da comissão do torpor que normalmente se abate sobre as reuniões de comissões que se estendem tarde adentro, porque a requerente alegava como justificativa para seu pedido de mudança de orientador, em meio ao seu curso de pós-graduação, não razões acadêmicas e não razões particulares, mas o fato de que sua orientadora a teria assediado, ameaçando-a com uma faca de cozinha.

O silêncio que se fez durante a reunião da comissão não era, portanto, devido à passagem de um anjo.

Diante das acusações da requerente, a comissão, que era formada por quarenta e oito membros, representantes de diferentes departamentos da faculdade, assim como por um representante discente, houve por bem estabelecer uma subcomissão especial, com três membros titulares, encarregada de apurar os fatos e de então recomendar os procedimentos cabíveis, fosse para punir a aluna, no caso de ficar comprovada a inverdade das suas acusações, fosse para recomendar os procedimentos cabíveis com relação à Profa. Tamar Peled, no caso de vir a ser comprovada a veracidade das acusações das quais ela era alvo.

O Prof. Braunfels conquistou, por meio da seriedade de sua dedicação ao trabalho, a reputação de pessoa ponderada e confiável, e o presidente da comissão lhe pediu expressamente e em público para presidir a subcomissão especial encarregada das averiguações das alegações formuladas no requerimento apresentado pela aluna Anita Scheld, da qual faziam parte, igualmente, a Profa. Maria do Carmo da Conceição, do Departamento de Francês, e o Prof. Roberto Guimarães, do Departamento de Linguística, que também é conhecido nos corredores da faculdade como "O inquisidor" e também como "Torquemada", por causa da obstinação com a qual se dedica a bisbilhotar os assuntos dos seus colegas que, por algum motivo, lhe parecem mais interessantes do que suas próprias pesquisas e que, para saciar sua curiosidade com relação ao trabalho e à progressão na carreira docente dos seus colegas, estabeleceu uma bem arquitetada rede de relações de grande cordialidade com funcionários administrativos colocados em diferentes pontos estratégicos da hierarquia administrativa da sua faculdade, e que o alimentam, constantemente, com informações, de tal maneira que o Prof. Roberto Guimarães também é chamado por alguns de "os olhos e os ouvidos do imperador", muito embora não esteja claro para ninguém, e talvez também não para o próprio Prof. Roberto Guimarães, qual seria o motivo pelo qual ele recolhe todas essas informações.

Já foi dito alguma vez que a fofoca é a prima pobre da literatura, mas sobre as relações de parentesco entre a fofoca e a ciência da linguística nunca foi dito nada.

O sentido dos vícios permanece quase sempre oculto para aqueles que são tomados por esses vícios. A paixão pelos assuntos da vida alheia sendo mais forte do que o Prof. Roberto Guimarães, ele se entrega a ela em suas horas vagas com aquilo que os alemães chamam de *Leidenschaft*, que é comumente traduzido para o português como "paixão". Mas o termo "paixão", em português, muito embora, em sua origem, esteja associado a sofrimentos como, por exemplo, a Paixão de Cristo, acabou perdendo o significado de coisa que atinge o indivíduo como se viesse de fora dele, para se tornar mais um dos atributos da personalidade moderna, que se apaixona por este e por aquele, e por isto e por aquilo e que, como uma criança que tem às mãos brinquedos demais, logo se enjoa de tudo e acaba caindo na apatia, que é o estado de afastamento total de todas as paixões.

O alemão *Leidenschaft* expressa esse caráter de sofrimento de maneira direta. A *Leidenschaft* submete o homem como um sofrimento e como uma doença. É maior e é mais forte do que ele.

O Prof. Roberto Guimarães é um homem alto, de constituição robusta. Mesmo nos dias mais frios do inverno paulistano, ele é visto andando de sandálias pelos corredores da Faculdade de Letras. Sendo forte, sua paixão é ainda mais forte do que ele. O interesse pela vida alheia e o acervo aparentemente interminável de informações sobre seus colegas e sobre as trajetórias dos seus colegas que ele armazena e armazena fazem dele uma espécie de arquivo vivo.

Alguns se empenham em acumular dinheiro e há outros que se empenham em acumular conhecimentos. O Prof. Roberto Guimarães se empenha em acumular informações sobre a vida dos seus colegas, e em transmitir a quem transmite essas informações. Ao que parece, os rumores sobre o caso da Profa. Tamar Peled com o Prof. Amnon surgiram, primeiro, da boca do Prof. Roberto Guimarães. Agora que a comissão se deparou com o requerimento da aluna Anita Scheld, surgiu a suspeita de que ela se aproveitava da existência daqueles rumores para, por meio do seu requerimento, prejudicar ainda mais a Profa. Tamar Peled, acrescentando insultos às injúrias.

O trabalho da subcomissão que é presidida pelo Prof. Braunfels não é simples, mas esse trabalho não interessa, em absoluto, ao Prof. Braunfels. Interessa, porém, ao Prof. Roberto Guimarães, que, desde o início do processo, dedica--se a ele de maneira apaixonada, sofrendo com ele e deleitando-se com ele: como alguém que vive uma grande paixão.

Enquanto trabalha sozinho na biblioteca da Faculdade de História, o Prof. Braunfels pensa nos escravos da Palestina sob domínio romano e pensa em outros assuntos, mas não pensa na Profa. Tamar Peled.

A Profa. Tamar Peled, por sua vez, pensa no Prof. Braunfels: sabendo que ele preside a subcomissão encarregada de apurar os fatos alegados no requerimento na denúncia de Anita Scheld, ela recebe, na secretaria do Departamento de História Antiga, das mãos de Estelita Figueiredo, um envelope pardo.

Dentro do envelope pardo estão as listas de presença do curso do Prof. Braunfels.

Dentro da bolsa da Profa. Tamar Peled está o aparelho celular com câmera.

XXIV

Flavius Josephus menciona, em sua obra, o fato de que, depois da conquista romana da Judeia pelos exércitos de Tito, cerca de noventa e sete mil judeus foram levados para Roma como cativos, como escravos. A concepção bíblica e judaica de escravidão sendo estranha aos romanos, esses escravos, assim como tudo o que os soldados de Tito saquearam, passaram a ser vistos como objetos à disposição de seus senhores.

Segundo o direito romano, um homem tem direito de usar e de abusar de seus bens. Não havendo um fim previsto para suas escravidões, os escravos eram vistos como coisas, e sobre suas coisas, segundo prescreve o direito romano, o homem tem garantidos os direitos de uso e tem garantidos os direitos de abuso. Não querendo se indispor com os romanos, que eram os novos senhores da Palestina e em meio aos quais vivia, tendo se mudado da Palestina para Roma, e tendo caído nas graças do imperador, Flavius Josephus não insistiu, em seus livros, nas concepções bíblicas de escravidão, que preveem a libertação de um escravo passado o prazo de sete anos, nem tampouco insistiu na oposição radical que existe entre a concepção bíblica de escravidão e a concepção romana de escravidão.

Um dos pontos fulcrais da pesquisa do Prof. Braunfels é analisar a história do domínio romano sobre a Palestina a partir da oposição e do conflito entre duas concepções opostas de escravidão. Interessa ao Prof. Braunfels investigar em que medida a concepção romana de escravidão substituiu a concepção judaica tradicional de escravidão a partir da conquista romana da Palestina e, se possível, averiguar se ocorreram, por parte dos escravos tanto quanto por parte dos senhores de escravos, situações de resistência à adoção das novas leis concernentes ao seu estatuto.

A respeito desse assunto tanto quanto a respeito de outros assuntos, Flavius Josephus é reticente e ambíguo. Diante da grande revolta de escravos que ocorreu no terceiro ano depois da vitória dos exércitos de Tito, na Palestina, Flavius Josephus permaneceu, como diante de tantos outros assuntos, em silêncio: não tomou o partido dos escravos, defendendo os direitos assegurados pela lei bíblica, e não tomou o partido dos novos senhores, que se viam no direito de usar e de abusar dos escravos como se fossem reses ou como se fossem objetos.

A ambivalência ante a questão dos escravos não é a única ambivalência de Flavius Josephus: assim como diante dessa questão, diante de outras questões ele busca para si mesmo um ponto equidistante dos fundamentos e dos paradigmas da tradição religiosa e cultural do judaísmo e dos princípios e das leis do direito romano e do Império que passou a governar a Palestina, assim como da religião romana, com suas divindades cheias de atributos humanos e com seus imperadores cheios de atributos divinos.

A história da escravidão na Palestina sob domínio romano, assim, funciona para o Prof. Braunfels como metonímia de toda a história do domínio romano da Palestina. E a história do domínio romano da Palestina, por sua vez, serve de metonímia a todas as contradições que existem entre a tradição judaica e a tradição greco-latina.

O Prof. Braunfels evidentemente não escreve isso em seu livro porque as dimensões dessa questão excedem as medidas de muitos livros, mas ele espera que seus leitores percebam que, ao tratar da parte, o historiador trata também do todo. Sendo a parte o que representa o todo, quem compreende uma, compreende a outra. Ou seja, quem compreender a vida dos escravos da Palestina sob o domínio romano e compreender a situação dos escravos da Palestina sob o domínio romano, compreenderá muitas outras coisas.

O papel do historiador, na opinião do Prof. Braunfels, é compreender o caso particular e, por meio do particular, compreender o geral. Essa é a concepção de história que norteou a escrita de Tucídides e essa é a concepção de história que interessa ao Prof. Braunfels.

Tendo estabelecido as regras do seu trabalho, o Prof. Braunfels segue pelo caminho das regras porque acredita no caminho da regra. As regras que ele estabeleceu para si mesmo valem para ele, evidentemente, e ele as transformou num caminho de vida. No entanto, parece-lhe que elas nem sempre valem para os outros.

Enquanto ele revira as páginas das obras de Flavius Josephus à procura das ocorrências das palavras *douleia*, que significa "escravidão, cativeiro e sujeição", da palavra *douleuo*, que significa "ser escravo" ou viver "em escravidão", *doulokratia*, que significa "o governo dos escravos", *doulofanés*, que significa "ter a aparência de um escravo", *douloo*, que significa "escravizar", e *doulosis*, que significa "escravização", apontadas pela concordância de Karl Heinrich Rengstorf, a biblioteca de História e Geografia permanece vazia e silenciosa.

Os colegas do Prof. Braunfels seguem, cada um, os caminhos apontados pelos desejos dos seus corações, que, tão logo tenha início o recesso acadêmico, os levam a se dispersarem em todas as direções, como as folhas levadas pelo vento: uns se dirigem ao litoral e outros permanecem dentro dos seus apartamentos. Este se dirige ao exterior e aquele ao interior, *ad libitum*, isto é, entregando-se a seus desejos. Os desejos do Prof. Braunfels estando presos por cadeias de ferro às regras por ele mesmo estabelecidas, ele se concentra no seu trabalho. Por meio das suas pesquisas, ele busca um nome para si no mundo acadêmico.

Durante sua visita secreta a Jerusalém, feita em meio à sua última visita a Berlim, o Prof. Braunfels participou de um simpósio realizado na Universidade Hebraica de Jerusalém cujo tema era a obra de Flavius Josephus. O simpósio durou só um dia, e os participantes vieram, principalmente, de universidades europeias, como Leiden, na Holanda, Cambridge, na Inglaterra, Salamanca, na Espanha, assim como um representante da Universidade Jaegellonica de

Cracóvia, cuja presença e participação surpreenderam o Prof. Braunfels.

Havia, também, professores de grandes universidades norte-americanas, além dos professores locais. A Polônia, na opinião do Prof. Braunfels, não faz parte do que ele considera como o mundo civilizado. Nem em termos nacionais, nem em termos acadêmicos. Ele vê com desconfiança a onda de interesse que surge, nos últimos anos, no mundo acadêmico da Polônia, com relação a todos os tipos de assuntos judaicos. Esse novo interesse lhe parece uma tentativa deliberada de aproximação com o Ocidente, uma espécie de *mea-culpa* tardio, um eco distante dos gestos feitos ao longo das últimas décadas pela Alemanha, cujo propósito é melhorar a imagem da Polônia ante os países ocidentais.

Parece ao Prof. Braunfels que o Estado, que governa as universidades polonesas, está por trás desse empenho, e que os políticos influenciam as universidades e as induzem a favorecer os estudos judaicos com o propósito de atenuar os danos à imagem internacional do país criada, por exemplo, pelos discursos do cardeal Jozef Glemp, o líder espiritual dos católicos poloneses, que acusou os judeus de terem a mídia à sua disposição em muitos países e que acusou os judeus de usarem a mídia para espalhar pelo mundo sentimentos antipoloneses, e de falarem com os poloneses a partir da posição de um povo superior aos outros povos.

Antes dos discursos de Jozef Glemp, o reverendo Tadeusz Rydzyk também se tornou famoso por suas expressões de ódio aos judeus, irradiadas diariamente, junto com as orações, pela rádio polonesa Maryja. Convidado em 2001 pelo presidente

Kwaśniewski a participar de uma solenidade em memória às vítimas do massacre de Jedwabne, que foram queimadas vivas em 1941, o cardeal Jozef Glemp, tendo se recusado a participar, imortalizou-se por meio das seguintes palavras: "Prefiro que os políticos se abstenham de impor sobre a Igreja a maneira pela qual ela deve realizar seus atos de contrição pelos crimes cometidos por certos grupos de pessoas".

A Igreja abstendo-se de ceder às pressões do governo, as universidades, mantidas pelo Estado, não manifestaram a mesma resiliência. Com o passar do tempo, os estudos judaicos se tornam uma área de importância considerável na Universidade Jaegellonica de Cracóvia, dotada com verbas acadêmicas. Docentes e pesquisadores de Cracóvia se dedicam a esclarecer este e aquele aspecto particular do que se passou com os judeus em seu país e a descrever este e aquele aspecto da vida dos judeus que havia em seu país. A sujeição da vida acadêmica a interesses políticos é, para o Prof. Braunfels, sinônimo de abominação.

A palavra hebraica para abominação é *Toeva*. O significado de *Toeva* estando associado, no texto bíblico, às proibições sexuais, o Prof. Braunfels o aplica para se referir às ingerências dos políticos nos âmbitos da pesquisa acadêmica. Por exemplo, à destinação de verbas de pesquisa para projetos que, na Polônia, se voltam para a temática judaica e que lhe parecem destinados, na verdade, a promover uma mudança na imagem internacional do país. *Toeva*, no contexto bíblico, refere-se a relações proibidas. Na opinião do Prof. Braunfels, esse tipo de relação entre o Estado e a universidade é uma abominação e também deveria ser proibido.

A Universidade Hebraica de Jerusalém está cheia de professores visitantes, pós-graduandos e alunos vindos da Alemanha. Uma série de fundações e de instituições governamentais fomentam o intercâmbio acadêmico entre as universidades israelenses e as universidades alemãs. Isso não incomoda o Prof. Braunfels. Ao contrário, reforça suas esperanças de que o respeito mútuo e a solidariedade passarão a imperar, num novo tempo de lucidez e de conciliação.

Quando soube do interesse crescente que surge na Polônia pelos estudos judaicos, o Prof. Braunfels sentiu-se contrariado. Os valores do século XIX continuam a nortear o mundo civilizado, na opinião do Prof. Braunfels, mas ele hesita muito em considerar que a Polônia faça parte do mundo civilizado. Dentre esses valores herdados do século XIX está o valor da dedicação ao trabalho.

Dedicando-se ao seu trabalho, o Prof. Braunfels acredita estar contribuindo para a ordem do mundo.

Ao fugir das suas responsabilidades, uma pessoa contribui para a desordem do mundo.

Fazendo a parte que lhe cabe, contribui para sua ordem.

XXV

Uma pessoa como o Prof. Braunfels não costuma fugir das suas responsabilidades. O caminho das regras, uma vez estabelecido, é o caminho a ser seguido. A ordem e o empenho consciente são os únicos instrumentos à disposição do homem, e o Prof. Braunfels se dedica às suas pesquisas com diligência e com precisão. Segue as indicações da concordância de Karl Heinrich Rengstorf e preenche suas fichas. Quando sua mente se dispersa e se volta para todas as outras coisas que, estando longe dos seus olhos, deveriam também estar longe do seu coração, o Prof. Braunfels traz sua mente de volta para as páginas de Flavius Josephus e de volta para suas fichas.

Agora, por exemplo, o Prof. Braunfels se lembra de laranjas vermelhas. Em hebraico, as laranjas são chamadas de maçãs de ouro, mas nos países à volta do Mediterrâneo existem laranjas que são mais vermelhas do que romãs. O cultivo de laranjas vermelhas é documentado na Sicília desde a Idade Média. Agora, o Prof. Braunfels pensa escrever um artigo sobre o cultivo de frutas cítricas no Mediterrâneo Antigo, um tema que nunca foi estudado pelos historiadores.

A mais antiga fruta cítrica conhecida pelos historiadores é a sidra, mencionada por Teofrasto em 310 a.e.c. Os mosaicos de Pompeia trazem representações de laranjeiras. Pompeia foi destruída pela lava do Etna em 79 e.c., nove anos depois da submissão da Judeia aos exércitos de Tito. O agrônomo e diplomata israelense Shmuel Tolkowsky, autor do livro *Hesperides: a history of the culture and use of citric fruits*, de 1938, é o único autor de quem o Prof. Braunfels sabe que se ocupou com o tema do cultivo das frutas cítricas na Antiguidade.

Manfred Herbst foi amigo pessoal de Shmuel Tolkowsky. A importância do cultivo das frutas cítricas nas primeiras décadas de existência do Estado de Israel tendo sido imensa, o livro de Shmuel Tolkowsky foi uma publicação bastante considerada em seu tempo, embora hoje tenha sido completamente esquecido. O título do livro de Shmuel Tolkowsky foi uma sugestão de Manfred Herbst. Isso está escrito na página de agradecimentos do livro *Hesperides: a history of the culture and use of citric fruits*. As informações que o livro contém sobre o conhecimento dos cítricos na Antiguidade foram passadas a Shmuel Tolkowsky por Manfred Herbst. Isso também consta da página de agradecimentos do livro.

Na opinião do Prof. Braunfels, as frutas do jardim mítico das Hespérides só podiam ser as laranjas vermelhas. O Jardim das Hespérides fica no Ocidente, que é onde o sol se põe. As Hespérides sendo as ninfas do crepúsculo, é natural que suas frutas sejam alaranjadas e avermelhadas. As laranjas vermelhas, que já eram cultivadas na Sicília na Idade Média, e talvez fossem conhecidas ali desde a Antiguidade, são as frutas do Jardim das Hespérides porque, do ponto de vista dos gregos, a Sicília representa o Ocidente.

Em alemão, o nome Herbst significa "outono". As frutas do Jardim das Hespérides são as laranjas vermelhas maduras do outono. O outono é a época das frutas maduras e é a época da colheita. *Herbst* tem a mesma origem do inglês *harvest*, que significa "colheita". Essas duas palavras de línguas modernas têm sua origem em palavras antigas como o latim *carpere*, que significa "colher" e também "desfrutar", e o grego *karpos*, que significa "fruto". O outono é a época da colheita dos frutos e da fruição. Aquilo que um homem plantou na primavera ele colhe no outono.

Tendo alcançado o título de livre-docente, o Prof. Braunfels se dedica a uma nova pesquisa, por meio da qual imagina contribuir para a manutenção da ordem do mundo. Vinculando-se ao seu trabalho, ele tem à sua frente fichas. Algumas fichas estão preenchidas e outras fichas estão em branco. Entre uma ficha e outra ficha, o Prof. Braunfels faz uma pausa e pensa nas laranjas vermelhas, no livro de Shmuel Tolkowsky e até no Jardim das Hespérides.

Enquanto isto, a Profa. Tamar Peled troca sorrisos com Estelita Figueiredo. Um homem se dedica ao seu trabalho e não suspeita que o Anjo da Morte já está à espreita. Enquanto ele produz e cria com suas mãos, se esquece do que o espera. Chega o outono e os cereais maduros são cortados pelo alfanje.

Na iconografia medieval, a morte é representada com um alfanje nas mãos. A morte se veste de preto e a Profa. Tamar Peled está vestida de preto. Em sua bolsa preta está um telefone celular com câmera. A tela do telefone é preta e a capa do telefone é preta. Um telefone não é um alfanje e tampouco é uma foice, mas alguém que visse a Profa. Tamar Peled com seu telefone preto na mão não deixaria de perceber uma semelhança entre aquele aparelho e o alfanje que, no outono, é usado para ceifar os cereais maduros. Onde está essa semelhança? Ela não está na forma do aparelho que está nas mãos da Profa. Tamar Peled e ela não está na cor do aparelho que está nas mãos da Profa. Tamar Peled, mas ela está no olhar da Profa. Tamar Peled.

O olhar da Profa. Tamar Peled tem o mesmo tom escuro de verde que se encontrava, antes, nos fundos de garrafa de água mineral Pilar. Como é possível o olhar de uma pessoa se parecer com um alfanje? Se alguém visse o olhar da Profa. Tamar Peled enquanto ela manuseia o envelope que lhe foi entregue por Estelita Figueiredo entenderia, imediatamente, que isso não é impossível.

O sol do outono brilha sobre a Cidade Universitária. A grande tragédia do outono ainda não se consumou porque as folhas do plátano ainda não foram arrancadas e porque, mesmo no outono, a luz da manhã se torna cada vez mais clara e cada vez mais intensa. Chega a tarde e isso muda. O vermelho das laranjas vermelhas do jardim da tarde se derrama e então já é muito tarde. O sabor dessas laranjas é amargo. Que diferença existe entre os livros que foram escritos e esquecidos e os livros que não foram escritos?

Enquanto o Prof. Braunfels trabalha, ele gosta de imaginar que alguém o está observando. Por isso, antes de começar a trabalhar, o Prof. Braunfels se lava, se barbeia e se veste para o trabalho. O trabalho é um ritual que não pode prescindir dos seus preparativos. Ele imagina que quem o observa trabalhando o admira e lhe quer bem. Por meio do seu trabalho, ele engrandece a si mesmo e engrandece os historiadores porque acredita que exista o bom exemplo. Ao olhar para o trabalho de um dia inteiro, o coração do Prof. Braunfels se alegra, mas, ao olhar para os livros que já publicou, ele fica indiferente. Os livros que ele já publicou não lhe parecem suficientemente bons. Olhando para seus defeitos, ele se envergonha e se propõe a não repetir, nos novos livros, os velhos defeitos. Ao buscar sempre um livro melhor do que o anterior, o Prof. Braunfels conquistou o título de livre-docente, mas, ao contrário de muitos dos seus colegas, que alcançam esse título e se acomodam, ele continua a se dedicar à pesquisa intensa e à escrita intensa.

Ele não pretende alcançar um novo título na carreira universitária, mas não deseja interromper a liturgia que estabeleceu como regra de vida para si mesmo. Ele se esforça e seu esforço é recompensado. Os artigos que ele envia para as revistas internacionais de História Antiga são publicados e ele participa de comissões editoriais de revistas acadêmicas internacionais. Ele é convidado a escrever pareceres sobre artigos de colegas de universidades estrangeiras e de universidades brasileiras e é convidado para resenhar os livros que as editoras universitárias publicam, no Brasil e também fora do Brasil.

Sobre sua escrivaninha há sempre dois livros ou três livros para serem resenhados. Debaixo dos livros estão, numa pasta de elásticos, os documentos que dizem respeito ao requerimento de Anita Scheld. Quando o Prof. Braunfels tiver tempo, ele terminará de ler os livros e terminará de escrever as resenhas. Depois disso, ele vai se ocupar do requerimento de Anita Scheld e da apuração das alegações feitas por Anita Scheld. Por enquanto, ele está muito ocupado com suas leituras e com suas fichas.

Os dias de outono são cada vez mais curtos e o que vem depois do outono raras vezes é melhor do que o que veio antes do outono. O Prof. Braunfels se sente como um navegador que precisa encarar o sol da tarde e que precisa avançar apesar do vento contrário. Sua mente se dirige às paisagens mitológicas do Jardim das Hespérides e à sedução de frutas como as laranjas vermelhas da Sicília, mas ele a traz de volta para as páginas da concordância de Karl Heinrich Rengstorf e para as páginas de Flavius Josephus. Sua mente se dirige aos assuntos que dizem respeito ao requerimento de Anita Scheld e ele a contém. Ele quer ouvir o canto das sereias, mas não pode perder o controle do barco. A tarde está caindo. Antes que chegue a noite, ele precisa alcançar o porto.

A apuração dos fatos que dizem respeito ao requerimento de Anita Scheld lhe parece desimportante. Por sorte, dois membros da subcomissão presidida pelo Prof. Braunfels e designada para tratar desse caso parecem possuídos por um entusiasmo verdadeiro pelo assunto. Eles interrogam este e aquele e averiguam isto e aquilo e enviam mensagens eletrônicas e descrevem minuciosamente tudo o que descrevem e tudo o que capazes são de apurar, assim como tudo o que supõem ter ocorrido com base no que puderam apurar. O Prof. Braunfels recebe essas mensagens e não lhes dá atenção.

As informações se amontoam e o Prof. Roberto Guimarães redige uma lauda e depois redige mais uma lauda e ainda mais uma. Essas laudas contêm o resultado das suas apurações. A dedicação do Prof. Roberto Guimarães ao caso de Anita Scheld permite ao Prof. Braunfels dedicar-se às suas pesquisas e por isso ele se sente agradecido ao Prof. Roberto Guimarães. Ele o vê como um verdadeiro amigo porque ele o livra de um fardo pesado e desinteressante.

A pesquisa sobre a vida cotidiana dos escravos da Palestina sob domínio romano também é um fardo pesado, mas não é desinteressante. Nela está o futuro do Prof. Braunfels. O Prof. Braunfels olha para as coisas e olha para o que há dentro das coisas e para o que há entre as coisas. Qual é a finalidade do processo de Anita Scheld? Ou ela será punida por fazer alegações falsas, ou a Profa. Tamar Peled será advertida por causa de sua conduta indecorosa. Por mais escabroso que possa ser o caso, dentro de alguns anos, tudo será esquecido.

Se não for esquecido, talvez o caso venha a se tornar como aquele caso rumoroso de um professor da Faculdade de Letras que, estando no elevador da faculdade, foi atacado pelo marido de uma aluna cujas pesquisas tinham sido roubadas por esse professor. O marido atacou o professor da seguinte maneira: estando os dois no elevador, o primeiro arrancou, a dentadas, a orelha do segundo. O segundo entrou no elevador com as duas orelhas, mas saiu do elevador só com uma orelha e assim passou o resto da vida, tendo sido sepultado com uma orelha só.

Tendo arrancado com uma dentada a orelha do professor, o marido da aluna que foi roubada cuspiu no chão do elevador a orelha arrancada e a pisoteou. O professor apanhou a orelha que lhe foi decepada, mas os médicos não conseguiram mais costurar a orelha no seu lugar porque ela tinha sido esmagada pela ponta do sapato de quem a arrancou. A moral da história é que quem rouba pesquisas alheias não deve entrar no elevador da faculdade. Aquele caso já tinha sido praticamente esquecido. O que havia ali? Vazio dos vazios. Nada de nada. Deixar de lado sua própria pesquisa para se dedicar ao caso de Anita Scheld parecia ao Prof. Braunfels o mesmo que trair sua vocação.

Segundo a maior parte dos historiadores, ao passar para o lado dos romanos, Flavius Josephus tinha traído seu povo. O Prof. Braunfels se ocupa com os escritos de Flavius Josephus, mas não pretende renunciar à sua vocação. O que há dentro da sua pesquisa e o que há por entre as páginas da sua pesquisa é semelhante, em sua opinião, ao que há dentro da pesquisa de Manfred Herbst e ao que há por entre as páginas da pesquisa de Manfred Herbst: algo que não é dito pelas palavras de forma direta, mas que paira sobre as palavras e por entre as palavras. Uma pesquisa como aquela precisa de determinação e precisa de disciplina. É preciso abrir mão de algumas coisas para se fazer um trabalho assim. Por exemplo: de ceder à curiosidade por assuntos que não dizem respeito à pesquisa. Por exemplo: o requerimento de Anita Scheld. Por isso, o Prof. Braunfels vê o Prof. Roberto Guimarães como seu amigo: ele lhe permite não ter que renunciar à sua vocação por ter que se dedicar a assuntos vazios.

O Prof. Braunfels porta sua dedicação ao trabalho como uma coroa invisível. Ela o dignifica aos seus próprios olhos.

Dignificado aos seus próprios olhos, o Prof. Braunfels se vê também dignificado aos olhos dos outros. A maneira pela qual os outros olham para uma pessoa depende da maneira como essa pessoa olha para si mesma. Mas a maneira pela qual uma pessoa olha para outra pessoa depende também da maneira pela qual quem olha o outro olha para si. Às vezes essas duas maneiras são iguais e às vezes essas duas maneiras são diferentes. Por exemplo: no caso do Prof. Braunfels. Sentindo-se dignificado pelo próprio trabalho, ele olha para si mesmo e gosta do que vê.

A Profa. Tamar Peled, por sua vez, olha para o Prof. Braunfels e não gosta do que vê. Dizem que não vemos o mundo como ele é e sim como nós somos. Estando doente, a Profa. Tamar Peled encontra defeitos em tudo o que vê, e em nada do que vê encontra virtudes.

O que não lhe parece torto lhe parece corrupto, e o que não lhe parece corrupto lhe parece estragado.

O que os médicos fazem não a ajuda e o que ela faz por si mesma tampouco a ajuda.

O que podem fazer os médicos por um paciente quando esse paciente não quer ser curado?

XXVI

No mundo antigo, os escravos trabalhavam para que seus senhores pudessem ser livres, mas o Prof. Braunfels acredita que, por meio do trabalho, o homem constrói sua própria liberdade. Uma vida sem trabalho lhe parece um equívoco. O Prof. Braunfels conhece muita gente que vê o trabalho como um castigo. Tendo se acostumado a uma vida de trabalho, a vida sem trabalho lhe parece vazia. Segundo as leis bíblicas, passados sete anos de escravidão, um escravo adquire o direito à liberdade. Se quiser abrir mão dessa liberdade o escravo tem sua orelha perfurada e, depois de fazer um juramento, permanece sujeito a seu senhor até o fim da vida.

A alma de uma pessoa assim, tendo sido escravizada, já não pode mais conceber outro tipo de vida. Flavius Josephus foi levado a Roma como escravo e intérprete de Vespasiano, o comandante das forças romanas que tomaram a cidade de Jotapata no ano 67. Tendo sido escravizado, Flavius Josephus profetizou que Vespasiano haveria de se tornar imperador. Tendo se tornado imperador dois anos mais tarde, Vespasiano concedeu a liberdade a Flavius Josephus. Tendo recebido a cidadania romana e uma pensão imperial, ele se tornou amigo e conselheiro do filho de Vespasiano. O nome do filho de Vespasiano era Tito. Tito liderou as tropas romanas que, três anos depois da captura de Flavius Josephus, sitiaram, saquearam e destruíram Jerusalém. Flavius Josephus serviu a Tito como intérprete. Assim, ele colaborou com os romanos para destruir Jerusalém. Um escravo liberto, Flavius Josephus é considerado um traidor.

Os escravos que não queriam a liberdade levavam marcas nas orelhas. Um professor que rouba o trabalho de uma aluna tem sua orelha arrancada a dentadas. Um traidor não leva marca nenhuma e passa sua vida confortavelmente, protegido pelo imperador Vespasiano, e dedica seus dias a escrever, em aramaico e em grego, a história da guerra dos judeus e a compilar, em aramaico e em grego, uma paráfrase dos livros bíblicos. O Prof. Braunfels estuda as páginas de Flavius Josephus e está convencido de que assim realiza sua vocação. O círculo se fecha porque o Prof. Braunfels escreve sobre os escravos. A escrita é também uma escravidão para ele: dia após dia, ele volta para suas fichas e volta para suas folhas. Uma pedra colossal é empurrada morro acima, passo a passo. Se não rolar outra vez para baixo, ficará lá em cima, como um monumento.

Quem olha um monumento não enxerga o trabalho que há ali. O monumento engole o trabalho e não fica nenhum sinal do trabalho. Fica só o monumento. O livro de Manfred Herbst é uma obra monumental e o Prof. Braunfels a admira. As obras de Flavius Josephus são também monumentais, mas é difícil admirar a obra de alguém que é considerado um traidor. A fama de uma pessoa se sobrepõe à sua obra e a fama de uma pessoa interfere na leitura da sua obra.

Aos rumores do caso da Profa. Tamar Peled com o Prof. Amnon somam-se agora os rumores sobre o caso de Anita Scheld. Nem isto nem aquilo é bom para a fama da Profa. Tamar Peled. Para se contrapor a esses rumores, a Profa. Tamar Peled se dedica a espalhar outros rumores. Tendo escolhido o Prof. Braunfels, ela diz muitas coisas sobre ele. Pouca gente dá a isso muita importância, mas é da natureza dos rumores que alguém dará a eles alguma importância, mesmo que muito pequena. Quando muitas pessoas dão a alguma coisa uma importância pequena, as importâncias se somam e, com o passar do tempo, podem se tornar uma coisa grande. A Profa. Tamar Peled insiste e insiste. Quando a água de um lago está agitada, a lama se ergue e turva a água. A superfície do lago fica agitada e é impossível ver o que existe no fundo do lago. Da mesma forma, aqueles que se dedicam à difamação dos seus colegas tentam antepor aos trabalhos desses colegas um obstáculo que turva a visão.

Não possuindo os mesmos dons do Prof. Braunfels, a Profa. Tamar Peled o inveja. Não podendo se tornar igual a ele, ela quer torná-lo mais parecido com ela mesma, e por isso inventa vários tipos de rumores. Pelo menos um deles será comprovado. O Prof. Braunfels assina documentos que não correspondem à verdade. A fotografia da lista de presença do curso de Introdução à História de Roma, ministrado pelo Prof. Braunfels, já está dentro do aparelho celular da Profa. Tamar Peled. Nela está aposta a assinatura da aluna Eliana Buzaglio, que, supostamente, esteve presente na aula do Prof. Braunfels ao mesmo tempo que esteve presente na delegacia de Pinheiros, na manhã do dia 5 de maio. Uma pessoa que está na delegacia não pode estar na sala de aula e uma pessoa que está numa sala de aula não pode estar na delegacia.

A cópia do Boletim de Ocorrência está na gaveta da escrivaninha do gabinete da Profa. Tamar Peled. O aparelho celular está na bolsa da Profa. Tamar Peled. Logo mais, as fotografias serão impressas. A Profa. Tamar Peled está exultante. Tendo tirado as fotografias, ela devolveu o envelope e Estelita Figueiredo o guardou. Ela diz para si mesma: "Está no papo". A expressão do seu rosto também diz: "Está no papo". E um frêmito de satisfação toma conta do papo da Profa. Tamar Peled, que pende, flácido, sob o seu queixo, como o de um jabuti que respira pelo papo, marcado pela cicatriz da cirurgia que retirou sua tireoide doente.

Sobre sua visita a Jerusalém, feita em segredo em meio à sua estadia de trabalho em Berlim, o Prof. Braunfels achou mais recomendável não comentar nada com ninguém. Já há alguns anos que professores de várias universidades, sobretudo no mundo anglo-saxão, participam de um movimento internacional de boicote às instituições de ensino e pesquisa israelenses, e esse movimento, que se tornou conhecido pela sigla BDS [Boicote, Desinvestimento e Sanções] tem também suas ramificações e tem também seus seguidores na Universidade de São Paulo.

Segundo as ideias do Prof. Braunfels, a universidade deveria ser uma instituição apolítica. Se dissesse à maior parte dos seus colegas que a universidade deveria ser uma instituição apolítica, eles olhariam para ele com um sorriso. Nesse sorriso há escárnio e há também cinismo: é o sorriso daqueles que, tendo superado a própria ingenuidade, olham com um misto de pena e de desprezo para uma pessoa simplória. Se dissesse a alguém o que ele pensa sobre as relações entre política e universidade, o Prof. Braunfels seria considerado um simplório. Há, na universidade, muitas pessoas que estão convencidas de que existe, em tudo, uma dimensão política. Não está, em absoluto, claro para o Prof. Braunfels o que essas pessoas querem dizer com essas palavras porque a política é, por si só, em sua opinião, um conceito vazio.

Muitos chamam de política as intrincadas redes de solidariedade, troca de favores, relações hierárquicas e intrigas que se estabelecem entre os diferentes atores da estrutura universitária, de maneira autônoma, espontânea, independente dos regimentos universitários. Outros chamam de política os diferentes graus de comprometimento com ideologias que, supostamente, deveriam orientar as ações dos políticos. Não estando interessado em estabelecer relações interessadas e constatando que o papel das ideologias se torna alguma coisa cada vez mais abstrata nas práticas dos partidos políticos, o Prof. Braunfels se mantém fiel aos propósitos da universidade conforme enunciados em seu regimento.

Esses propósitos se ramificam em três vertentes fundamentais: a docência, a pesquisa e a extensão. A política, ainda assim, permanece, na vida acadêmica, como um talismã: tudo o que, não podendo ser explicado racionalmente, fica sem explicação é logo atribuído à política. Um conceito que muda de forma e que muda de significado dependendo do contexto em que é usado, um conceito que tem sempre a mesma forma, mas cujos conteúdos, em sua multiplicidade, parecem não ter, uns com os outros, nem mesmo o mais remoto grau de parentesco, é uma quimera. A quimera, como todas as monstruosidades do mundo clássico, é uma criatura assustadora. Por isso, quando ouve falar em política, o Prof. Braunfels se assusta, porque esse termo, para ele, está associado a desaparecimentos misteriosos, arbitrariedades, ciladas.

Para se manter longe da política e para se manter longe dos olhos daqueles dentre seus colegas que estão ligados à rede internacional de boicote a Israel conhecida pela sigla BDS, o Prof. Braunfels considera prudente evitar qualquer tipo de referência àquela semana que, em meio à sua temporada de pesquisa em Berlim, ele passou em Jerusalém.

Dizer de uma pessoa que ela é política significa, para o Prof. Braunfels, um insulto.

A política, em sua opinião, não está associada à implementação de ideias morais na realidade social, e sim a todos os tipos de tratos escusos, acordos secretos, hipocrisia.

XXVII

Em sua visita a Jerusalém, o Prof. Braunfels hospedou-se no Österreichisches Hospiz zur heiligen Familie. Assim como a palavra inglesa *hospice* e assim como a palavra francesa *hospice*, a palavra alemã *Hospiz*, diferentemente do que acontece com a palavra brasileira hospício, não está diretamente associada à loucura, ao aprisionamento dos loucos e a todo o tipo de cenas horripilantes, como os tratamentos com eletrochoque e os tratamentos com choque de insulina e as camisas de força e as celas solitárias nas quais os internos são castigados por dias e dias, tendo por companhia o colchão e o penico.

O Österreichisches Hospiz zur heiligen Familie de Jerusalém foi fundado em 1863 e o sanatório Am Steinhof, de Viena, foi fundado em 1907. Quarenta e quatro anos separam a fundação do Österreichisches Hospiz zur heiligen Familie de Jerusalém da fundação do sanatório Am Steinhof de Viena. O Österreichisches Hospiz zur heiligen Familie de Jerusalém foi fundado quando o *Kaiser* Franz Joseph I estava no décimo quinto ano do seu reinado e o sanatório Am Steinhof de Viena foi fundado quando o *Kaiser* Franz Joseph I estava no quinquagésimo nono ano do seu reinado.

A palavra alemã *Hospiz* vem do latim *hospitium* que, por sua vez, vem do latim *hospes*, hóspede. Na Antiguidade eram chamadas de *hospitium* todas as construções destinadas a oferecer aos viajantes e aos estrangeiros abrigo temporário e alimento. No século XIX, por causa do legado das Cruzadas, o *Kaiser* Franz Joseph I tinha, entre seus muitos títulos, o título de *Kaiser von Jerusalem*. Sendo imperador de Jerusalém, convinha que seus súditos que desejassem fazer peregrinações a Jerusalém tivessem à sua disposição um abrigo.

Depois de demoradas negociações com o sultão, começou a construção do Österreichisches Hospiz zur heiligen Familie, situado num terreno na Via Dolorosa. Construído no estilo de um palácio da *Ringstraße* vienense, seu propósito é abrigar os peregrinos austríacos que vão a Jerusalém assim como aqueles peregrinos que vêm do mundo de língua alemã, bem como aqueles que vêm de países que, à época da fundação do Österreichisches Hospiz zur heiligen Familie, faziam parte do território da monarquia habsburga. Esses países são: a República Tcheca, a Eslováquia, a Hungria, a Eslovênia, a Croácia, a Sérvia, a Bósnia-Herzegóvina, o Nordeste da Itália e o Sudeste da Polônia e partes da Ucrânia e partes da Romênia.

O Prof. Braunfels não veio de nenhum desses lugares, mas, sendo falante de língua alemã, hospedou-se ali. A Via Dolorosa passa pelo bairro muçulmano da Cidade Velha de Jerusalém. Junto a cada estação da Via Dolorosa há uma placa, que narra o que aconteceu ali. Junto à quinta estação da Via Dolorosa, o imperador da Áustria mandou construir um albergue para seus súditos que desejassem fazer peregrinações a Jerusalém.

A Via Dolorosa é o caminho que Jesus percorreu desde sua condenação por Pôncio Pilatos até sua crucificação. A Via Dolorosa tem catorze estações e cada uma delas corresponde a um dos momentos dramáticos do percurso descrito por Jesus. A quarta estação é o lugar onde, sob o peso da cruz, Jesus encontrou sua mãe, Maria.

Os peregrinos cristãos vão a Jerusalém e seguem o percurso da Via Dolorosa. Quando chegam à quarta estação e leem nos seus guias o que aconteceu na quarta estação, não conseguem conter suas emoções. A crueldade do suplício de Jesus revolta as profundezas das suas almas, mas o encontro de Maria com o próprio filho, que caminha sob a cruz para ser crucificado, está além daquilo que pode ser imaginado.

A quinta estação está a pouca distância da quarta estação. Na quinta estação, Jesus encontrou Simão, o Cirineu. Simão, o Cirineu, era um judeu da Líbia que passava por Jerusalém para participar das celebrações de Pessach e os soldados romanos, vendo que Jesus não suportava mais sozinho o peso da cruz, obrigaram Simão, o Cirineu, a ajudar Jesus a carregar a cruz. Abalado com o que viu, Simão, o Cirineu, tornou-se cristão e sua família se tornou cristã. Junto à quinta estação, o *Kaiser* Franz Joseph I mandou construir o Österreichisches Hospiz zur heiligen Familie. Talvez ele esperasse que aquele lugar levaria muitos que não eram cristãos a se converterem à fé cristã. Os laços que ligam os membros de uma família uns aos outros são sagrados, e a quarta estação representa a forma mais terrível de ofensa a esses laços. A quinta estação representa o poder de Jesus.

No Österreichisches Hospiz zur heiligen Familie os peregrinos encontram pouso e encontram refeições. Quem está passando por ali e quer entrar, mesmo não sendo austríaco e mesmo não sendo cristão, pode entrar. No meio do palácio, construído no estilo dos palácios vienenses da *Ringstraße*, há um café vienense. Quem se senta nesse café pode se deliciar com doces como *Apfelstrudel* e *Sachertorte*. Quem se delicia com esses doces pensa que está à beira da *Ringstraße*, ou à beira do Danúbio, e não à beira da Via Dolorosa. Quem toma um café ali pensa que está em Viena e que não está em Jerusalém.

Já o sanatório Am Steinhof de Viena foi construído para abrigar loucos, e não para abrigar peregrinos. A palavra *Hospiz*, em alemão, pode designar uma hospedaria de peregrinos, mas pode também designar um hospício. Quem entra no sanatório Am Steinhof de Viena pensa que saiu de Viena. Muitos tipos de experimentos com seres humanos foram feitos ali nos últimos cem anos. Um número indeterminado de pacientes considerados portadores de doenças hereditárias, por exemplo, foram esterilizados à força ali.

Em 1940, cerca de três mil e duzentas pessoas foram deportadas dali no âmbito de uma operação denominada Aktion T4. A maior parte delas foi morta no Castelo de Hartheim, em Alkoven. *Hartheim* significa "um lar duro". Na divisão infantil do sanatório Am Steinhof realizou-se uma outra operação cujo nome era Kindereuthanasie, a eutanásia das crianças. No pavilhão de número vinte e três do sanatório Am Steinhof foi inaugurada, a 1º de novembro de 1941, a Anstalt für assoziale Frauen und Mädchen, a instituição para mulheres e moças associais. As terapias de trabalho lá praticadas incluíam desde o trabalho na cozinha até trabalhos pesados, como o transporte de sacos de carvão e o calçamento de ruas com paralelepípedos. As transgressões às regras disciplinares impostas às mulheres eram punidas com injeções de apomorfina, que causa vômitos e causa diarreia, e também por meio do confinamento em celas que são construídas inteiramente de cimento. Nenhuma das mulheres associais e nenhuma das moças associais, porém, chegou a ser morta.

O Prof. Braunfels não foi a Jerusalém como um peregrino, mas hospedou-se no Österreichisches Hospiz zur heiligen Familie. Todas as manhãs ele subia pela Via Dolorosa até o Portão de Damasco. De lá, seguia de bonde em direção à biblioteca da Universidade Hebraica de Jerusalém.

Quarenta e quatro anos separam a inauguração do Österreichisches Hospiz zur heiligen Familie da inauguração do sanatório Am Steinhof. Duas instituições modelares da monarquia habsburga, elas foram construídas com o mesmo propósito e foram construídas com propósitos diferentes. O mesmo propósito era: colocar cada coisa no seu devido lugar. A isto se chama: ordem. Sem ordem, a vida de um homem perde seu rumo. Se um homem se perde se não houver ordem em sua vida, o que dizer de um império inteiro? Um Império inteiro se sustenta sobre a ordem.

No Österreichisches Hospiz zur heiligen Familie de Jerusalém impera a ordem. O imperador desapareceu e seu Império foi dilacerado. A ordem do imperador, porém, vigora no hospício que ele criou. A Via Dolorosa corta o bairro muçulmano da cidade velha de Jerusalém. No bairro muçulmano da cidade velha de Jerusalém as marcas do sangue humano estão em toda a parte. Nos degraus da Via Dolorosa estão as marcas do sangue de Jesus, e na esquina da Rua Alla Udin uma placa de mármore afixada à parede da casa que se encontra naquela esquina lembra os passantes que, naquele lugar, quase em frente à entrada do Österreichisches Hospiz zur heiligen Familie, foram assassinados os israelenses Nehemia Lavi e Aharon Bennett. Sobre a placa, alguém lançou tinta vermelha, e a placa está manchada de vermelho.

Soldados israelenses caminham com armas pelo bairro muçulmano da cidade velha de Jerusalém. Eles caminham em duplas e em trios e olham para um lado e para o outro lado. Eles vigiam os vivos e nada podem fazer pelos mortos. Junto aos nomes de Nehemia Lavi e Aharon Bennet alguém acendeu uma vela e alguém colocou flores. A cera cor-de-rosa está num monte disforme sobre a pedra do calçamento, ao lado das flores murchas. Alguém escarrou sobre as flores murchas e o muco verde escorre das folhas mortas e das pétalas mortas. Camada sobre camada, os insultos se acumulam sobre os crimes. Passam os anos e passam as décadas e novos insultos se depositam sobre os insultos antigos.

Tudo o que se passa nas ruas de Jerusalém fica fora do prédio do Österreichisches Hospiz zur heiligen Familie. Cada coisa, ali, estando no seu devido lugar, o Prof. Braunfels chega ali e imediatamente se sente em casa. Nas ruas do bairro muçulmano da cidade velha de Jerusalém a multidão se espreme entre as casas amontoadas: cada centímetro é disputado a cotoveladas, quando não a golpes e a facadas e a tiros. Os mercadores apregoam suas mercadorias. Quem quer passar briga com quem está parado e quem quer ficar parado é empurrado como um barco de papel que é levado para longe pela correnteza. Os gestos permanecem incompletos e as conversas são interrompidas. Em vez de terem começo, meio e fim, as frases esvoaçam, mutiladas, cheias de arestas. Essas arestas são cortantes. Elas ferem os ouvidos de quem as ouve. De tanto serem feridos, esses ouvidos acabam ficando surdos.

    Dentro do Österreichisches Hospiz zur heiligen Familie há o que não há nas ruas do bairro muçulmano de Jerusalém. Por exemplo, silêncio. As paredes do edifício, que parece um palácio da *Ringstraße* vienense, foram construídas de pedra. Em volta do edifício há um jardim. Nesse jardim há árvores e nessas árvores há passarinhos. Quando o Prof. Braunfels entra ali, sua respiração se acalma. Um outro mundo se abre diante dos seus olhos. No meio do jardim há uma fonte. A água escorre sobre as pedras e as pedras sussurram. Esse sussurro é sempre igual a si mesmo, mas ninguém se cansa de ouvi-lo. Imediatamente, ele apara as arestas das frases inacabadas que voam pelas ruas como facas. Ao chegar ali, o Prof. Braunfels sente que chegou a algum lugar. Ele não é mais um barco de papel arrastado pela correnteza. Ele se senta à mesa e revê as anotações que fez, durante o dia, na biblioteca da Universidade Hebraica de Jerusalém. À sua volta há ordem e silêncio. Cada coisa estando em seu devido lugar, o Prof. Braunfels se tranquiliza. Muitas das coisas e muitos dos prédios de Jerusalém parecem ter sido construídos às pressas, para atender às necessidades da hora. O Österreichisches Hospiz zur heiligen Familie foi construído para se antecipar às necessidades da hora. A providência do imperador é vista ali em toda a parte.

O quarto do Prof. Braunfels é austero, e a austeridade convém ao seu trabalho. Em vez de se distrair com mil objetos, ele se mantém concentrado num só objetivo. Durante uma semana em Jerusalém, sua pesquisa progride mais do que em um mês em São Paulo. No meio da madrugada, a voz do muezim o desperta do sono e o lembra que ele está no Oriente. Ele volta a dormir. De manhã, quando acorda, ele abre os olhos e pensa que está em Viena.

Ele está entre um lugar e outro lugar. Ele não está em Jerusalém e ele não está em Viena. Tendo sido levado a Roma como escravo quando os exércitos de Vespasiano tomaram a cidade de Jotapata, Flavius Josephus voltou à Palestina, três anos mais tarde, como escravo de Tito. Flavius Josephus escreveu em aramaico e em grego uma história sobre a guerra dos judeus, pensando nos seus leitores romanos.

O Prof. Braunfels dirige-se em alemão aos funcionários do Österreichisches Hospiz zur heiligen Familie. Os funcionários que trabalham na recepção e os funcionários que cuidam da administração da casa são austríacos e os funcionários que levam à mesa a comida dos hóspedes e os que tiram das mesas os pratos vazios e os pratos com restos de comida são austríacos. Mas os que lavam os banheiros e arrumam as camas dos hóspedes, de manhã, são árabes.

Eles usam túnicas compridas e as mulheres cobrem seus cabelos com lenços.

A todos, o Prof. Braunfels se dirige em alemão.

Ele se sente ali como se estivesse num álbum de fotografias do século XIX, em meio aos retratos dos viajantes austríacos que visitavam a Palestina otomana.

XXVIII

O romance *Der Weg ins Freie*, de Arthur Schnitzler, foi publicado em 1908. Uma das famílias retratadas por Arthur Schnitzler nesse romance é a família Ehrenberg. O patriarca da família se chama Salomon Ehrenberg. Ele é um industrial riquíssimo que vive num palácio na *Ringstraße*. A certa altura dos acontecimentos, Salomon Ehrenberg faz uma viagem à Palestina. O Prof. Braunfels tem certeza de que ele se hospeda naquela casa. Passado mais de um século, o Österreichisches Hospiz zur heiligen Familie continua idêntico. Logo mais, Salomon Ehrenberg, vestido com um terno branco de linho, vai entrar pela porta, sorrindo, com um charuto entre os dentes. Em suas mãos está um telegrama.

Há em Jerusalém uma agência da Kaiserliche königliche österreichische Post, o Real e Imperial Correio Austríaco. Quem está em Viena e deseja enviar um telegrama a Jerusalém se dirige à agência central dos correios, no Fleischmarkt, no Primeiro Distrito de Viena, e escreve uma mensagem. Pouco tempo depois, essa mensagem é anotada pelo telegrafista na agência da Kaiserliche königliche österreichische Post em Jerusalém. No edifício em estilo mourisco, que fica junto ao Portão de Jaffa, o telegrafista anota a mensagem enviada de Viena e, ato contínuo, um mensageiro, portando o uniforme impecável dos carteiros austríacos, sai pela rua do Patriarcado Latino em direção ao Österreichisches Hospiz zur heiligen Familie.

Agora, o telegrama enviado por Frau Ehrenberg está dentro de uma moldura. Essa moldura está pendurada junto com dezenas de outras numa das paredes da sala de estar do Österreichisches Hospiz zur heiligen Familie. Além da mensagem de Frau Ehrenberg a seu marido, na qual se lê, em letras góticas, *"Alle gesund, alles in Ordnung. Geniesse deinen Aufenthalt im heiligen Land"*, "Todos com saúde, tudo em ordem. Desfrute de sua estadia na Terra Santa", vê-se, dentro da moldura, um selo do correio austríaco de Jerusalém e um carimbo do correio austríaco de Jerusalém. O tempo está encapsulado ali. O Prof. Braunfels é um historiador e as cápsulas do tempo são seu assunto. Sua especialidade é a História Antiga, mas, sendo historiador, ele não pode deixar de se interessar por aquele telegrama.

Na mesma parede há um retrato do *Kaiser* Franz Joseph I. Trata-se de uma pintura a óleo. O imperador ainda é jovem e seus cabelos castanhos, bem aparados, brilham sobre seu crânio e a pele lisa do rosto do imperador brilha e seu uniforme branco brilha como a neve num dia de sol. Duas fileiras de botões dourados descem pelo seu peito viril. Uma mosca está pousada sobre esta tarja. A mosca lembra ao Prof. Braunfels que ele está em Jerusalém, no meio do bairro muçulmano. É verão e as ruas do mercado estão infestadas de moscas. Perto dali, na Rua Alla Udin, fica o mercado de carne. Carneiros inteiros, escalpelados, estão pendurados pelas patas traseiras nos ganchos afiados dos açougueiros.

Tendo se saciado com o sangue de um carneiro, uma mosca atravessa o jardim do Österreichisches Hospiz zur heiligen Familie e entra. Na sala de estar, ela pousa sobre o retrato do jovem *Kaiser* Franz Joseph I. O Prof. Braunfels quer espantá-la dali, mas o retrato está num lugar alto da parede, longe do alcance das suas mãos. Então, ele continua olhando para o telegrama de Frau Ehrenberg bem à frente dos seus olhos. Na mesma parede, ao lado do telegrama de Frau Ehrenberg, está também emoldurada uma fotografia da mesma época. Nessa fotografia em sépia vê-se a fachada da Kaiserliche königliche österreichische Post, junto ao Portão de Jaffa. O prédio, construído em estilo mourisco, traz escritas, em sua fachada, as palavras "*K. u. K. österr. Post*" do lado esquerdo da porta de entrada, acima das janelas do térreo, e do lado direito da porta de entrada está escrito, acima das janelas da fachada, "*Poste autrichienne*". Em frente à sede do correio austríaco está um carteiro austríaco.

O correio austríaco de Jerusalém foi fundado em 1859, quatro anos antes da inauguração do Österreichisches Hospiz zur heiligen Familie. Um cinturão ajusta o paletó fechado até o pescoço do carteiro austríaco. Um quepe duro cobre sua cabeça, e seus sapatos estão brilhando. Em sua mão está um envelope. Dentro do envelope está o telegrama que ele levará a Salomon Ehrenberg. Assim, o círculo se fecha. Diante da parede, o Prof. Braunfels observa o telegrama e observa a fotografia do carteiro que leva o telegrama. A história de Salomon Ehrenberg ele conhece do livro de Arthur Schnitzler e a história do correio austríaco da Palestina ele conhece dos catálogos de selos. Conhece-a dos catálogos de selos porque em 2009 o Correio da Áustria emitiu um selo em comemoração ao sesquicentenário da fundação da Kaiserliche königliche österreichische Post de Jerusalém.

O mesmo prédio que aparece na fotografia está impresso nesse selo. Ali funciona, hoje, o Centro de Informações Cristão de Jerusalém. Os peregrinos cristãos chegam a Jerusalém e lá lhes mostram, por exemplo, como chegar à basílica do Santo Sepulcro, passando pela rua do Patriarcado Latino. Os peregrinos judeus que chegam à Cidade Velha de Jerusalém passam reto pelo Centro de Informações Cristão. Eles seguem pelo mercado do Portão de Jaffa em direção ao bairro judaico, onde estão as academias de estudos talmúdicos e as sinagogas e a esplanada diante do Muro das Lamentações e o Muro das Lamentações. Ultimamente, esse muro passou a ser chamado simplesmente de Muro Ocidental.

Tradicionalmente, no dia 9 de Av, se recorda a destruição do Templo de Jerusalém pelas tropas de Tito. Por séculos, nesse dia, os judeus se sentavam no chão diante desse muro, que é o último remanescente do templo, e liam o Livro das Lamentações. Uma passagem estreita junto às casas do bairro judaico de Jerusalém levava até lá. Hoje há, em frente a esse muro, uma grande esplanada. O grande espaço vazio dá a esse lugar uma grande dignidade. Em todos os dias do ano, milhares de pessoas passam por ali. Não sendo mais um lugar de lamentação, o muro se transformou num lugar de orgulho.

Os carteiros do imperador austríaco andavam orgulhosos pelas vielas da cidade velha de Jerusalém. Vestidos com a dignidade dos seus uniformes bem passados, dos seus quepes duros e dos seus sapatos reluzentes, eles circulavam pela sujeira oriental e pelo barulho oriental da cidade murada como os representantes da civilização e do novo tempo. O caminho que vai da Kaiserliche königliche österreichische Post até o Österreichisches Hospiz zur heiligen Familie atravessa o bairro cristão de Jerusalém de uma extremidade à outra.

Levando suas cartas e seus telegramas, os carteiros austríacos traziam os ventos de um novo tempo às vielas escuras. Havia, em Jerusalém, outros correios, como o correio francês, o correio grego, o correio italiano, o correio espanhol, o correio russo e o correio inglês, mas nenhum deles era tão confiável quanto o correio austríaco.

As caravanas que seguiam de Jerusalém até o porto de Jaffa, de onde saiam os navios do Lloyd austríaco em direção a Trieste, eram, muitas vezes, assaltadas por beduínos. Por isso, o envio de correspondências de Jerusalém a Viena custava muito caro: era preciso defender-se dos beduínos.

Evidentemente, aquele é o uniforme de inverno do carteiro austríaco. Chega o verão e ele não consegue andar pelas vielas de Jerusalém com aquela roupa. Poucas vezes o sol atinge o calçamento de pedras porque os caminhos são estreitos e dos dois lados há casas de dois andares e de três andares. No bazar, uma cobertura feita de pedras protege do sol no tempo do sol e da chuva e do frio no tempo do frio e da chuva. Ainda assim, ninguém conseguiria andar com uma roupa como aquela durante o verão de Jerusalém, quando o sol castiga a terra e as plantas parecem queimadas, como se um grande incêndio tivesse acontecido ali.

As colinas de Jerusalém são secas e são estéreis. Rebanhos de cabras são conduzidos pelos pastores árabes de um lado para outro e quando sopra o *sharav*, o vento quente do deserto, uma poeira quente e fina se levanta da terra. Chega o tempo do calor e até o carteiro austríaco troca de roupa. O Prof. Braunfels passeia com os olhos pelos muitos quadros e fotografias que há na parede, mas o carteiro austríaco com seu uniforme de verão não se encontra ali. É verão, mas dentro do Österreichisches Hospiz zur heiligen Familie a temperatura está amena.

Os arquitetos do imperador construíram o palácio de tal maneira que, mesmo durante o verão, o calor não se instala ali. As paredes são de pedra e as janelas são pequenas. As paredes guardam dentro do palácio o frescor da noite e pelas janelas pequenas o ar quente do dia não consegue entrar. No jardim, os jardineiros do imperador plantaram ciprestes. Os ciprestes derramam sua sombra nas paredes do palácio enquanto o sol os golpeia. Das folhas dos ciprestes desprende-se o perfume de sua resina. O perfume atrai pássaros que cantam e borboletas que esvoaçam. O cheiro do mercado de carne, que fica logo ali do outro lado, não chega até lá, mas uma mosca chega até lá. Suas patas vibram sobre o peito do jovem imperador, paralisado no retrato em todo o seu garbo militar.

O Prof. Braunfels quer espantar a mosca, mas não a alcança.

A mosca o lembra do carneiro escalpelado no açougue da Rua Alla Udin.

O cheiro das bancas dos açougueiros parece ter ficado impregnado no interior das suas narinas.

XXIX

No seu livro sobre a Guerra dos Judeus, Flavius Josephus escreve sobre a seita dos essênios. Os essênios se abstêm da violência e se abstêm de comer carne. Ele respira o ar no interior do Österreichisches Hospiz zur heiligen Familie e alguma coisa o incomoda ali. Há um cheiro que o lembra de cigarros apagados, café frio e banheiros sujos. Talvez haja algum entupimento no sistema de esgotos. Talvez esse cheiro esteja pairando ali desde os tempos da visita do *Kaiser* Franz Joseph I que, depois de assistir à inauguração do Canal de Suez, em 1869, visitou a casa dos seus peregrinos em Jerusalém.

Diz-se do *Kaiser* Franz Joseph I que ele costumava limpar com um bom pedaço de pão o resto do molho do *Gulasch* que ficava em seu prato. A maioria dos hóspedes do Österreichisches Hospiz zur heiligen Familie são austríacos. Chega a hora do almoço e o molho vermelho e um pouco picante do *Gulasch* que permanece em seus pratos ao fim da refeição é absorvido pela massa macia do pão branco que eles passam pelos pratos. Depois, esse pão molhado é levado à boca, com grande satisfação. Esse é um costume sancionado pelo imperador, segundo se diz.

Os garçons do refeitório são rapazes austríacos que se recusaram a fazer o serviço militar. Dentre as diferentes alternativas de serviço civil que eles têm à sua disposição, está trabalhar na recepção e no restaurante do Österreichisches Hospiz zur heiligen Familie em Jerusalém. Eles não foram educados para serem garçons e eles não foram educados para serem recepcionistas. Uma das freiras do convento austríaco supervisiona seu trabalho. O convento austríaco fica ao lado do Österreichisches Hospiz zur heiligen Familie, e as freiras do convento são responsáveis pelo funcionamento do Österreichisches Hospiz zur heiligen Familie.

A irmã Gertrud dá instruções aos rapazes, que são muito desajeitados. Eles preferem teclar as teclas dos seus aparelhos celulares a levar e trazer pratos e copos, ouvir e responder às perguntas dos hóspedes, anotar e atender a seus pedidos. Com paciência e com devoção, a irmã Gertrud os orienta e os admoesta. Ao final, ela mesma se encarrega de colocar as cadeiras de volta nos seus devidos lugares em torno da mesa. Os rapazes já estão outra vez absortos pelas mensagens do outro mundo que recebem através dos seus aparelhos celulares.

Eles conversam com suas namoradas que ficaram na Áustria e conversam com suas famílias que ficaram na Áustria. Cada um que entra no refeitório é um incômodo a mais para eles. O Prof. Braunfels atravessa o saguão do Österreichisches Hospiz zur heiligen Familie e se dirige ao refeitório. Ele se sente em Viena ou no interior da Áustria, e não em Jerusalém. Quando ele entra no refeitório, os garçons não lhe dão atenção. Ninguém o acompanha até a mesa. Isso não está certo e ele se sente ansioso. Num café em Viena o garçom acompanha o cliente até a mesa. Numa cafeteria em Israel o cliente se serve no balcão, paga, e então se senta. Não sabendo onde está, ele não sabe como deve se comportar. Por fim, desajeitado, pede um chá ao rapaz que está atrás do balcão. O rapaz lhe dá o chá e no seu rosto está a expressão acabada da indiferença. Ele não lhe sorri e ele não o destrata. Talvez ele só tente ser correto.

A irmã Gertrud olha de lado para o Prof. Braunfels. Ele tem a impressão de que o rapaz atrás do balcão e de que a irmã Gertrud acham que ele seja israelense. Aparentemente, ninguém, ali, diz nada a respeito dos israelenses, mas o Prof. Braunfels imagina o que os rapazes austríacos e o que a irmã Gertrud e as outras freiras austríacas pensam sobre os israelenses e o que falam sobre os israelenses quando estão entre si. O que o Prof. Braunfels imagina talvez corresponda à realidade e talvez não corresponda à realidade.

Ao lado do Österreichisches Hospiz zur heiligen Familie está um edifício chamado Beit Wittenberg. No alto desse edifício está uma bandeira israelense. No alto do palácio do Österreichisches Hospiz zur heiligen Familie está uma bandeira austríaca. Os dois edifícios estão no meio da cidade velha de Jerusalém. Em frente ao Beit Wittenberg há um grupo de soldados israelenses. Ainda assim, dois moradores do prédio, Nehemia Lavi e Aharon Bennet, foram assassinados na rua a facadas, bem ali.

O Prof. Braunfels imagina que os rapazes austríacos e que a irmã Gertrud e que as outras irmãs tenham mais simpatia pelos muçulmanos do que pelos israelenses e que os israelenses não sejam bem-vindos ali. Para tentar esclarecer as coisas, ele se dirige ao garçom em alemão. Isso, porém, não muda nada na expressão do garçom e tampouco muda qualquer coisa na expressão da irmã Gertrud. O Prof. Braunfels se sente como um hóspede que não sabe se é ou se não é bem-vindo.

As portas da igreja estão abertas para toda a humanidade, e a proteção do imperador se estende sobre todos os seus súditos. O Österreichisches Hospiz zur heiligen Familie destina-se a acolher os peregrinos de língua alemã e os peregrinos provenientes de todas as antigas terras da coroa habsburga. Não sabendo se é bem-vindo, o Prof. Braunfels se sente ansioso. Ninguém olha para ele com simpatia. Mas tampouco há alguém ali que o olhe com antipatia. Talvez, simplesmente, ninguém dê importância à sua presença ali. Ele olha à sua volta e tenta ver quem são os outros clientes e, principalmente, de que maneira eles são tratados.

Numa mesa próxima à mesa do Prof. Braunfels está sentado um padre. O padre conversa em voz baixa com outro homem. O Prof. Braunfels tenta ouvir a conversa dos dois, mas não ouve nada porque eles falam muito baixo e porque as transmissões da Swiss Classical Radio são irradiadas no café, das dez da manhã às nove da noite. Em vez de ouvir a voz do padre, o Prof. Braunfels ouve a "Marcha de Radetzky", de Johann Strauss, que é transmitida pela Swiss Classical Radio. Ele observa a mosca que pousou sobre o retrato do imperador. Ela continua imóvel e o lembra de que ele está em Jerusalém. As coisas, aqui, não são o que parecem. Este café não é um café e estes garçons não são garçons e o imperador não é mais o imperador e nem mesmo o Prof. Braunfels tem muita certeza sobre quem ele é. Não tem importância. Mais uma semana e ele estará de volta a São Paulo. O Prof. Braunfels tira da sua pasta um volume de *De bello judaicum* e mergulha em sua leitura.

De manhã, o Prof. Braunfels deixa o Österreichisches Hospiz zur heiligen Familie e sobe a pé pela Via Dolorosa até o Portão de Damasco. No Portão de Damasco ele toma o bonde em direção à Universidade Hebraica de Jerusalém. No bonde está um soldado israelense. Junto com o Prof. Braunfels sobem no bonde dois rapazes árabes. Os rapazes árabes olham para o soldado e o soldado olha para os rapazes árabes. Um letreiro luminoso no interior do bonde anuncia o nome das estações em hebraico, em árabe e em inglês. Cada passageiro pode ouvir o nome da sua estação na língua que preferir. Quando o bonde chega à estação chamada Givat ha-Takhmoshet, Ammunition Hill, onde ficavam armazenadas as munições da polícia britânica da Palestina na década de 1930, o Prof. Braunfels desce. De lá, ele segue para a biblioteca da Universidade Hebraica de Jerusalém. A caminhada leva cerca de vinte minutos.

Mesmo às oito horas da manhã, o sol martela a cabeça do Prof. Braunfels como uma marreta lançada contra uma bigorna. Entre a marreta e a bigorna há uma chapa de aço que o fogo de um maçarico tornou incandescente. Essa chapa de aço é a cabeça do Prof. Braunfels. Ele se lembra do sussurro das pedras em volta da fonte do Österreichisches Hospiz zur heiligen Familie, dos pássaros e dos ciprestes e do cheiro de resina dos ciprestes. Seu caminho é de pedra e à beira do caminho uma vegetação ressecada se retorce, pedindo clemência ao sol, que não a ouve. Assim é o mês de agosto em Jerusalém.

O mês de agosto coincide com o mês de Av no calendário judaico.

Em 9 de Av o templo foi incendiado pelos exércitos de Tito e em 9 de Av os judeus se sentam no chão junto ao Muro das Lamentações e leem o Livro das Lamentações.

XXX

Segundo Flavius Josephus, os combates entre facções judaicas rivais em Jerusalém já tinham causado à população todos os males imagináveis, de tal maneira que, quando os romanos tomaram Jerusalém, eles destruíram as rivalidades internas, que já estavam bem mais firmemente estabelecidas do que os muros. O sofrimento de todos os moradores de Jerusalém, assim, foi causado por eles mesmos e a justiça foi feita pelos romanos. Assim escreve Flavius Josephus.

Um novo dia começa em Jerusalém. Os sinos da basílica do Santo Sepulcro ecoam sobre o bairro cristão e também sobre o bairro muçulmano e agora ocupam o espaço que foi deixado vazio pelos minaretes e os mercadores abrem suas bancas no mercado muçulmano e no mercado cristão. A irmã Gertrud já está de pé há tempo e, tendo feito suas preces matinais, supervisiona os rapazes austríacos, que levam às mesas dos hóspedes pães austríacos e geleias austríacas e café austríaco da marca Julius Meinl, para que ninguém, ali, se sinta longe de casa.

Nos jardins, os passarinhos cantam e a fonte murmura e o sol de agosto já açoita os ciprestes, que respondem com o perfume da sua resina. O mundo parece em ordem, como se estivesse à espera do carteiro austríaco que vem do Portão de Jaffa, vestido com seu uniforme de verão, trazendo um telegrama de Viena. O Prof. Braunfels não sabe como é o uniforme de verão do carteiro, mas sabe que todos os anos, de 15 de abril a 14 de outubro, o carteiro austríaco caminhava pelas vielas de Jerusalém com seu uniforme de verão e que, de 15 de outubro a 14 de abril, ele envergava seu orgulhoso uniforme de inverno, com botões dourados, rigorosamente idêntico ao dos carteiros que circulavam por Viena e por todas as províncias do Império Habsburgo.

Cada membro de cada instituição do Império Habsburgo tinha um uniforme próprio, que correspondia à instituição à qual ele pertencia e ao seu lugar na hierarquia própria da instituição. Dessa forma, o mundo era mantido em ordem, porque cada um sabia exatamente o lugar que lhe correspondia. As freiras do convento austríaco têm seus uniformes e os rapazes austríacos do Österreichisches Hospiz zur heiligen Familie têm seus uniformes: camisetas pretas nas quais está estampada a insígnia dessa instituição. Assim, tenta-se agradar aos jovens e, ao mesmo tempo, satisfazer os imperativos da ordem e os imperativos da tradição.

Pela Via Dolorosa, os peregrinos cristãos sobem devagar. Em cada uma das catorze estações eles se detêm, emocionados, porque se lembram do que aconteceu ali. Os judeus ortodoxos que vivem no Beit Wittenberg e em outras casas em meio ao bairro muçulmano da cidade velha de Jerusalém sobem e descem com muita pressa porque, sendo facilmente reconhecíveis por suas vestimentas, eles temem as facadas dos insurgentes.

Os insurgentes agem exatamente da mesma forma que os sicários, descritos por Flavius Josephus: eles levam facas escondidas em meio aos panos das suas roupas e, quando a oportunidade se apresenta, esfaqueiam quem puderem esfaquear. Eles não escolhem suas vítimas, mas atacam de acordo com a oportunidade que se apresenta. Seu procedimento parece copiar, dois mil anos depois, o procedimento dos sicários.

Flavius Josephus escreve sobre os sicários dizendo que os sicários portavam adagas que eram chamadas *sicae* e, por meio dos assassinatos que cometiam, tentavam lutar contra a ocupação romana em Jerusalém. As festas sendo as ocasiões escolhidas pelos sicários para agir, eles atacavam os romanos e os simpatizantes dos romanos em meio a aglomerações, misturando-se à multidão depois de fazerem o que faziam, para assim escaparem.

Os esfaqueadores que caminham pelas ruas do bairro muçulmano de Jerusalém e que caminham por outras ruas, em Jerusalém e fora dela, não esperam pelas grandes aglomerações e não escolhem suas vítimas. Assim, seu procedimento é igual ao dos sicários e também é diferente do procedimento dos sicários. Em meio aos mercadores muçulmanos e aos clientes muçulmanos dos mercadores, alguém leva uma faca escondida em meio à sua roupa. Por isso, os judeus ortodoxos que moram no Beit Wittenberg caminham apressados. Alguns sobem pela Via Dolorosa e alguns descem pela Via Dolorosa e nem todos sabem se chegarão ilesos aonde querem chegar.

Os esfaqueadores rezam antes de esfaquear e os transeuntes rezam para não serem esfaqueados. Há também quem reze pelo estabelecimento da paz, como a irmã Gertrud.

Algumas preces serão ouvidas onde têm que ser ouvidas e outras preces não serão ouvidas.

Mesmo que o carteiro do correio do Portão de Jaffa não venha, o dia parece começar em paz. É o que dizem a fonte, os ciprestes e os passarinhos. Depois de tomar o café da manhã, o Prof. Braunfels sobe pela Via Dolorosa até o Portão de Damasco. De lá, ele segue de bonde em direção à Universidade Hebraica de Jerusalém. O céu está azul e o dia é como um presente. Ao Portão de Damasco chegam também os ônibus que vêm de cidades árabes distantes, e que trazem trabalhadores árabes que passam seus dias trabalhando em Jerusalém.

De acordo com as novas regras não escritas da escrita acadêmica, um estudioso deve abster-se de expressar seus julgamentos de valor e suas opiniões pessoais em seus trabalhos para buscar, em vez disso, a objetividade científica. Ele não pode ou não deve gostar demais do tema que aborda em seu trabalho e tampouco deve desgostar dele mais do que convém, mas deve procurar uma posição de equanimidade, porque a verdade não se encontra num extremo e tampouco se encontra no extremo oposto: supõe-se que ela se encontre em algum lugar intermediário entre uma ponta e a outra ponta. Este é o lugar que o estudioso deve tentar alcançar. Para isso, ele tem que se desfazer dos seus julgamentos e ele tem que se colocar abaixo do assunto que se propõe a estudar, e não acima do assunto que se propõe a estudar.

Nenhum escritor da Antiguidade provocou, entre os estudiosos, mais antipatia e mais indignação do que Flavius Josephus. Ele é considerado um charlatão e é considerado um traidor. Um charlatão porque, conhecendo mal o grego, ele escreveu seus livros em aramaico e depois os escribas o traduziram para o grego. Isso é evidente para quem lê os livros de Flavius Josephus, cujo estilo muda completamente de livro para livro. Quem lê *De bello judaicum* compara o estilo desse livro com o estilo das *Antiquitates judaicae* e percebe que os dois livros foram escritos por autores diferentes. É considerado um traidor porque, tendo se aliado aos romanos, ajudou-os a sitiarem e a tomarem Jerusalém. O caráter de Flavius Josephus revolta seus estudiosos, mas o Prof. Braunfels não quer ser o herdeiro dessa revolta. Ele tenta ler as obras de Flavius Josephus com isenção, para delas extrair as conclusões de que precisa para seu livro sobre a vida cotidiana dos escravos da Palestina sob domínio romano.

A fama de uma pessoa se antepõe ao que essa pessoa faz, diz e escreve, mas o Prof. Braunfels não quer permitir que a fama de Flavius Josephus o contamine. Na Palestina sob domínio romano havia escravos judeus e havia escravos que não eram judeus, mas as leis romanas sobre a escravidão regiam a vida de todos os escravos, contrapondo-se às leis judaicas sobre a escravidão. Flavius Josephus busca, em seus escritos, um ponto de equidistância entre os valores romanos e os valores judaicos. Esse ponto de equidistância corresponde à verdade e é a partir dele que Flavius Josephus diz escrever seus livros. No entanto, pouco do que ele escreveu é considerado verdadeiro pelos estudiosos: eles o acusam de adulterar tudo para justificar sua posição distante dos extremos. Eles o acusam por causa da sua hipocrisia e da sua disposição em alterar os fatos de maneira a conquistar a simpatia dos poderosos. Ele se senta entre duas cadeiras e quem está sentado entre duas cadeiras não está sentado e não está em pé. A partir desse lugar incômodo, ele escreveu livros que até hoje revoltam os estudiosos.

O Prof. Braunfels espera que seu trabalho seja reconhecido por possuir a virtude da equanimidade. Por isso, ele se distancia daqueles que se sentem indignados com a história de vida de Flavius Josephus e tenta abordar seu objeto de estudo com neutralidade. Mas a neutralidade e a equanimidade são, igualmente, perigosas: Flavius Josephus anuncia em seu livro *De bello judaicum* que apresentará os fatos concernentes à mais terrível de todas as guerras de que se tinha ouvido falar até o seu tempo de maneira a não tomar o partido dos judeus e, tampouco, o partido dos romanos, mas de maneira a narrar os fatos tais quais eles realmente ocorreram, deixando a cargo dos leitores os julgamentos. Ainda assim, em vez de se tornar reconhecido como um historiador prudente e veraz, coube-lhe o título de canalha entre os historiadores, entre todos os historiadores da Antiguidade cujas obras chegaram aos tempos modernos. A busca pela imparcialidade, assim, pode levar à canalhice e mesmo à monstruosidade.

O Prof. Braunfels reflete sobre a imparcialidade enquanto o bonde sobe em direção à Givat ha-Takhmoshet. Do lado direito do caminho do bonde está o bairro árabe de Sheikh Jarrah e do lado esquerdo do caminho do bonde está o bairro judaico de Kiryat Arieh. Quando o bonde volta, os judeus estão à mão direita e os árabes estão à mão esquerda. A linha do bonde serve a todos, mas nem todos se sentem à vontade dentro do bonde, desde que começou a onda de esfaqueamentos. O Prof. Braunfels não quer pertencer a um lado e não quer pertencer ao outro lado. Ele quer observar os dois lados com neutralidade e por isso ele se hospeda num lugar que, não estando de um lado, tampouco está do outro lado. Esse lugar não é um lugar confortável e ele não se sente confortável ali. A irmã Gertrud o olha de lado e os garçons parecem ignorá-lo, ainda que ele se dirija a eles num alemão mais do que perfeito. Isso é muito cansativo. Se ele se hospedasse num dos hotéis da cidade nova e falasse inglês, tudo seria menos cansativo. Mas a neutralidade e a correção são assuntos que o Prof. Braunfels gostaria de levar a sério, porque ele é um historiador que leva a sério seu trabalho e porque ele confia na disciplina do pensamento e desconfia das paixões.

Para tudo deve haver um método, até para lidar com as coisas de que não se gosta.

Para tudo deve haver uma medida.

Por isso, a cabeça de um homem está acima do seu coração.

Isso significa que a cabeça deve governar o coração, e não o contrário.

XXXI

Enquanto ele pensa que a cabeça deve governar o coração, ele se lembra do caso da Profa. Tamar Peled com o Prof. Amnon. Nesse caso, o coração se insurgiu contra a cabeça. O coração da Profa. Tamar Peled estando doente, essa insurreição a levou à desgraça. Se ninguém é capaz de compreender o coração de um homem, quem será capaz de compreender o coração de uma mulher doente? Às vezes, não saber é melhor do que saber.

"Assíria, Assíria, a vara da minha ira contra esta nação sem Deus." Com essas palavras o profeta Isaías se refere aos babilônios, que destruíram, cinco séculos antes dos exércitos de Tito, o Templo de Jerusalém, e Flavius Josephus parece invocar essas ideias bíblicas quando, em *De bello judaicum*, aponta para o ódio e para as rivalidades entre fariseus e saduceus como a verdadeira causa da destruição de Jerusalém.

Os romanos, segundo dá a entender Flavius Josephus, seriam um novo instrumento por meio do qual a perversidade foi punida. Quando o coração descende, ele precisa ser contido, mas de tanto ser contido um coração se revolta. Do que acontece quando isso acontece, o caso da Profa. Tamar

Peled é um exemplo. Outro exemplo é a revolta dos sicários: não vendo outra saída, eles se puseram a esfaquear os dignitários romanos e seus aliados. Há outros episódios na história que se prestam a comparações com o que foi feito pelos assírios e que se prestam a comparações com o que foi feito pelos romanos, mas o Prof. Braunfels prefere não pensar sobre esses episódios e prefere não escrever sobre esses episódios, porque ele não tem a pretensão de compreender a história e tampouco tem a pretensão de compreender o mundo por meio dos seus estudos de história.

Se, com seu livro, ele conseguir traçar um retrato plausível do tema que se propõe a estudar, já lhe será bastante. Se, com seu livro, ele conseguir fazer uma contribuição para a ciência, já lhe será bastante. Se, com seu livro, ele conseguir um lugar na História Acadêmica próximo do lugar de Manfred Herbst, já lhe será bastante. Assim, em vez de voltar sua atenção sobre os temas avassaladores que nunca cessam de atrair a perplexidade do mundo, parece-lhe bem mais apropriado dirigir sua atenção aos detalhes das coisas que passam despercebidas pelos outros para assim construir o que deseja construir.

Suas fichas se enchem de anotações e seus fichários se enchem de fichas. Na biblioteca da Universidade Hebraica de Jerusalém há material que, tendo sido manuseado por Manfred Herbst, está à disposição dos pesquisadores. Para dizer a verdade sobre as coisas, durante a semana que passou em Jerusalém, o Prof. Braunfels encontrou mais material para seu trabalho do que nas quatro semanas anteriores que tinha passado em Berlim e encontrou mais material para seu trabalho do que nas três semanas subsequentes que passou em Berlim, tendo saído de Jerusalém.

Ainda assim, ele acha mais conveniente guardar segredo sobre sua ida a Jerusalém porque não quer se indispor com os participantes brasileiros do movimento internacional de boicote acadêmico a Israel, que podem estar em toda a parte e que, por um nada, por exemplo, por uma simples referência à biblioteca da Universidade Hebraica de Jerusalém, na qual se encontram à disposição dos pesquisadores os livros de Manfred Herbst, podem se indispor com ele. Uma indisposição é uma indisposição. Por si só ela não tem nenhum significado. Porém, esses acadêmicos que, por um nada, por exemplo, por uma estadia de uma semana em Jerusalém, se indispõem com seus colegas, muitas vezes ocupam lugares nas comissões e nos conselhos que decidem sobre coisas importantes na carreira de alguém.

Para evitar contratempos, é mais conveniente se manter em silêncio do que falar. O valor do silêncio é conhecido desde a Antiguidade. O próprio Flavius Josephus, ao escrever sobre a seita dos essênios em *De bello judaicum*, destaca a grande importância que esses ascetas atribuíam ao silêncio e a importância que o silêncio tinha na forma de vida estabelecida pelos criadores dessa seita, e seguida pelos seus seguidores. Vivendo num lugar desértico, perto das margens do Mar Morto, os essênios se empenhavam em reduzir a um mínimo suas necessidades, para assim se dedicarem ao máximo à contemplação das coisas do espírito.

Desprezando a cidade e as agitações da cidade, que para eles eram consideradas como obstáculos e até mesmo como impedimentos na busca pelo sentido verdadeiro da vida, eles se vestiam com grande simplicidade, habitavam moradias comunitárias, instaladas em cavernas, se abstinham, na maioria das vezes, de ter famílias e filhos, e seguiam, em suas vidas cotidianas, uma ordem rigorosa e inflexível, da qual faziam parte as abluções, as preces, o trabalho nas plantações, o trabalho na cozinha comunitária.

Nas escavações realizadas em Qumran, onde viveram os essênios, foram encontrados todos os tipos de utensílios de cozinha, além de roupas e de sandálias que, tendo sido preservadas pela secura do lugar, estão expostas na seção de arqueologia do Museu de Israel, em Jerusalém. Não foram encontrados ali, porém, ossos de animais de nenhum tipo. Por esse motivo, há estudiosos que garantem que os essênios eram vegetarianos, muito embora Flavius Josephus não tenha escrito nenhuma palavra sobre esses hábitos alimentares dos essênios.

Sua vida contemplativa, sua devoção ao espírito e seu desinteresse pelas coisas materiais tornaram os essênios simpáticos aos olhos do Prof. Braunfels. Se não estivesse comprometido com o trabalho sobre os escravos da Palestina sob domínio romano, o Prof. Braunfels escreveria um trabalho sobre os essênios. Mas ao ler, em *De bello judaicum*, a descrição que Flavius Josephus faz da vida dos essênios, o Prof. Braunfels sente-se tomado pelo tema da seita dos monges ascetas judeus que viveram em Israel à época da guerra dos romanos e começa a se perguntar de que maneira uma seita como aquela poderia ter surgido e de que maneira uma seita como aquela poderia ter desaparecido.

O tema dos essênios não diz respeito à sua pesquisa, mas, estando em Jerusalém, o Prof. Braunfels sentiu que aquele tema lhe diz respeito. Se ele pudesse, começaria um novo projeto de pesquisa sobre os essênios. É claro que, ao contrário do tema da pesquisa do Prof. Braunfels, muitos livros e muitos artigos acadêmicos já foram escritos sobre os essênios. Esse tema já é um tema clássico entre os estudiosos de História Antiga e seria difícil encontrar alguma coisa nova a ser dita sobre o tema e alguma coisa que ainda não tivesse sido discutida pelos estudiosos. Todo o modo de vida dos monges cristãos foi influenciado pelo modo de vida dos essênios e as descrições feitas por Flavius Josephus eram conhecidas pelos padres, que, durante a Idade Média, conservavam e copiavam os manuscritos de todos os grandes autores da Antiguidade.

Mas, a quanto sabia o Prof. Braunfels, ninguém, até hoje, escreveu a respeito da importância do vegetarianismo na vida dos essênios. Recentemente, em Berlim, ele leu um artigo de um arqueólogo responsável por escavações em Qumran, que afirma não terem sido encontrados ossos de animais de nenhum tipo no sítio por ele escavado. A interpretação de uma informação como esta depende de um historiador.

Tendo reduzido ao estritamente necessário suas necessidades materiais, os essênios se libertavam da tirania dos sentidos. Uma vez pacificados e domados, os sentidos recuavam para o lugar que lhes era devido e deixavam de usurpar o trono que não lhes pertencia.

Enquanto, em Jerusalém, os fariseus e os saduceus se encarniçavam cada vez mais em suas disputas e se matavam uns aos outros e enquanto os sicários esfaqueavam os romanos e os simpatizantes dos romanos, em Qumran os essênios caminhavam, em silêncio, das suas celas, nas cavernas, para suas abluções, das suas abluções para suas preces, das suas preces para seu refeitório, do seu refeitório para seu trabalho, do seu trabalho para suas abluções, das suas abluções para suas preces, das suas preces para seu sono.

Inspirados pelas ideias neoplatônicas que, durante o período helenístico, tinham se tornado populares na Palestina, eles se libertavam do cárcere do corpo por meio da submissão à disciplina. As agitações, as pompas, as ambições e os desejos da vida das cidades lhes sendo repelentes, eles se retiraram para o deserto. Com o deserto, aprenderam que as necessidades do homem podem ser multiplicadas e que as necessidades do homem podem também ser reduzidas. A vida sendo um fio, todos ali viviam fiando-se uns nos outros.

Enquanto Jerusalém era consumida por um grande incêndio, eles viviam, em silêncio, suas vidas de sábios. Segundo Flavius Josephus, os essênios viviam suas vidas e faziam o que faziam no seu assentamento em Qumran como se estivessem sob o efeito de um fármaco poderoso ou de um encantamento poderoso. Eles costumavam dirigir seus olhos para os caminhos dos próprios pés, para o trabalho das próprias mãos e para as letras dos próprios papiros, que continham os ensinamentos da seita. Dirigiam seus olhos para o que se encontrava ao alcance das suas mãos mediante a modéstia e a simplicidade, preservando, assim, a ingenuidade dos seus corações, a pureza das suas intenções e a confiança inabalável na providência, na justiça e na retidão.

Tanto quanto os escravos, os essênios desapareceram, e os únicos rastros deixados por eles foram os papiros que, séculos depois, se transformariam na mais espetacular descoberta arqueológica de Israel na década de 1950, em Qumran. Os essênios viviam suas vidas em santidade inabalável e inadulterável. Flavius Josephus, enquanto isso, passou uma vida elegante e confortável em Roma. Nenhum dos luxos e das regalias que brindavam a vida cotidiana dos nobres romanos lhe tendo sido negada, ele foi protegido pelos imperadores e respeitado na corte. Casou-se três vezes, tendo sido liberto da escravidão.

Ao final, Flavius Josephus foi responsável pela perpetuação da memória dos essênios. Não fosse por autores da Antiguidade como Fílon, Plínio e Flavius Josephus, a história dos essênios teria desaparecido tanto quanto a história dos escravos da Palestina sob domínio romano.

Vivendo de uma forma que era considerada desprezível pelos essênios, Flavius Josephus preservou para a posteridade, por meio da melhor descrição existente sobre o modo de vida dos essênios, a essência da sua cultura.

Tendo profetizado, no ano 67, que Vespasiano se tornaria imperador de Roma e, dois anos mais tarde, tendo a profecia se realizado, ele, que tinha sido transformado em escravo, foi liberto.

Flavius Josephus vinha de uma família de sacerdotes e de uma linhagem familiar que descendia diretamente do Sumo Sacerdote Jonathan.

Seu dom de profecia foi considerado divino por Vespasiano, e Flavius Josephus escreveu que Deus decidira punir os judeus por meio dos romanos, assim como tinha feito antes, por meio dos assírios.

XXXII

Acreditando que o pensamento judaico e o pensamento greco-latino fossem compatíveis, Flavius Josephus se sentou entre duas cadeiras. A cada qual o que lhe cabe. Há um dito alemão que afirma: *jedem das Seine*, ou seja, "a cada qual o que lhe cabe". Esse dito é uma tradução do dito latino *suum cuique*. As antigas teorias da moral e da política dependem desse princípio para a compreensão do direito e da justiça, especialmente no que diz respeito à divisão dos bens deste mundo e à divisão dos bens do mundo vindouro, que cabem a cada um conforme seus merecimentos.

Esse provérbio latino exerceu diferentes papéis na história da cultura da Humanidade. Aparece, por exemplo, em latim, na árvore genealógica do grande comerciante Jonas Deutschländer do século XVIII, da província prussiana de Posen, junto a uma bonita ilustração colorida, assim como está gravado no grande medalhão dourado em cujo centro está uma águia coroada, sobre as grades do Palácio de Charlottenburg, em Berlim.

Em *A república*, Platão afirma que a justiça é estabelecida quando cada qual faz o papel que lhe cabe e não se põe a agir de muitas maneiras. Mais recentemente, traduzido para o alemão, o provérbio foi utilizado pelo arquiteto Franz Ehrlich na feitura de um portão de ferro alemão, erigido em 1937 perto da cidade de Weimar, em estilo bauhausiano, junto à cidade que, tendo sido o principal centro do Iluminismo alemão e o ponto focal do classicismo alemão, atraiu personalidades como Goethe e Schiller, bem como artistas como Franz Liszt, Wassily Kandinsky e Paul Klee, e que foi o berço da Bauhaus. Também em Weimar foi assinada a primeira constituição democrática alemã depois da Primeira Guerra Mundial. Por sua herança cultural e por sua importância na história alemã, Weimar hoje é considerada pela Unesco como Patrimônio da Humanidade.

O fato de que a inscrição nesse famoso portão concebido por Franz Ehrlich tenha sido feita em estilo bauhausiano quando esse estilo era abominado e proibido pelos governantes da Alemanha das décadas de 1930 e 1940 volta, sempre, a intrigar os historiadores. Enquanto viajava da Alemanha para Israel a bordo de um jato da Lufthansa, o Prof. Braunfels leu, no jornal *Die Zeit*, um artigo sobre Franz Ehrlich, o arquiteto responsável pela concepção daquele portão e pela concepção de tudo o que se encontrava dentro do território delimitado pela cerca da qual aquele portão fazia parte: uma casa luxuosa para um comandante, um jardim zoológico, um grande viveiro de falcões, além de uma série de outros edifícios, cada qual concebido com uma função específica.

No artigo, explicava-se como Franz Ehrlich tinha convencido o capitão Karl-Otto Koch e sua esposa Ilse Koch a aceitar seu projeto para o portão e para o provérbio grafado sobre o portão. Tudo estava ligado à história de uma lindíssima poltrona concebida por Franz Ehrlich especialmente para o capitão Karl-Otto Koch. Tendo ele caído nas graças do casal Koch por causa dessa poltrona, na qual Karl-Otto Koch se sentava ao fim da tarde para tomar um copo de cerveja ou dois copos de cerveja, e escutar as notícias que eram irradiadas de Berlim por toda a Alemanha, o projeto de Franz Ehrlich foi aprovado sem ressalvas por Karl-Otto Koch, e assim as palavras *jedem das Seine* foram grafadas naquele estilo que era desprezado pelos poderes constituídos na Alemanha dos anos 1930 e 1940.

Dizia-se, também, no artigo que Franz Ehrlich tinha pessoalmente ajudado Ilse Koch na concepção de certos abajures que ela apreciava muito. Isso surpreendeu muito o Prof. Braunfels. Mas, ao que tudo levava a crer, a contribuição de Franz Ehrlich com o singular artesanato de Ilse Koch tinha sido feita sob coerção, assim como seus projetos arquitetônicos e assim como sua concepção do portão com a inscrição *jedem das Seine* e de tudo o que estava para dentro desse portão. Ademais, aparentemente, Franz Ehrlich não tinha conhecimento das especificidades do material escolhido por Ilse Koch que, quando reveladas publicamente pela imprensa internacional, no ano de 1945, causaram grande comoção.

Em 1996, lembrava o artigo do jornal alemão *Die Zeit* que o Prof. Braunfels leu a bordo do jato da Lufthansa em sua viagem da Alemanha a Israel, o escritor Trutz Hardo publicou um livro intitulado *Jedem das Seine*. Trutz Hardo, tido como o maior especialista alemão em reencarnação e em regressões a vidas passadas, afirma, no livro *Jedem das Seine*, ter encontrado uma explicação cármica para acontecimentos da história da Alemanha no século XX. O livro foi tirado de circulação por ordem judicial. O provérbio latino *suum cuique*, por sua vez, continua a figurar nas medalhas que ornamentam os quepes dos membros dos batalhões da polícia do exército alemão, o que era confirmado pelo jornal por meio de uma fotografia.

Sendo um historiador sério, o Prof. Braunfels não estava interessado nesse tipo de publicação, nesses livros a partir dos quais se produzem inundações nas páginas de jornais e de revistas sensacionalistas, das quais as bancas de jornais da Alemanha e as bancas de jornais de outros países do mundo estão saturadas, mas no artigo do jornal *Die Zeit* havia uma alegação de Trutz Hardo, na qual ele dizia que tudo o que ele afirmava em seu livro *Jedem das Seine* coincidia com o que o Profeta Isaías afirmava a respeito da Assíria e com tudo o que Flavius Josephus afirmava a respeito de Roma, motivo pelo qual ele dizia não compreender por que os juízes tinham decidido proibir a circulação do seu livro na Alemanha.

Trutz Hardo alegava, também, que suas ideias coincidiam com as ideias de grupos religiosos judaicos, que viam semelhanças entre a Assíria, Roma e Alemanha.

Não fosse a disciplina que tinha adquirido por meio de anos de prática, o Prof. Braunfels facilmente seria levado a se distrair do objetivo das suas pesquisas por todo aquele caso, que disputava sua atenção com as fontes a partir das quais ele tinha que preencher suas fichas. Um historiador será tanto mais bem-sucedido quanto mais for capaz de fazer aquilo que lhe diz respeito em vez de se ocupar com uma multiplicidade de coisas. Para tratar de casos como o de Trutz Hardo havia os jornalistas e para tratar de casos como o da Profa. Tamar Peled havia os médicos e havia os membros da comissão que ele presidia, mas da qual não se ocupava porque confiava na diligência e na habilidade dos seus colegas.

Deixando de lado o que não lhe interessava, ele poderia dedicar-se ao que era importante. Ao proceder assim, ele seguia o exemplo de Manfred Herbst. Manfred Herbst, por sua vez, ao proceder dessa maneira, remetia-se a uma linhagem de estudiosos que, influenciados pelas ideias platônicas, tinha sua origem na Antiguidade.

Enquanto os outros empenhavam todas as suas forças na tentativa de acumular os bens deste mundo e construir seus paraísos terrestres de abundância, confortos e deleites, os essênios viam a rotina dos seus dias como o portal para outra realidade que, não podendo ser vista pelos olhos, era mais forte e mais verdadeira do que aquilo que era compartilhado por todos. Assim, também, os essênios conduziam sua vida de acordo com o dito *suum cuique*, cabendo-lhes, neste caso, o conhecimento de um mundo que estava velado para os outros. Ao mesmo tempo em que eles se abstinham de todas as coisas que não fossem essenciais à sua forma de vida, isso lhes permitia se voltarem para o que está no centro de tudo e não pode ser visto em nenhum lugar.

Por meio do repúdio a todos os excessos, eles se aproximavam daquilo que lhes era cabido e daquilo que lhes era destinado. Seus jardins de ervas lhes forneciam as folhas, os caules e as sementes por meio das quais as doenças do corpo e as doenças do espírito podiam ser curadas, mas as receitas desses remédios tinham sido perdidas.

A formação rabínica, hebraica de Flavius Josephus coexistia com sua formação retórica, grega. Vivendo em Roma, Flavius Josephus absorveu com maior intensidade a cultura grega, assim se afastando das formas de pensamento dos judeus da Palestina. Ao mesmo tempo, ele nunca deixou de fazer a apologia do judaísmo. Sua obra foi escrita na fronteira entre duas culturas. Tendo passado três anos de sua vida como devoto de um homem chamado Bannus, no deserto, alimentando-se só de plantas e lavando-se com água fria para purificar-se e assim, talvez, preparar-se para ingressar na seita dos essênios, o que só era permitido depois de um período probatório de um ano, depois do qual os candidatos ainda tinham que esperar mais dois anos antes de tocarem a bebida sagrada dos essênios, Flavius Josephus terminou por desistir do ascetismo.

Sua busca pela melhor das filosofias era compartilhada por muitos dentre seus contemporâneos, não só na Palestina como também em Roma, onde se instalou, já sob Nero, um verdadeiro mercado de filosofias, no qual dezenas e talvez centenas de pensadores e de devotos se empenhavam pela conquista de seguidores, cada qual com sua pregação, suas prescrições, seus mistérios.

As ideias de Trutz Hardo e seus estudos sobre a reencarnação, por exemplo, têm sua origem, ao que tudo indica, nas ideias dos pitagóricos, uma ordem cujas ideias tinham se tornado muito populares em diferentes regiões do Mundo Antigo, já séculos antes da ascensão de Nero ao poder, e que explicavam as desventuras e os sofrimentos da humanidade por meio da teoria de que as vidas passadas e tudo o que tivesse sido feito em vidas passadas determinavam o destino de cada um em sua vida atual.

Sendo essa uma ideia muito conveniente para explicar e para justificar uma sociedade escravocrata e uma sociedade de castas, tal qual era a sociedade romana à época de Nero, as ideias dos pitagóricos também exerceram uma influência sobre o pensamento de Flavius Josephus: tendo se convencido de que a salvação da sua vida, sua transformação de escravo em conselheiro do imperador e seu estabelecimento em Roma como protegido da corte, assim como o benefício de uma pensão garantida por édito imperial, eram resultado necessário de leis cósmicas, dos méritos adquiridos em vidas anteriores, Flavius Josephus pôde abrir mão das ideias dos seus antepassados a respeito de coisas como a escravidão e a justiça, substituindo-as por outras, mais convenientes à situação em que se encontrava.

Assim, para se adaptar às demandas e às exigências da hora, as ideias se ajustam às circunstâncias.

Isso é muito mais fácil do que ajustar as circunstâncias às ideias.

Não foi Flavius Josephus quem inventou esse procedimento e tampouco foi Flavius Josephus o último a fazer uso desse expediente.

XXXIII

Em *De bello judaicum* Flavius Josephus diz, da guerra entre romanos e judeus, que foi a maior e a mais terrível do seu tempo e talvez a maior e a mais terrível de que se teve notícia, tanto dentre as que opuseram cidade contra cidade quanto dentre as que opuseram nação contra nação. "Esta revolta foi a maior de todos os tempos", ele escreve. Aquilo que os gladiadores romanos faziam nas arenas, combatendo um ao outro até a morte enquanto o público exultava, os exércitos romanos praticavam em sua luta para sufocar o levante dos judeus.

Os romanos levaram sete anos e precisaram de muitas legiões para sufocar a revolta dos judeus, que começou no ano 63, e as atrocidades que foram cometidas pelas diferentes partes e pelas diferentes facções envolvidas na guerra e que, com seus ódios sem motivo e com suas rivalidades, provocaram e desencadearam a guerra e levaram a guerra até suas consequências mais lamentáveis superaram, em horror e em crueldade, conforme descreve Flavius Josephus, tudo o que já tinha sido visto no mundo antigo. Depois da queda de Jerusalém, nem mesmo os pacíficos essênios que, com seus rituais consagrados pelos séculos e com seu modo de vida pietista, que buscavam em todas as horas de suas vidas se aproximar do sagrado, foram poupados pelas espadas e pelas correntes da escravidão.

Seu assentamento às margens do Mar Morto tendo sido arrasado, os que não entregaram o sangue ao fio da espada foram levados para Roma e escravizados em Roma junto com os outros noventa e sete mil. Aqueles que um dia dedicavam suas vidas à prece e à meditação, no outro dia enfrentavam os leões nas arenas, e a multidão alcançava o êxtase enquanto eles tinham suas carnes diceradas pelos dentes dos leões e o seu sangue era despejado na areia, ou enquanto eles lutavam, um contra o outro, até que um deles morresse, em arenas como as de Heliópolis, embaixo do sol cáustico de um mês de Av na Palestina sob o domínio romano.

Sem dúvida, o Prof. Braunfels teria que escrever um capítulo do seu trabalho a respeito dos escravos gladiadores, cujas vidas e cujos talentos marciais se destinavam a deleitar a multidão. Sendo os combates entre gladiadores e feras e os combates entre gladiadores e gladiadores um aspecto importante da vida cívica romana, a aquisição, formação e manutenção desses lutadores era um dos atributos do Estado, e dentre os cativos os mais fortes, os mais jovens e os mais habilidosos eram escolhidos para receber o treinamento que faria deles combatentes dignos do senado e do povo romano.

Flavius Josephus escreveu a respeito dos gladiadores que nada pode ser comparado à catarse proporcionada pelo espetáculo de um homem que combate outro homem até matá-lo. A paixão pela morte superando todas as outras paixões humanas, a vista de dois homens que lutam um contra o outro até a morte, representa a realização de um sonho humano.

Na Palestina, depois da destruição de Jerusalém, o número dos que morreram lutando contra animais selvagens ou lutando uns contra os outros até a morte, nas arenas, superou os dois mil e quinhentos. Jovens judeus na flor da idade enfrentavam-se uns aos outros até a morte, e o sangue que escorria nas arenas levava a multidão ao êxtase.

Enquanto o Prof. Braunfels vira e revira as páginas de Flavius Josephus e registra, em suas fichas, as diferentes referências aos escravos, sejam eles escravos domésticos ou gladiadores, judeus ou gentios, a manhã avança sobre a Cidade Universitária e o vento noroeste, que sopra desde o amanhecer e que, apesar de desagradável, anuncia uma mudança no tempo quente e seco, absolutamente fora de época, que recai sobre a cidade como um grande castigo pela multidão dos seus pecados e dos seus crimes, desapareceu e com ele desapareceu, também, a esperança de mudança no clima e de alento: o ar seco e parado e a temperatura em elevação já constelam o fenômeno atmosférico conhecido como inversão térmica, que significa que os gases e as partículas em suspensão na atmosfera se concentram sobre a cidade e são lançados sobre a cidade como uma chuva de enxofre.

Em dias como esse, os olhos do Prof. Braunfels ficam vermelhos e congestionados, e das suas mucosas irritadas desprende-se o catarro, que o faz tossir e que o obriga a assoar o nariz. Os lenços de papel, por sua vez, irritam as abas do seu nariz e a pele em volta das suas fossas nasais fica vermelha e lhe dá uma aparência doentia.

Em dias como esse, o Prof. Braunfels se sente amargurado, como se todo o peso de gerações sucessivas de exilados tivesse se acumulado para despencar sobre a sua pessoa. Mas, estando persuadido de que, por meio do trabalho, poderá se sobrepor ao infortúnio, ele faz pouco-caso do clima e faz pouco-caso da atmosfera e faz pouco-caso do ardor nos seus olhos e no seu nariz e na sua garganta e se dedica, com energia redobrada, ao trabalho.

Ele folheia e anota, anota e folheia. A poeira fina se levanta dos livros e se soma aos gases e à poeira da inversão térmica. O Prof. Braunfels espirra e por um instante o mundo se apaga, como se um curto-circuito tivesse interrompido o funcionamento da sua mente e das suas mãos. Quando ele volta a si e ele olha à sua volta, é como se estivesse num lugar muito longe. O calor se torna mais intenso e dificulta sua concentração. As ideias, em vez de se ligarem umas às outras para construírem os edifícios do pensamento, se dispersam como gases pelo ar quente. Uma vai para este lado e aquela vai para outro lado. Elas esvoaçam em desordem, como os insetos excitados pelo calor.

Dispersando-se por todos os lados, não se formam entre elas as ligações. Sem essas ligações, elas são como as abelhas extraviadas que, tendo perdido o caminho de volta às suas colmeias, morrem, cada uma no seu canto, cada uma perdida do seu mundo, esquecida em algum lugar muito longe, onde não existe mais ordem e onde não existe mais sentido.

Num lugar assim, o perfume das flores não tem mais graça, nem o calor do sol nem o zumbido das outras abelhas, que se torna cada vez mais intenso e cada vez mais enlouquecedor à medida que a colmeia vai chegando mais e mais perto. A vibração chega aos ossos e não há quem possa resistir.

Da última vez que o Prof. Braunfels foi tomado por uma sensação de abandono semelhante à que sente hoje, era Carnaval. No Carnaval, seus colegas também costumam desertar e entregam a cidade e a universidade ao barulho e a uma alegria falsa que é como as garrafas de uísque falsificado que, nos anos que se seguiram à chegada do Prof. Braunfels ao Brasil, quando havia carestia de produtos importados, apareciam nas festas às quais ele era convidado e que causavam dores de cabeça que eram como pregos de aço penetrando pelo topo da sua cabeça por meio dos golpes ininterruptos de marretas manipuladas por demônios.

A alegria das máscaras de Carnaval não era capaz de esconder, para o Prof. Braunfels, a grande melancolia que se encontrava atrás delas. Por trás das fachadas gloriosas, do falatório, das geringonças, da repetição enjoativa, das crinolinas, das convulsões, estava o tédio, que as máscaras e o barulho tentavam esconder.

Dezenove anos antes, quando o Prof. Braunfels tinha se mudado para o Brasil, todas as esperanças se anunciavam para o Brasil com a chegada do Terceiro Milênio: na Nova Era que se abria para a Humanidade, o Brasil estava destinado ao papel de Grande Nação do Futuro, cujo pensamento novo traria luz ao mundo. Na Nova Era, o Brasil despejaria sobre a Europa devastada e faminta navios abarrotados de alimentos.

Ao se deparar com a ânsia com a qual os alunos dos cursos de pós-graduação buscam qualquer possibilidade de obtenção de bolsas de estudos que lhes permitam continuar seus estudos na Europa ou nos Estados Unidos, para depois poderem se candidatar a postos de trabalho nesses países, deixando para trás a generosidade das terras brasileiras e as esperanças e as profecias que pairam sobre o Brasil e todas as maravilhas de um país saciado pela abundância das chuvas e pela exuberância do verde, ele se sente como se estivesse num navio que aos poucos é abandonado, e inveja seus colegas que fizeram carreira em universidades alemãs e inveja seus colegas que, tendo emigrado para os Estados Unidos, fizeram carreira nas universidades norte-americanas e vivem na opulência das universidades norte-americanas e na fartura aparentemente inesgotável das universidades norte-americanas, sem precisarem se privar de nada, pois nos Estados Unidos há de tudo em excesso.

Assim é a loucura das terras da abundância: uma grande onda que arrasta tudo, seguida por outra e outra, como num dia de grande tempestade.

O que, tendo ficado no Brasil, é deixado para trás logo é esquecido, assim como são esquecidos os entusiasmos do Carnaval depois da Quarta-feira de Cinzas.

XXXIV

O caso de Anita Scheld, tendo chegado o recesso acadêmico do mês de julho, ingressou na imobilidade completa, como tantos outros dos processos que tramitam durante todo o curso do ano pelas diferentes instâncias da estrutura administrativa da universidade. Instala-se, durante o recesso acadêmico, uma espécie de hibernação nórdica que a tudo paralisa: a água dos rios congelados, os ursos que roncam e balançam as patas no fundo das cavernas, as marmotas que se escondem debaixo da neve, dentro da terra.

    Nada é feito para tentar comprovar que as alegações de Anita Scheld são verdadeiras e nada é feito para tentar comprovar que as alegações de Anita Scheld são falsas. A comissão constituída para apurar os fatos tendo suspendido suas atividades, as perguntas e as dúvidas suscitadas pelo caso não querem calar, mas não há quem lhes dê atenção. Elas continuam piscando, como a luz de um sinaleiro que pisca, à noite, numa estrada deserta e é engolida pelo vento e pela neblina: quando chega o outro dia, é como se não estivesse ali.

    A Profa. Tamar Peled tem a seu favor o grande esquecimento que recai sobre tudo nesta época do ano e vislumbra a onda de novos processos que, quando começar o novo semestre, inundarão, outra vez, inevitáveis como as grandes tempestades, as ruas e as avenidas da cidade administrativa universitária, arrastando todos os remanescentes do semestre anterior que, com um pouco de sorte, serão tragados pelos bueiros para a grande galeria subterrânea dos arquivamentos. Ela gosta de pensar que isso acontecerá e, satisfeita com pensamentos dos quais gosta, caminha pelos corredores, e outra vez os saltos das suas botas pretas raspam o piso estriado de borracha preta dos corredores do prédio de História e Geografia.

Tendo se despedido com sorrisos e com beijinhos de Estelita Figueiredo, a Profa. Tamar Peled anda lampeira, e o aparelho celular regurgita, no fundo da sua bolsa, todas as fotografias das listas de presença do Prof. Braunfels, nas quais consta que a aluna Eliana Buzaglio esteve presente na aula do Prof. Braunfels ao mesmo tempo que, conforme as declarações que constam do Boletim de Ocorrência, ela se encontrava sob a mira das armas de sequestradores, que a obrigaram a percorrer as lojas de um importante shopping center de São Paulo e a adquirir, para eles, com seu cartão de crédito, todo tipo de presente caro.

Como se tivesse engolido um pedaço de sua torta preferida – uma deliciosa torta de amêndoas e peras coberta com chocolate amargo – a Profa. Tamar Peled tem no rosto uma expressão de saciedade porque o gosto daquela torta ainda demora em sua boca e em sua garganta, e afaga seu crânio por dentro, conforme ela respira. Uma suavidade que poucas vezes é vista em seu rosto se instala sobre seus traços: ela parece rejuvenescida agora que, estando as fotografias no interior do aparelho celular, ela tem o Prof. Braunfels, por assim dizer, nas entranhas. Ou no papo.

A blusa com gola de tartaruga da Profa. Tamar Peled não dá conta de conter a pele frouxa do pescoço da Profa. Tamar Peled, que adeja como a vela de um barco em tarde de calmaria, enquanto ela dá seus passos pelos corredores do prédio de História e Geografia.

Enquanto o Prof. Braunfels, sentado em seu posto de trabalho na biblioteca, percorre as páginas de Flavius Josephus e se lembra da melancolia do Carnaval, a Profa. Tamar Peled é tomada por uma disposição de espírito entusiasmada que, de resto, lhe é totalmente estranha.

Enquanto a Profa. Tamar Peled se regozija com seus pensamentos e com suas fotografias, o Prof. Braunfels, em que pese seu conhecimento do fato de que avalanches de livros cada vez mais furiosas se articulam, semana após semana, para recair sobre os resenhistas e sobre os bibliotecários das grandes bibliotecas especializadas e sobre os responsáveis pelas sociedades acadêmicas internacionais que congregam os estudiosos de todas áreas de conhecimento acadêmico, insiste e persevera em seu propósito de escrever uma obra clássica no mundo dos estudos clássicos: um livro cuja estatura um dia virá a ser reconhecida pelos estudiosos como semelhante à estatura do clássico de Manfred Herbst, que o Prof. Braunfels cultua como um talismã.

Cada uma das letras miúdas com as quais o Prof. Braunfels preenche, com paciência e com tenacidade, dia após dia, as fichas que se acumulam em seu fichário significa, para ele, o que significa um tijolo para o construtor de um grande edifício, e cada um dos longos parágrafos que ele redige com base nas anotações reunidas nas suas fichas é como uma viga, mas o que é um edifício a mais numa cidade como São Paulo?

Quando se ouviu falar, pela última vez, de um novo edifício que, notável por suas características, passa a servir como modelo e paradigma para a nova geração de arquitetos? Ao chegar a São Paulo, dezenove anos antes, um colega alemão, que era bolsista do Serviço Alemão de Intercâmbio Acadêmico, e que exercia a função de *Lektor* de alemão junto ao Departamento de Letras Modernas da Faculdade de Filosofia, Letras e Ciências Humanas da Universidade de São Paulo, o levou para um passeio pelo centro de São Paulo. Durante esse passeio, eles visitaram edifícios que ficaram gravados na memória do Prof. Braunfels porque, sendo um recém-chegado a São Paulo, o Prof. Braunfels ainda se fascinava com São Paulo e com os edifícios de São Paulo. Eram eles: o Edifício Martinelli, na Avenida São João, e o Edifício Altino Arantes, logo a seu lado, e o Palácio Zarzur e Kogan, no Vale do Anhangabaú, e o Edifício Esther e o Edifício Itália, na região da Praça da República.

Estes logo tendo ocupado o lugar reservado aos paradigmas, nenhum outro edifício de São Paulo voltou a se fixar na memória do Prof. Braunfels.

Assim era também com os livros: meia dúzia de livros de estudos clássicos tendo alcançado o estatuto de obras de referência, os demais abarrotavam os edifícios das bibliotecas e se tornavam como o jornal que, no dia seguinte, embrulha as fezes do cachorro: não há mais ninguém que leia o que está impresso em suas páginas.

XXXV

Da sua última viagem à Alemanha, que o Prof. Braunfels interrompeu para, quase como um espião, fazer aquela visita a Jerusalém a respeito da qual não disse e não dirá nenhuma palavra a ninguém, e durante a qual se hospedou no Österreichisches Hospiz zur heiligen Familie, o Prof. Braunfels trouxe uma *Kartei*, um fichário portátil feito de plástico cinza, que pode facilmente ser levado de um lugar a outro, não sendo maior nem mais volumoso do que dois livros ou três livros em formato de bolso.

Dessa *Kartei* portátil, as fichas, organizadas em ordem alfabética, são retiradas, dia após dia, e colocadas no fichário principal, que fica na escrivaninha do Prof. Braunfels, um fichário de base de metal com tampa de acrílico verde, um produto de organização da indústria alemã que, tendo sido produzido na década de 1970, acompanha o Prof. Braunfels desde seus tempos de estudante e que foi utilizado, sucessivamente, para organizar as anotações que ele fez para sua dissertação de mestrado, de sua tese de doutorado e, mais recentemente, de sua tese de livre-docência.

Aquele fichário, com sua tampa de acrílico verde, também se tornou para ele uma espécie de talismã, pois, mesmo sem pensar a esse respeito, o Prof. Braunfels acredita que, ao passarem por ali, suas fichas são imantadas por alguma energia que, depois, se transmite, também, aos seus livros. O fichário organizado em ordem alfabética lhe parece dotado de algum tipo de poder porque, por meio das suas divisões, cada assunto, cada tema e cada palavra são colocados no seu lugar devido.

Num livro, as palavras têm de estar cada uma no lugar que lhe cabe. Por meio daquele fichário, as palavras que estavam dispersas por todos os lugares e espalhadas nos livros e nos artigos e nas ideias que passam pela cabeça do Prof. Braunfels quando ele está trabalhando ingressam no caminho que as levará ao bom lugar: o fichário é uma espécie de porto de acolhimento e de reunião dos dispersos, um bote salva-vidas das palavras perdidas e das palavras dispersas que vagam pelo mundo, desorientadas, e ali encontram propósito e utilidade.

O fichário com a tampa de acrílico verde é como a colmeia e as palavras são como as abelhas, e o Prof. Braunfels espera que o mel brote em abundância dos favos, com sua fartura viscosa.

Como as abelhas, ele trabalha e trabalha e recolhe as informações de que precisa para sua pesquisa. Ele já acumula um grande tesouro de palavras no fichário abarrotado e já é difícil introduzir novas fichas entre as divisões de alumínio encabeçadas pelas letras de um alfabeto alemão completo. Já há algumas semanas que as novas fichas, que são trazidas da biblioteca na *Kartei* de plástico cinza, em vez de serem transferidas para a colmeia, isto é, para o fichário com tampa verde de acrílico, permanecem no fichário portátil como migrantes que não alcançam o destino desejado. O Prof. Braunfels sente piedade dessas fichas extraviadas, que ficam zanzando para cá e para lá: da biblioteca para a escrivaninha e da escrivaninha para a biblioteca.

Ele não conseguiu, em seu tempo, um posto de trabalho nas universidades alemãs e não conseguiu, em seu tempo, um posto de trabalho nas universidades norte-americanas. Não conseguiu um posto de trabalho nas universidades alemãs porque a terra, na Alemanha, não encontrando utilidade em tantos historiadores da Antiguidade, os vomita. Tendo encontrado, em seu tempo de estudante, o mel dos estudos clássicos, o Prof. Braunfels se fartou de mel. Não querendo mais vomitar o mel que tinha ingerido, acabou vomitado ele mesmo, junto com o mel que se recusava a vomitar.

Agora, ele espera que o mel jorre em abundância da colmeia do seu fichário. O fichário está abarrotado de fichas e, na *Kartei* portátil, logo não haverá mais lugar para nenhuma ficha. Mas ele continua a preencher novas fichas, num dia, no dia seguinte, e também no próximo dia. As fichas se acumulam, mas o resultado desse trabalho, o Prof. Braunfels não o vê.

O Prof. Braunfels não conseguiu um posto de trabalho nas universidades norte-americanas porque não conseguiu se desvencilhar da ideia de que a vida, nos Estados Unidos, é um eterno vagar de cidade em cidade e de emprego em emprego: de Chicago para Los Angeles e de Los Angeles para

Nova York; de Nova York para Wisconsin e de Wisconsin para alguma localidade ainda mais tenebrosa do Centro-Oeste, como Minnesota ou Ohio ou Idaho das batatas.

A vida nos Estados Unidos é, para ele, o pesadelo interminável da migração e do deslocamento, a tal ponto que, passado certo tempo, já não é mais possível saber quando se está chegando e quando se está partindo, porque tudo está em movimento, sempre. O centro desse movimento um dia estando aqui, no outro dia está em outro lugar. Isso é tão pavoroso quanto os redemoinhos e a areia movediça que traga pessoas inteiras e depois é como se elas não tivessem existido.

O Brasil, à época da chegada do Prof. Braunfels, lhe parecia grávido de promessas maravilhosas: uma terra abençoada sobre a qual pairavam profecias favoráveis. A vida acadêmica do país tinha um centro único, e esse centro era a Universidade de São Paulo, na qual ele alcançou o posto de livre-docente em História Antiga. Estando no centro, e não na dança das cadeiras sem fim das periferias, o Prof. Braunfels sente os resquícios de um esplendor monárquico do século XIX, sente algo que é como os saldos e retalhos da liquidação de outro século quando, as coisas estando em seus lugares, o mundo estava em ordem. Ou, pelo menos, assim lhe parece.

No centro está a Universidade de São Paulo e lá longe o esplendor da mata e da selva. E no coração da mata, o poder de plantas como a *Sophronitella violacea*.

Sete meses depois da mudança do Prof. Braunfels para o Brasil, para assumir o posto de professor de História Antiga na Universidade de São Paulo, a Dra. Inge Braunfels, sua mãe, que era médica homeopata em Konstanz, à beira do Bodensee, morreu. A pesquisa a respeito dos poderes da *Sophronitella violacea* à qual ela tinha a intenção de se dedicar, com vistas à criação de um novo remédio homeopático, foi interrompida porque não havia quem se interessasse em continuar o trabalho iniciado pela Dra. Inge Braunfels.

Depois da morte de sua mãe, o Prof. Braunfels não quis mais voltar àquela região que o tinha atraído e encantado nas primeiras visitas que ele tinha feito, pouco depois de sua chegada ao Brasil: a Serra da Mantiqueira.

Agora, em vez de expandir seu coração, a lembrança daquela região de natureza maravilhosa o deprime, por causa da morte súbita de sua mãe, a quem ele não imaginava que não voltaria a ver quando deixou Konstanz rumo ao Brasil, porque ela era uma mulher de constituição robusta e porque, além disso, ela cultivava todos os tipos de hábitos saudáveis, desde horários regulares para dormir e para se alimentar até uma dieta rigorosamente vegetariana, e também praticava regularmente a natação, de junho a outubro na água fria do Bodensee e de outubro a junho numa bem cuidada piscina pública de Konstanz, de tal maneira que tudo o levava a confiar que ela estava destinada à longevidade e à sabedoria da velhice.

Sobre a bem cuidada piscina pública de Konstanz, que era frequentada nos meses do frio, quando a água do lago ficava mais gelada do que era tolerável até mesmo para pessoas de constituição robusta, como a Dra. Inge Braunfels, muita coisa já foi dita. Mas nem tudo o que é dito é lembrado, e nem tudo o que é lembrado recebe a atenção que deve.

Em novembro de 1938 a sinagoga de Konstanz foi incendiada por um grupo de jovens trajando camisas marrons. Foram queimados os livros sagrados e foram queimados os manuscritos sagrados e foi queimado tudo o que estava no interior da sinagoga – bancos e lamparinas, cortinas e tapetes e luzes que ardiam em memória de mortos. Um grande espetáculo iluminou a noite gelada de novembro, e esse espetáculo se estendeu pela madrugada, tendo sido seu ápice o desabamento do telhado da sinagoga.

As vigas e os caibros do telhado, tendo sido atingidos pelas chamas que se erguiam do interior da sinagoga, perderam a resistência e o telhado inteiro, com seu madeiramento secular e com suas telhas pesadas do século XIX, desabou de uma só vez, com um estrondo formidável que, segundo relatos de testemunhas, teria sido ouvido até em Bregenz, na margem austríaca do Bodensee, para não falar de Kreuzlingen, na Suíça, que se liga diretamente a Konstanz.

Quando o telhado desabou sobre o fogaréu que ardia no interior da sinagoga, as fagulhas se levantaram para o céu como num espetáculo de fogos de artifício e uma luz laranja iluminou a todos os que o contemplavam. Parecia uma enorme bola de fogo, que se refletiu na água sempre plácida e serena do Bodensee, de onde brota o Reno, percorrendo, então, todas as paisagens lendárias de localidades como Lorch, Bacharach e Kaub, junto ao esplendor do Monte Kedrich, do Engweger Kopf e do Schreibiger Kopf, vizinhos de Lorch. O Reno com todos os seus tesouros, como o tesouro dos Nibelungos, o Reno que murmura melodias e conta as histórias do Vale dos Rumores, onde as aves conversam entre si de maneira muito sensata e as árvores cantam junto aos palácios de cristal e às pontes de ouro e às sereias risonhas.

Como quando se lançam gravetos bem secos sobre uma fogueira, as labaredas subiram, crepitando, numa grande apoteose. Dias depois, as paredes cobertas de fuligem foram derrubadas por meio de explosões de dinamite e, ainda no mesmo ano, os escombros foram levados embora por caminhões.

Deu-se então início à construção de uma piscina pública – aquela na qual a Dra. Inge Braunfels costumava nadar entre os meses de outubro e junho, quando a água do Bodensee ficava fria demais.

Construído de tijolos vermelhos e com grandes janelas laterais que deixam entrar a luz do dia, o pavilhão da piscina tem, junto à sua porta de entrada, que tem a altura de três metros, dois altos-relevos em mármore travertino, de autoria de Arno Breker. Esses altos-relevos retratam os corpos perfeitos do homem e da mulher, cujas saúdes perfeitas são cultivadas por meio da prática da natação.

Enquanto a neve cai lá fora, e o gelo se forma nas bordas do Bodensee, dentro do pavilhão da piscina pública de Konstanz impera a amenidade de um dia de primavera: o ar está úmido e a temperatura é de vinte e cinco graus e um cheiro forte de cloro está no ar. Por meio do cloro são exterminadas as bactérias que, durante o inverno, se acumulam nos corpos dos cidadãos de Konstanz e se multiplicam, nutridas pelo suor e pela gordura, porque o frio os torna reticentes com relação ao banho, e que exalam cheiros que são piores do que o cheiro do cloro.

Desinfetados pelo cloro, todos podem desfrutar dos benefícios da natação, assim se tornando mais parecidos com as esculturas de Arno Breker que ladeiam o portal do pavilhão da natação.

Acima do portal há uma tabuleta de ferro esmaltado. Sobre um fundo branco está escrita, em letras góticas pretas, a palavra *Hallenbad*. Quem entra no *Hallenbad* de Konstanz num dia de inverno é saudado pelo calor, pela umidade e pelo cheiro de cloro. Deixando na água as bactérias que são exterminadas pelo cloro, os nadadores saem da piscina, rejuvenescidos e lustrosos. Há horários separados para homens e para mulheres e também horários mistos, para homens e para mulheres.

Junto ao caixa, que fica logo à entrada, à direita de quem entra, atrás de uma vidraça com uma abertura em arco e, embaixo de uma tabuleta de ferro esmaltado branco, sobre a qual quem sabe ler as letras góticas pretas lê a palavra *Kasse*, está outra tabuleta. Ali estão grafados os horários destinados às damas e os horários destinados aos senhores. Assim como as outras tabuletas que estão espalhadas pelo *Hallenbad,* como aquela na qual se lê a palavra *Fußdesinfektion* colocada na parede junto ao lava-pé pelo qual são obrigados a passar todos aqueles que se dirigem à piscina, essa tabuleta com os horários de funcionamento da piscina foi colocada ali à época das esculturas de Arno Breker, quando a piscina pública foi consagrada ao cultivo da higiene e da saúde. Desde então, a piscina permanece inalterada em suas características e em suas funções.

A piscina pública que serviu a uma geração serviu à geração seguinte e servirá às gerações subsequentes, proporcionando-lhes saúde, bem-estar e longevidade. A exemplo do que fazia sua mãe, o Prof. Braunfels também pratica a natação. A piscina da Universidade de São Paulo não possui um portal ornamentado com esculturas de Arno Breker nem está protegida por paredes e por janelas através das quais, no inverno, é possível observar a neve que cai lá fora porque o clima de São Paulo é benevolente. Quem está nadando ali pode ver o céu sem nenhum impedimento e pode ver também as copas das árvores da Cidade Universitária. Isso proporciona aos nadadores a sensação de que eles fazem parte da paisagem. Na Alemanha, o Prof. Braunfels frequentemente sentia que o mundo à sua volta se tornava cada vez mais estreito.

À época da sua emigração, a Guerra Fria estava em plena força e os incidentes na fronteira entre as duas Alemanhas, de fugitivos que tentavam atravessar a fronteira fugindo da Alemanha Oriental, se repetiam, especialmente na região de Berlim. A ameaça de uma guerra atômica rondava a Europa como uma grande sombra. Assim, quando o Prof. Braunfels nada na piscina da Universidade de São Paulo e observa o que ali existe do esplendor da natureza do Brasil, ele se sente protegido e tranquilizado.

As notícias que vinham da Europa à época da sua imigração, ele as acompanhava com preocupação por meio da revista *Der Spiegel*, que era encontrada numa banca de jornais da Avenida Paulista, em frente ao Conjunto Nacional. Ele se dirigia até lá de ônibus, subindo a Avenida Rebouças às sextas-feiras pela manhã. Uma nova era de fome e de sofrimento parecia a ponto de se instalar sobre a Europa assim que rebentasse uma nova guerra, enquanto no Brasil a generosidade da natureza tranquilizava os espíritos.

As florestas, o verde e o território imenso do país eram, aos olhos do Prof. Braunfels, a garantia da sua paz e da sua estabilidade. Antes de começar a contemplar a ideia da sua mudança e antes de começar a averiguar a possibilidade de obter um posto de trabalho na Universidade de São Paulo, o Prof. Braunfels leu o livro *Brasilien, ein Land der Zukunft, Brasil, um país do futuro*, o livro de Stefan Zweig, escrito em 1940, que faz um retrato grandiloquente e otimista das potencialidades do país, que foi muito criticado por todos e foi visto como resultado de uma barganha do escritor com o governo protofascista de Getúlio Vargas.

Tendo lido o livro de Stefan Zweig, o Prof. Braunfels se apaixonou pelo país. Tendo se apaixonado pelo país, ao chegar a São Paulo passou a procurar, com persistência, a confirmação, na realidade, de todas as ideias otimistas sobre o Brasil expressas por Stefan Zweig no livro que ele escreveu sobre o Brasil. Também o clássico de Gilberto Freyre, *Casa-grande e senzala*, que foi traduzido ao alemão e publicado sob o título *Herrenhaus und Sklavenhütte*, no qual, assim como no livro de Zweig, está expressa a ideia do Brasil como democracia das raças e sociedade cordial, foi parte das preparações do Prof. Braunfels para sua primeira viagem ao Brasil.

Em seus passeios por São Paulo, à época – o Prof. Braunfels, quando visitou São Paulo pela primeira vez, aproveitando a situação cambial favorável, pôde hospedar-se no moderníssimo Hotel Hilton, junto à Praça da República – pelas ruas do centro da cidade, nos ônibus e mesmo nos corredores da Universidade de São Paulo, ele viu confirmadas, na realidade, as ideias que o escritor austríaco e as ideias que o sociólogo brasileiro expunham nos seus livros. A liberdade com a qual as pessoas de diferentes cores e de diferentes etnias trafegavam pela cidade era alguma coisa que o Prof. Braunfels não conhecia de Konstanz, onde até mesmo os portadores de passaportes austríacos que viviam em Bregenz, na outra margem do lago, muitas vezes eram vistos com desconfiança.

As impressões de sua primeira visita ao Brasil se somaram às ideias apresentadas nos livros de Stefan Zweig e de Gilberto Freyre. Essa soma se sobrepôs ao ardor e ao ímpeto da juventude, dos quais ainda havia remanescentes na alma do Prof. Braunfels, muito embora ele já tivesse concluído seu doutorado em História Antiga na Universidade de Heidelberg.

Às ideias que os livros de Stefan Zweig e de Gilberto Freyre tinham introduzido na mente do Prof. Braunfels e às impressões que o Prof. Braunfels tinha recolhido durante sua estada de três semanas no Brasil somaram-se, ainda, o ambiente favorável que ele encontrou no Departamento de História Antiga da Faculdade de Filosofia, Letras e Ciências Humanas da Universidade de São Paulo.

O Prof. Braunfels é um homem da ordem e do empenho consciente. Suas ações e suas decisões sendo guiadas pela razão e pela persistência, ele ainda assim viu naquela constelação que se criou em torno de sua relação com o Brasil os sinais de alguma coisa que era maior e que era mais forte do que ele mesmo. O Prof. Braunfels não acredita no destino exceto como uma construção governada pela vontade do indivíduo. Ainda assim, excepcionalmente, como num lapso, pareceu-lhe que, naquela constelação, se manifestava uma daquelas forças em cuja existência ele nunca tinha acreditado. Ao inexplicável somou-se, ainda, o imperativo de, tendo concluído seu doutoramento em História Antiga, encontrar ocupação em alguma das universidades do mundo. Justamente anunciava-se, na Universidade de São Paulo, um concurso para provimento do cargo de professor doutor de História Antiga, em Regime de Dedicação Integral à Docência e à Pesquisa.

Passados oito meses desde sua primeira visita ao Brasil, o Prof. Braunfels, tendo sido aprovado neste concurso, mudou-se para o apartamento da Rua Manduri, onde continua a residir até hoje.

Nesses dezenove anos, desde que se mudou para o apartamento da Rua Manduri, muitos edifícios foram construídos, do outro lado da Avenida Eusébio Matoso. Na Alemanha, à época da Guerra Fria, o Prof. Braunfels sentia que seu mundo se tornava cada vez mais estreito e agora, em São Paulo, ele sente que os arranha-céus e, sobretudo, o que está dentro dos arranha-céus avança, com persistência, sobre aquela pequena parte da cidade onde ele se instalou desde a sua chegada e onde se desenrola sua vida desde então.

Assim como acontece do outro lado da Avenida Eusébio Matoso, acontece, também, na Cidade Universitária: do outro lado dos muros, os edifícios brotam do nada e agora, das suas janelas, os moradores espreitam o *campus*, cujo verde e cujas árvores são alardeados, nas campanhas publicitárias de construtoras e de imobiliárias, que vendem o que não lhes pertence. Também o bairro do Prof. Braunfels é vendido àqueles que, das janelas das suas torres, do outro lado da Avenida Eusébio Matoso, o devoram com os olhos assim como devoram as novelas, os filmes e os comerciais das telas de televisão.

Agora, porém, ao contrário do que acontecia dezenove anos antes, à época da emigração do Prof. Braunfels, não há mais para onde ir.

O Prof. Braunfels se resigna com o avanço da sua idade e se resigna com o avanço dos arranha-céus. E se resigna às enxurradas de escândalos de corrupção que são sempre superados por outros, ainda piores, noticiados pelos jornais. Mais seus horizontes se estreitam, mais ele encontra paz e descanso em sua pesquisa sobre a vida cotidiana dos escravos da Palestina sob domínio romano. O mundo dos livros e o mundo dos seus estudos permanecem imunes ao que se passa à sua volta.

O Prof. Braunfels se recolhe à sua fortaleza interior. A partir dela, tudo o que provoca a ira, a revolta ou o entusiasmo dos seus contemporâneos recua para um plano distante. Os arranha-céus recortam o horizonte do outro lado da Avenida Eusébio Matoso e se debruçam, gananciosos, sobre os muros da Cidade Universitária, mas eles não surgem no bairro do Prof. Braunfels e não brotam da terra dentro da Cidade Universitária porque existem leis que proíbem isso.

Enquanto os outros se distraem com noventa e nove assuntos e suas mentes são como as abelhas transviadas que, tendo perdido o rumo, voam para este lado e para aquele lado, o Prof. Braunfels concentra sua atenção em sua pesquisa e sua pesquisa o leva a distrair-se de todos os outros assuntos, sejam eles noventa e nove, sejam eles novecentos e noventa e nove.

A atenção que o Prof. Braunfels dedica à sua pesquisa será, ele assim espera, a atenção que o mundo acadêmico dedicará a seu livro no futuro.

Assim, ele quer se tornar um elo a mais na *aurea catena*, na corrente de ouro que o liga a muitas gerações de predecessores, como Manfred Herbst e, antes de Manfred Herbst, legiões inteiras de historiadores da Antiguidade.

Enquanto isso, as obras de todos esses historiadores foram completamente esquecidas, até mesmo por aqueles que se dedicam à disciplina que o Prof. Braunfels mais despreza: a História Acadêmica.

XXXVI

Nem todos os colegas do Prof. Braunfels se dedicam às suas pesquisas com semelhante devoção. A Profa. Tamar Peled, por exemplo, em vez de pesquisar, envia mensagens pelo aparelho celular. Ela escreve a Carla sobre este assunto e a Tiago escreve sobre aquele assunto. Com Márcia trata disto e com Antonieta trata daquilo. Sua mente é como um caldeirão. A água ferve e os legumes e verduras e as asas do frango são cozidos, mas o gosto da sopa não é bom porque os ingredientes foram adicionados em desordem e sem medida.

Os médicos não sabem que nome dar à doença da Profa. Tamar Peled e não sabem qual remédio será capaz de curar a Profa. Tamar Peled. Enquanto isso, ela se agita e se revira de um lado para outro lado, como as asas de frango que ficam virando na panela enquanto o caldo borbulha.

Na panela há também patas de frango. Cada uma dessas patas tem três unhas pontudas, que o frango usava para escavar e escavar a terra, à procura de minhocas. Algumas pessoas cortam as unhas das patas do frango antes de colocá-las na sopa e outras pessoas não as cortam. Além das asas e das patas com unhas, há também na panela pescoços de frango. Só faltam as cabeças, com olhos, bico e crista.

A Profa. Tamar Peled caminha pelo corredor deserto e manda também mensagens para si mesma, do seu aparelho celular para o seu computador. Em sua bolsa está a chave do seu gabinete. Quando ela chega a seu gabinete, as fotografias dos diários de classe falsificados do Prof. Braunfels já chegaram ali antes dela. Ela as pode imprimir com toda a calma porque a universidade coloca à sua disposição uma impressora a *laser*, e pode anexá-las, com a cópia do Boletim de Ocorrência que lhe foi entregue por sua aluna, a uma carta-denúncia dirigida à Comissão de Graduação da Faculdade.

A carta será lida na próxima reunião da Comissão de Graduação e as fotografias que comprovam a denúncia da Profa. Tamar Peled serão passadas de mão em mão, por toda a volta da grande mesa em torno da qual se sentam os membros da Comissão de Graduação, e serão expostas aos seus olhares, um de cada vez, e assim todos saberão, verdadeiramente, quem é o Prof. Braunfels.

Assim, à denúncia apresentada por Anita Scheld, cujas alegações são investigadas por uma subcomissão que formalmente é presidida pelo Prof. Braunfels, muito embora o Prof. Braunfels jamais tenha se ocupado dessas investigações, ela vai contrapor outra denúncia, de falsidade ideológica, por meio da qual pretende demolir a reputação do Prof. Braunfels, assim invalidando qualquer parecer que venha com a assinatura dele.

Ela já sente na boca o gosto da sopa que está cozinhando. Enquanto ouve o zumbido da impressora a *laser*, da qual surgem as cópias do diário de classe, a Profa. Tamar Peled está salivando.

Quando o frango escava a terra com suas unhas, a minhoca aparece na superfície. A superfície não é um bom lugar para a minhoca, que se retorce e se agita com toda a força, mas acaba no papo do frango. Toda a sua agitação é inútil. Enquanto a impressora imprime, a Profa. Tamar Peled escreve, com gosto, o texto da denúncia contra o Prof. Braunfels. O brilho da tela do computador, na qual vão surgindo as palavras, a hipnotiza. As palavras se multiplicam. À primeira página logo se somam a segunda página e a terceira página. Subitamente, parece à Profa. Tamar Peled que ela tem muito a dizer. Se há uma musa que é responsável pelas denúncias, essa musa se afeiçoou pela Profa. Tamar Peled e agora fala por meio dos dedos da Profa. Tamar Peled, que tamborilam nervosamente no teclado do computador, formando uma torrente de palavras que enchem a tela do computador com grande velocidade.

Se a Profa. Tamar Peled dedicasse aos livros e aos artigos o fervor que dedica à escrita daquela denúncia ou mesmo, abaixando o fogo da panela, a metade daquele fervor ou um terço daquele fervor, seus livros e seus artigos seriam menos insípidos e ela poderia publicá-los em editoras de prestígio e em revistas acadêmicas de prestígio. As coisas sendo como elas são, elas não são como deveriam ser. A Profa. Tamar Peled se entusiasma por aquilo que deveria deixá-la indiferente e permanece indiferente ante aquilo que deveria entusiasmá-la. Mesmo antes que a subcomissão presidida pelo Prof. Braunfels tenha redigido o parecer sobre o caso de Anita Scheld, ela já o vê como seu pior inimigo. Talvez a causa desse ódio seja a doença da Profa. Tamar Peled e talvez esse ódio tenha outra causa. Os médicos que atendem a Profa. Tamar Peled não chegam a uma conclusão e não conseguem estabelecer um diagnóstico. Enquanto isso, o tempo passa. Enquanto os médicos não estabelecem um diagnóstico, não se pode requerer a aposentadoria da Profa. Tamar Peled por razões psiquiátricas. A desgraça dela, sendo comentada por alguns professores que gostam de falar da vida alheia, passa despercebida por outros que preferem se abster de assuntos que não lhes dizem respeito. Se, à mesa em torno da qual se reúnem os membros da comissão de graduação, se sentarem aqueles que ouviram o que se fala nos corredores sobre a Profa. Tamar Peled e sobre sua doença, o ofício que ela agora redige com tanto fervor não será visto como obra da musa que inspira os requerimentos, mas como resultado de uma doença cujo nome não é conhecido nem pelos médicos. Se ali estiverem aqueles que não dão atenção aos mexericos, desprezam os bisbilhoteiros e condenam as fofocas, não haverá nada que coloque sob suspeita o ofício em questão. Assim, a retidão de caráter se volta contra os que a cultivam. Nesse caso, volta-se contra o Prof. Braunfels.

    Enquanto isso, o vento voltou a soprar sobre a Cidade Universitária. O recesso do meio do ano apenas está começando, e antes da metade de agosto não haverá deliberações e, menos ainda, decisões. Não haverá nem mesmo qualquer análise preliminar da denúncia que a Profa. Tamar Peled formula com tanto entusiasmo e com tanta eloquência. Sem pensar nisso, ela escreve e escreve. A terceira página já está cheia e já vamos para a quarta página. Como a minhoca que, arrancada de dentro da terra pelas unhas do frango, se torce ao sol, surgem na tela do computador coisas que ficariam bem no subsolo, mas que, vindas à superfície, não ficam bem.

A Profa. Tamar Peled escava e escreve, escreve e escava. É como se, tendo ingerido a canja na qual foram cozidas as patas do frango e as unhas do frango, aquele ímpeto de cavoucar lhe tivesse sido transmitido pela boca.

As unhas da Profa. Tamar Peled são compridas e ela as pinta de rosa-claro. Elas escavam o alfabeto no teclado do computador e não param de extrair dali as palavras que vão aparecendo na tela. Entusiasmada, ela balança a cabeça afirmativamente. Seus cabelos são tingidos de ruivo e são retorcidos por um permanente. O movimento desses cabelos lembra o movimento dos cabelos da Medusa, que são serpentes. Cada uma dessas serpentes quer ir para um lado e todas elas estão presas pela cauda ao crânio da Medusa. Isso as enfurece. Mais elas se enfurecem, mais elas se enrolam umas nas outras. Mais elas se enrolam umas nas outras, mais elas se enfurecem. Os cabelos da Profa. Tamar Peled estão embaraçados e as frases que ela escava com as unhas também não estão em ordem. Se ela continuar assim, e entregar o requerimento tal qual ele está, ele servirá para mostrar aos membros da Comissão de Graduação da Faculdade que a desordem que impera sobre a cabeça da Profa. Tamar Peled se estende, também, pelo interior da sua cabeça.

Os médicos já sabem disso. Essa constatação não favorece seu requerimento. Em vez de pensar nisso, a Profa. Tamar

Peled se entrega ao fluxo das palavras como quem se entrega à correnteza de um rio. Mais as páginas se enchem de letras, mais ela se entusiasma. Mais ela se entusiasma, mais ela escreve. Ela se emociona. Seu coração acelera e às vezes ela até sente vontade de chorar.

Antes de adoecer ela sofria muito com a solidão e depois que adoeceu a sensação de desamparo que a aflige se agravou ainda mais. Ela despeja na tela do computador o que brota do seu coração, em convulsões. Quando termina de escrever, está exausta.

Ela preencheu cinco páginas ou seis páginas com letra Verdana 11 em espaço 1,15. Agora, as páginas estão impressas e ela as prende com um clipe às fotografias dos diários de classe do Prof. Braunfels. Se alguém perguntar à Profa. Tamar Peled o que está escrito naquelas páginas, ela não será capaz de responder. Não há, porém, quem lhe faça essa pergunta. Se houvesse alguém que se interessasse pelo menos um pouco por ela, talvez ela não tivesse escrito o que escreveu. Tendo escrito o que escreveu, ela não quer mais apagar nada. Enfia as folhas numa pasta transparente, num gesto descuidado, e enfia a pasta na bolsa, com mais um gesto descuidado. "Está no papo!", pensa, novamente, enquanto a pele frouxa do seu pescoço vacila sobre a gola de tartaruga da blusa preta, aos poucos criando na dobra, sobre o tecido sintético, uma mancha de gordura, que lhe dá um aspecto encardido.

Nas mãos da pessoa certa, até mesmo uma blusa preta pode parecer encardida.

Na bolsa, a Profa. Tamar Peled leva também uma cartela de comprimidos de tarja preta, que lhe foram receitados pelos médicos. Os médicos, não sabendo o nome da doença da Profa. Tamar Peled, sabem o nome do remédio que lhe dão: o nome do remédio é Rivotril. Na farmácia não se encontra produto descrito como "paz em drágeas", mas é isso o que deveria estar escrito no rótulo do Rivotril. Rivotril é prescrito por psiquiatras a pacientes em crise de ansiedade, e a Profa. Tamar Peled o usa como um elixir. Um desses comprimidos suaviza seu humor como se fosse o mais delicioso dos doces, como se fosse uma fatia generosa de torta de pera e amêndoas com chocolate amargo, e seu efeito se estende por várias horas, se estende por um dia inteiro.

A sala dos professores está deserta nesta época do ano. Há ali um belo bebedouro de água mineral e há ali copos de plástico. A Profa. Tamar Peled se serve e engole um daqueles comprimidos. Ela tira a cartelita da bolsa, e o comprimido branco salta de dentro da cartelita com um estalo quando ela a aperta. O estalo do papel alumínio que se rompe já lhe proporciona uma antecipação do prazer que se instala em seu corpo e em sua alma quando começam os efeitos do comprimido. Aquele estalo já a tranquiliza, e a sensação do comprimido rolando pela sua garganta também a tranquiliza.

Para desfrutar melhor da magia do Rivotril, a Profa. Tamar Peled se senta numa poltrona diante da janela e observa as árvores que o vento balança, lá fora, e as folhas das árvores que o vento arranca e leva para longe. O lirismo da natureza e a paixão pela vegetação em todas as suas formas não fazem parte do repertório estético da Profa. Tamar Peled e não fazem parte da educação que a Profa. Tamar

Peled recebeu. Ainda assim, ela se senta numa poltrona na sala dos professores, vazia, diante da janela, e enquanto os efeitos do Rivotril aos poucos começam a se estabelecer, ela sente um tipo de prazer ao contemplar as árvores que vão e vêm e as folhas secas que voam.

Ela não atribui ao encanto da natureza esse prazer: o nome dele é Rivotril.

Em outras ocasiões os médicos lhe receitaram outros remédios: Diazepam, Lorax, Lexotan, Prozac. Não há dúvidas de que em cada um deles está um deleite, mas Rivotril é sempre Rivotril. Enquanto ela contempla as árvores pela janela da sala dos professores, começa a sentir uma coisa nova: um sentimento oceânico, que alguma vez sentiu, em algum lugar – ela não se lembra de onde e ela não se lembra de quando. Ela procura se lembrar de quando foi a primeira vez que ingeriu um daqueles comprimidos brancos e quem foi o primeiro dos muitos médicos que ela tem visitado desde que adoeceu a lhe apresentar aqueles efeitos maravilhosos.

Ela procura se lembrar, mas não consegue. Em algum lugar ela leu que o uso prolongado de Rivotril pode prejudicar a memória do paciente, levando-o, em casos extremos, à despersonalização. Mas ela não se lembra de onde leu isso. Os médicos às vezes lhe falam das novidades espetaculares, importadas, de tarja preta, e despertam sua curiosidade. A Profa. Tamar Peled já tem experiência. Ela conhece e ela confia. Ela se sente como se estivesse voltando ao lar querido depois de uma ausência prolongada demais. Ela olha fixamente para a janela e para as árvores. Agora, o prédio vazio, percorrido pelo vento, lhe parece acolhedor e confortável.

A solidão não a incomoda. Um dos médicos que a Profa. Tamar Peled consultou lhe falou de uma degeneração, cujos efeitos negativos desagradáveis e até mesmo perigosos podem ser contidos ou até mesmo neutralizados pela ingestão dos comprimidos de Rivotril.

Às vezes a Profa. Tamar Peled acredita no que diz esse médico e às vezes ela não acredita no que diz esse médico. Agora, por exemplo, ela acha que ele tem razão porque não há como comparar a maneira como ela estava se sentindo há menos de meia hora, quando entrou, esbaforida, na sala de Estelita Figueiredo, no Departamento de História Antiga, com a maneira como ela se sente agora. São duas pessoas diferentes. Uma não conhece a outra. Quando uma está, a outra não está. Quando a outra está, a primeira já foi embora. Quando ela se lembra disso, diz para si mesma: "Vou seguir religiosamente as prescrições do médico no que diz respeito à ingestão diária dos comprimidos".

A Profa. Tamar Peled não é uma pessoa religiosa. Na verdade, em seus livros e em seus artigos, ela ridiculariza os religiosos. Ao descrevê-los, faz uso do jargão que a psicologia moderna concebeu para tratar dos distúrbios, transtornos e patologias de que tratam os espessos tratados dos especialistas nesta doença e naquela doença, cujas pesquisas são apresentadas em grandes congressos internacionais de psicologia e de psiquiatria, juntamente com os novos medicamentos, criados a partir de anos de dedicação a pesquisas por médicos, e cuja eficácia contra este distúrbio e contra aquele distúrbio foi cientificamente comprovada, em ratos, em cachorros, em macacos e, finalmente, em seres humanos.

O tratamento com Rivotril às vezes lhe parece merecedor de devoção religiosa. Agora, por exemplo. Se todos os dias ela pudesse passar meia hora assim ou uma hora inteira assim, em silêncio, contemplando as árvores tangidas pelo vento, sua vida seria diferente.

Sua vida sendo como ela é, outras vezes ela pensa no médico e nos remédios e desconfia do que ele lhe diz, do que ele pensa e do que ele lhe recomenda. Mesmo assim, por segurança, ela não sai de casa sem antes colocar na bolsa o aparelho celular e a cartelita com a tarja preta e os preciosos comprimidos brancos. Como hoje, por exemplo. Ao sair de sua casa em Pinheiros, de manhã, ela colocou na bolsa o aparelho celular e a cartelita. O aparelho celular já cumpriu sua função e agora chegou a hora de a cartelita cumprir sua função. Se na vida da Profa. Tamar Peled houvesse uma hora e um lugar certos para cada coisa, a vida da Profa. Tamar Peled não seria a vida da Profa. Tamar Peled. A doença dela talvez não existisse. Seja como for, graças à sua previdência, agora ela se sente muito bem: serena e satisfeita.

Ela sente que poderia passar horas de felicidade assim, contemplando as árvores. Sua respiração se acalmou e seus cabelos, que ainda agora estavam desgrenhados por causa de toda a sua agitação diante da tela do computador, vão se assentando aos poucos, porque ela leva as mãos à cabeça e os acaricia.

Há anos que só duas pessoas mexem naqueles cabelos: ela e o cabeleireiro, que os tinge de ruivo e que faz os permanentes.

De alguns meses para cá, a cabeleira da Profa. Tamar Peled se tornou mais rala. Às vezes ela acha que isso seja causado pelos remédios dos médicos. Quando ela pensa assim, ela para de tomar os remédios que eles lhe receitaram: o que está ou não está sobre sua cabeça se torna mais importante do que o que está ou não está dentro da sua cabeça. Outras vezes, como agora, é o contrário e ela pensa que o que está dentro da sua cabeça é mais importante.

Que importam os cabelos? O que são os cabelos comparados ao que ela sente agora?

Os médicos lhe dizem que não há nenhuma relação entre o consumo de Rivotril e a queda dos cabelos.

Às vezes ela acredita nos médicos.

Às vezes, não acredita.

XXXVII

Quando veio ao Brasil pela primeira vez, há dezenove anos, o Prof. Braunfels imaginava que não lhe faltariam oportunidades para comungar com a natureza maravilhosa do Brasil, a respeito da qual ele tinha lido, disciplinadamente, na biblioteca da Universidade de Konstanz, nos livros de Carl Friedrich Philipp von Martius, Johann Moritz Rugendas e Johann Baptist von Spix. Agora, ele permanece encerrado em sua biblioteca e rumina as páginas de Flavius Josephus e o estilo carregado de Flavius Josephus e as páginas do livro de Manfred Herbst e tanto o fichário com tampa de acrílico verde quanto a *Kartei* portátil que ele leva da sua casa para a biblioteca e da biblioteca para sua casa estão transbordando de fichas e cada uma das fichas transborda de palavras escritas com a letra miúda do Prof. Braunfels.

Lá fora, a natureza exuberante do Brasil fica cada vez mais longe porque o Prof. Braunfels tem pouco tempo para dedicar à contemplação da natureza e porque, desde que o Prof. Braunfels veio pela primeira vez ao Brasil, a devastação da natureza não foi interrompida nem mesmo por um dia.

Antes, ele pensava nas viagens que faria a diferentes regiões do país, à Mata Atlântica de altitude e à Floresta Amazônica. Agora, ele se contenta em caminhar uma vez por semana ou duas vezes por semana pelo bosque junto ao Instituto de Física ou pela reserva biológica em torno do Clube dos Professores e ali já se sente como se estivesse a milhares de quilômetros da cidade, como se a nuvem de fumaça e de fuligem que envolve a cidade, que às vezes ele observa, com pavor, da janela do avião que parte do aeroporto de Congonhas, não existisse.

O Prof. Braunfels continua a usar os mesmos pulôveres de lã que trouxe consigo da Alemanha à época da sua imigração. A cada ano, quando termina o inverno, em algum fim de semana de agosto, o Prof. Braunfels lava seus pulôveres com Woolite e os põe para secar estendidos sobre toalhas de banho grossas que ele espalha no assoalho do seu escritório. A cada ano, quando chega o fim do inverno, ele se espanta com a cor da água ao enxaguar os pulôveres de lã: das tramas, que a cada ano ficam um pouco mais finas, escorre a pretura.

Depois que os pulôveres estão secos, ele os dobra cuidadosamente e ele os guarda, um a um, em sacos plásticos com zíper de plástico, que depois são empilhados em seu guarda-roupa.

O Prof. Braunfels não fala sobre o assunto dos pulôveres de lã com nenhum dos seus colegas na universidade, mas ele sabe que nenhum dos seus colegas faz o que ele faz e que nenhum dos seus colegas tem o que ele tem. Chega o frio e quase todos eles se vestem com pulôveres de lã sintética ou de poliéster, que logo se enchem de bolinhas e ficam com uma aparência tão encardida quanto a blusa de gola rulê da Profa. Tamar Peled, por exemplo. Chega o frio e ele olha para aquelas roupas que passam pelos corredores da faculdade. Aquelas roupas não dignificam quem as usa e quem as usa não tem como orgulhar-se delas. Mesmo o mais puído dos pulôveres de lã do Prof. Braunfels é mais agradável do que um daqueles pulôveres feitos de fio sintético que, mal deixaram a prateleira da loja onde foram comprados, já parecem carcomidos.

O que se pode dizer sobre uma peça de roupa assim talvez fique melhor se não for dito.

Chega o frio e os corredores da faculdade se enchem de roupas assim. O Prof. Braunfels não comenta, mas circula pelos corredores, envolto por virtudes silenciosas. Nem todos compartilham dessas virtudes e nem todos as conhecem. Elas protegem o Prof. Braunfels como um escudo herdado dos seus antepassados. O silêncio o rodeia como um halo. A distinção está na diferença, mas nem todos são capazes de perceber a diferença que existe entre os pulôveres feitos de fio sintético e aqueles feitos de lã verdadeira.

As insígnias do Prof. Braunfels não são visíveis para todos. Na verdade, não são visíveis para quase ninguém. Assim acontece, também, com os artigos do Prof. Braunfels: ninguém lhes dá muita importância, porque escrever artigos acadêmicos faz parte da rotina dos professores da universidade, assim como faz parte da rotina publicá-los.

Os artigos vêm e os artigos vão. Vem uma geração inteira que se dedica a escrevê-los. Passam os anos e é como se esses artigos nunca tivessem sido escritos e é como se quem os escreveu nunca tivesse existido: os artigos são esquecidos. O livro de Manfred Herbst escapou do aterro sanitário dos livros e dos artigos esquecidos, cujo solo é às vezes revirado pelos tratores e pelas escavadeiras dos que se dedicam a uma disciplina que o Prof. Braunfels mais despreza. O nome dessa disciplina é História Acadêmica.

Quando o Prof. Braunfels ouve falar da História Acadêmica, ele imediatamente se lembra dos pulôveres de lã sintética que circulam pelos corredores da faculdade quando chega o frio. O Prof. Braunfels pensa na História Acadêmica e a vê como uma donzela de reputação duvidosa, tolerada ocasionalmente e com embaraço, que lança suas piscadelas a quem encontra pelos corredores da faculdade e entre os cantos escondidos, atrás das estantes de livros da biblioteca da faculdade.

Ele ouve falar da História Acadêmica e não diz nenhuma palavra, mas os arcos das suas sobrancelhas se erguem só um pouquinho. Algumas linhas muito finas aparecem na sua testa. A mudança na expressão do seu rosto é sutil, mas ela diz tudo o que ele tem a dizer a esse respeito. Há, entre os colegas do Prof. Braunfels, muitos que o consideram esnobe e muitos que o ridicularizam por isso. Parece-lhes que sua ambição de escrever um livro que escapará do atoleiro do esquecimento está impressa em seu rosto. Por isso, eles dizem o que dizem e, ao passarem por ele pelos corredores, trocam olhares cúmplices, que o Prof. Braunfels não percebe. Ainda que ele os percebesse, não lhes daria importância porque ele não está preocupado em agradar a seus colegas.

Ele gostaria de ver como páginas destinadas ao futuro os trabalhos que escreve. Por isso, não se interessa pelo que dizem e não se interessa pelo que deixam de dizer esses colegas. Chega um novo dia e o Prof. Braunfels já está trabalhando.

Este ano chegou o mês de junho e o mês de junho já acabou, mas o friozinho não chegou. Chegaram, em vez disso, os mosquitos. Nunca se viu uma praga de mosquitos como aquela em São Paulo. Com a palma da sua mão, já um pouco descarnada, já um pouco flácida, o Prof. Braunfels esmagou, hoje cedo, onze mosquitos estufados de sangue da parede de azulejos azuis do banheiro. Em compensação, ele ainda não tirou dos sacos plásticos nenhum dos seus pulôveres, que estão lavados desde o ano passado, à espera do frio que não chega. Alguns deles já estão puídos nas mangas, e mesmo os que não têm mangas também já estão desgastados. Como um colete de lã azul-escuro que o Prof. Braunfels comprou numa liquidação em Zurique. A casa de um dos seus botões se alargou demais com o uso e a trama já rasgou. Quando a fenda atingiu dois centímetros, o Prof. Braunfels mandou remendá-lo. Quando o botão está fechado, o remendo fica escondido. Quando o botão está aberto, ele aparece como se fosse uma cicatriz. Essa cicatriz fica sobre o abdome do Prof. Braunfels, entre o umbigo e a região pubiana. É como se ele, que nunca foi operado, tivesse sofrido uma operação. Alguma coisa que fazia parte dele lhe foi tirada. Há algo que estava lá e não está mais.

Em vez de pensar na cicatriz, o Prof. Braunfels pensa em sua pesquisa. Os pulôveres estão puídos e ele está cansado. O inverno não chega e os mosquitos o atormentam. Também as inversões térmicas e o vento noroeste o atormentam. A certa altura da vida, é preciso conformar-se. Em meio aos tormentos, o trabalho avança. As fichas se multiplicam, mas o Prof. Braunfels parece não saber mais o que fazer com elas. Quando ele pensa que encontrou um nexo e que pode, afinal, começar a redação do texto final do seu projeto de pesquisa, vêm novas fichas e, com elas, novas ideias. As novas ideias tomam o lugar das anteriores. Em vez de se somarem, elas combatem uma contra a outra. Uma quer depor a outra. Talvez ambas estejam erradas. Surge, então, uma terceira. Assim, os dias se somam e com eles também as semanas. O tempo passa. Junho está acabando e o frio ainda não começou. Em vez do frio, vieram os mosquitos. Em vez do primeiro capítulo do livro, novas fichas. Em vez de viajar para as florestas, o Prof. Braunfels permanece confinado à biblioteca. O mundo está em desordem e por meio do seu trabalho o Prof. Braunfels pensa estabelecer sua ordem. Ele não se sente em casa na biblioteca, mas o mundo que se estende para além das paredes de vidro da biblioteca e o mundo que se estende para além dos limites do seu bairro lhe parecem cada vez mais estranhos.

O Prof. Braunfels viaja para fora de São Paulo e é convidado a participar de bancas em universidades de localidades distantes, que lhe parecem estar fora do mapa, como Uberlândia e São José do Rio Preto. Quando ele deixa São Paulo, se sente aliviado porque escapa da redoma de fumaça e de fuligem. Quando ele volta a São Paulo, se sente aliviado porque tudo o que ele viu lá fora lhe parece irremediavelmente estranho e desconhecido. Ele entra em sua casa e observa os tapetes orientais que herdou de sua mãe e os móveis que herdou de sua mãe e os livros que estão na parede. Ele liga o aparelho de som e ouve a música de Mozart ou a música de Schubert. Sua casa e seu trabalho fazem para ele o papel de uma terra-mãe e de um lar nacional.

Quando o dia termina, ele contempla com satisfação o que escreveu. Observa as fichas que se acumulam e sente a felicidade de quem vive do trabalho das próprias mãos. Ele sabe onde começou sua pesquisa, mas não sabe onde ela terminará. Passam os dias e formam semanas e as semanas formam meses. Chega o fim de semana e o Prof. Braunfels interrompe seu trabalho. Ele se dirige à Cidade Universitária, mas, em vez de seguir para a biblioteca de História e Geografia, ele se dirige à piscina.

A piscina da Cidade Universitária fica a céu aberto e foi escavada na terra virgem. Quem nada ali pode contemplar o céu por todos os lados e também as árvores estão por todos os lados. O peso insuportável do passado não está ali e tampouco paira ali o cheiro corrosivo do cloro. Respira-se o ar livre e o ar livre suaviza a expressão do rosto do Prof. Braunfels. Às vezes, pode-se sentir no ar um hálito passageiro da resina dos pinheiros que foram plantados à volta da piscina da Cidade Universitária e às vezes pode-se encontrar boiando na água agulhas secas que se desprenderam dos pinheiros. Acaba o verão e a água da piscina se torna fresca. Acaba o outono e a água da piscina está gelada.

O hálito dos pinheiros e a água fria lembram o Prof. Braunfels de Konstanz. O Prof. Braunfels procura uma cadeira à sombra. Ele se senta e põe-se a ler a revista *Der Spiegel*, que, desde que se mudou para o Brasil há dezenove anos, ele compra, às sextas-feiras, na banca em frente ao Conjunto Nacional. Ele lê a revista com toda a calma e depois mergulha na piscina para nadar. Quando ele sai da piscina, se deita ao sol para aquecer seu corpo. Depois, ele continua a ler a revista ou conversa com aqueles dentre seus colegas que também se encontram ali.

Um desses colegas é o Prof. Andrea Lombardi, do Departamento de Italiano. O Prof. Andrea Lombardi é italiano, mas fala alemão correntemente. Eles conversam em alemão sobre este assunto e sobre aquele assunto e, às vezes, almoçam juntos. Chega a tarde e o Prof. Braunfels volta para seu apartamento na Rua Manduri, para descansar do sol e da água fria. O *campus* está deserto e o ônibus demora muito. Enquanto espera pelo ônibus, o Prof. Braunfels ouve os grilos que vivem no matagal do Instituto Butantan e ouve vários tipos de aves. Ouve, também, as cigarras que se escondem ali. Mesmo terminado o verão, elas continuam a cantar com o mesmo ânimo.

Quando chegou ao Brasil, há dezenove anos, o Prof. Braunfels achava graça nessas cigarras brasileiras que cantam o ano inteiro. É como se, o verão durando para sempre, ninguém precisasse se preocupar com o amanhã, para não falar no depois de amanhã. A vida nos trópicos lhe parece um presente inesgotável. O fato de que, no Brasil, as cigarras cantam o ano inteiro ajuda o Prof. Braunfels a dormir melhor. Na Alemanha, o inverno é uma matilha de lobos esfomeados. Esses animais não existem aqui. As bananeiras dão frutas o ano inteiro. Não é preciso se preocupar. Curiosamente, os brasileiros, para a grande surpresa do Prof. Braunfels, acreditam que a Europa, de um modo geral, e a Alemanha, em particular, são os lugares do mundo onde as pessoas menos têm razões para se preocuparem com suas existências e com suas sobrevivências porque tudo o que não foi dado por Deus àquela parte do mundo foi conquistado pela ciência e é garantido pelo Estado.

Ninguém parece se lembrar do fato de que, no fim do século XIX, dezenas de milhares de pessoas deixaram a Alemanha para fugir da fome e se instalaram em Santa Catarina e em outros lugares. O Prof. Braunfels se pergunta o que vale mais: a civilização ou a natureza. Ele gosta de imaginar que, na Cidade Universitária e no Jardim Paulistano, a civilização e a natureza se encontram. Para pensar assim, é preciso fechar os olhos para muita coisa e às vezes é preciso também fechar o nariz. Por exemplo, quando ele atravessa o Rio Pinheiros e observa a substância marrom, viscosa e malcheirosa que se arrasta baixo da ponte. Por exemplo, quando ele observa um pouco mais de perto os personagens que frequentam os ônibus. Por exemplo, quando ele respira. Em momentos assim, ele se assusta porque sente que foi privado da civilização e que foi privado, igualmente, da natureza.

Ao sair da piscina da Cidade Universitária no sábado depois do almoço e ao ouvir os grilos, as aves e as cigarras que se ouve no matagal do Instituto Butantan, porém, o Prof. Braunfels não se sente assim. Ele respira aliviado e lhe parece que, afinal, tomou uma boa decisão ao se mudar para o Brasil. Chega a noite e o Prof. Braunfels ouve as notícias na Deutsche Welle pelo Grande Televisor, que está instalado num canto da sala do seu apartamento na Rua Manduri.

As notícias que a Deutsche Welle transmite a respeito do Brasil são raras, mas nunca são boas. As inundações, as epidemias de doenças como a dengue e a microcefalia e as desgraças da vida cotidiana nas favelas são a substância de base do austero cardápio de assuntos que, dizendo respeito ao Brasil, aparecem no noticiário alemão de tempos em tempos. Recentemente, os escândalos de corrupção têm ganhado cada vez mais espaço porque já superam tudo o que foi visto no país nesse setor de atividade – e tudo o que já foi visto no país nesse setor de atividade não é pouco.

A corrupção estando em toda a parte, o Prof. Braunfels organiza sua vida como se ela não existisse e continua a empenhar-se, o tempo todo, em viver honestamente e em agir honestamente. Ele está convicto do valor da honestidade e está convicto de que, cedo ou tarde, os que praticam crimes acabarão punidos. Passam os anos e o Prof. Braunfels não vê acontecer nada daquilo em que acredita. Ainda assim, ele não está disposto a abrir mão das suas convicções.

Ao contrário de outras pessoas, que são honestas às vezes e que outras vezes não são honestas, o Prof. Braunfels preza pela sua tranquilidade de consciência. Quando olha para si mesmo, por exemplo, ao barbear-se, de manhã, ele gosta do que vê porque seus olhos estão cristalinos.

Muitos dos colegas que caminham pelos corredores da faculdade têm os olhos turvos. O Prof. Braunfels vê aqueles olhos turvos e se pergunta se são causados por hábitos de vida inadequados, por ideias inadequadas ou por uma combinação de ideias inadequadas com hábitos inadequados.

Seja como for, com o passar do tempo, ele aprendeu a manter limpo seu olhar.

Já foi dito que os olhos são o espelho da alma.

Se isso é verdade, existe pureza na alma do Prof. Braunfels.

XXXVIII

Se o tempo está chuvoso, chega o sábado e o Prof. Braunfels apanha seu guarda-chuva e sua capa de chuva e se dirige à Casa Santa Luzia, na Alameda Lorena. Na Casa Santa Luzia encontram-se muitas coisas que ele não encontra em outros supermercados de São Paulo e um número razoável de coisas que se pode encontrar nos supermercados da Alemanha, por exemplo, certos tipos de queijos e certos tipos de chocolates que o Prof. Braunfels aprecia muito e também geleias importadas da Alemanha, que o Prof. Braunfels também aprecia muito, feitas de frutas que não existem no Brasil, e peixes defumados em conservas de óleo que são pescados no Mar Báltico e cujo sabor lembra o Prof. Braunfels das férias de verão que ele costumava passar junto aos seus avós na ilha dinamarquesa de Bornholm.

O Prof. Braunfels vai à Casa Santa Luzia e nas prateleiras estão à venda os retalhos da sua vida despedaçada: cerejas frescas, queijo suíço, mirtilos, marzipã envolto em chocolate amargo, meias-luas de amêndoas e baunilha. As estações do ano e os lugares se confundem na Babel das prateleiras da Casa Santa Luzia, onde rótulos em todas as línguas da civilização disputam sua atenção. O Prof. Braunfels é parcimonioso, mas em poucos minutos seu carrinho está bem cheio. Ele gostaria de desfazer o que o tempo e a distância fizeram. Isso não é possível. Mas o passado está ali, pronto para ser devorado pela sua boca, como num sonho.

O Prof. Braunfels vai à Casa Santa Luzia com o ônibus elétrico que sobe a Rua Augusta, mas para levar à sua casa tudo o que comprou ele precisa recorrer a um dos táxis que estão no ponto da Alameda Lorena. São várias sacolas de papel pardo, cheias até a boca. Elas contêm os cacos de um grande vaso partido. O Prof. Braunfels gostaria de reconstruir aquele vaso, colando todos os cacos, como num enorme quebra-cabeça. Porém, nem todas as peças do quebra-cabeça estão ali. Na verdade, há só umas poucas, e mesmo estas não se encaixam umas nas outras. Elas são como os cacos que os arqueólogos encontram debaixo da terra, em suas escavações. À falta de melhor alternativa, resta-lhe devorá-los.

O Prof. Braunfels prepara um jantar festivo e convida alguns dos seus colegas, dos quais ele gosta. Nem todos sabem do significado que têm para ele os peixes defumados do Mar Báltico, a manteiga dinamarquesa, o pão de centeio alemão, a torta de semente de papoula, as meias-luas de amêndoas e baunilha. Cada um desses sabores desperta no Prof. Braunfels noventa e nove emoções que não podem ser traduzidas em palavras. Durante os dias da semana, o Prof. Braunfels come o pão do estrangeiro: a comida que ele encontra na geladeira da sua casa e a comida que ele encontra nos restaurantes da Cidade Universitária alimentam seu corpo, mas aquilo que ele prepara com o que compra na Casa Santa Luzia é como a música de Mozart, que o faz sonhar.

Chega o domingo de manhã e o Prof. Braunfels liga o aparelho de som que está numa estante na sala. Ele escolhe um dos quase mil CDs que colecionou pacientemente, por anos, em todas as visitas que fez à Alemanha desde que se mudou para o Brasil – e essas visitas foram numerosas – e em todas as visitas que fez a uma loja da Avenida Rebouças que era chamada Laserland, onde uma ou outra das novidades do mercado fonográfico mundial, que eram comentadas em revistas como a *Gramophone*, *Le Monde de la musique* e também, às vezes, na brasileira *Bravo!*, chegavam com muitos meses de atraso, a preços exorbitantes. Também essas visitas foram numerosas.

Houve um tempo em que, para o Prof. Braunfels, entrar naquela loja, que ficava a quinze minutos de caminhada da sua casa, correspondia às suas ideias a respeito da ida ao Paraíso. Durante os dias da semana, os CDs juntam poeira na prateleira do Prof. Braunfels. Chega o domingo de manhã e a música jorra dos alto-falantes e o Prof. Braunfels imagina que não possa existir destino mais terrível do que a surdez. O Prof. Braunfels vem de uma família de músicos e ele tem o ouvido absoluto. Ele acompanha religiosamente os acontecimentos do mundo musical e se empenha em se manter atualizado. Ele sabe o que há de novo e não se esquece do antigo. Lê nas revistas as críticas das novas gravações e volta sempre aos registros consagrados que estão em sua discoteca.

Com esforço, ele reuniu aquela coleção de quase mil CDs. Chega o domingo e ele tira da prateleira este CD e aquele

CD. Ali estão armazenadas mais de mil horas do melhor da melhor música. Se ele ouvisse uma hora de música todos os dias, precisaria de três anos para ouvir tudo o que há em sua discoteca. Como ele não ouve música todos os dias, talvez nunca ouvirá todos os CDs que há em sua casa.

À época de sua chegada ao Brasil, o Prof. Braunfels conheceu o Sr. Joseph Twerski, cuja coleção de LPs tinha mais de dois mil títulos. Chegava o fim de semana e o Sr. Joseph Twerski convidava alguns amigos apreciadores de música erudita a sua casa, no Morumbi. Na sala espaçosa, com vista para o jardim, as luzes se apagavam e todos faziam silêncio para ouvir os discos escolhidos pelo Sr. Joseph Twerski. Para ouvir todos os discos de sua enorme coleção, o Sr. Joseph Twerski estabeleceu um ciclo trienal, que ele segue rigorosamente. Para cada dia do período em questão há um programa musical preestabelecido. Assim, a escuta de música fica impregnada pelo sentimento de dever.

Como o Prof. Braunfels se recusa a adotar procedimentos burocráticos como aquele e ouve música quando tem vontade de ouvir música, e não ouve quando não tem vontade, há em sua coleção CDs que foram comprados há sete e há onze anos que ainda permanecem no interior das suas embalagens de papel celofane originais, que nunca foram abertas. À época da euforia do mercado de CDs, quando o Prof. Braunfels chegava de suas viagens à Alemanha e de suas idas à loja Laserland da Avenida Rebouças com sacolas cheias de novos álbuns, as novidades se empilhavam sobre as novidades e assim muitas delas acabaram esquecidas antes mesmo de terem sido lembradas.

Eram novidades e agora são esquecimento.

Depois, o mercado de CDs desabou, como um grande boneco inflável perfurado por uma agulha. Muitos amigos do Prof. Braunfels, que ele conhecia da casa do Sr. Joseph Twerski, começaram a se desfazer das suas coleções e o Prof. Braunfels passou a receber caixas e caixas inteiras cheias de CDs de pessoas que morreram ou que se entediaram ou que mudaram de casa, dos quais, às vezes, ouve um e, às vezes, mais um.

Se acorda cedo no domingo e o tempo não está chuvoso, o Prof. Braunfels gosta de sair para uma caminhada matinal. O sol ainda está bem baixo e as ruas se enchem de sombras. As sombras se alongam sobre as calçadas e sobre o asfalto, como fragmentos da noite. As árvores e as casas iluminadas pela luz suave se transfiguram e emanam uma aura europeia. O ar está fresco, a umidade da noite permanece no ar e os pássaros cantam. A cidade está em silêncio. O Prof. Braunfels se alonga em sua caminhada matinal e alcança a estranha geografia do Jardim Europa. Por trás dos muros das casas enfileiradas nas ruas sombreadas por árvores antigas se escondem jardins cheios de plantas tropicais e de plantas exóticas, cujos perfumes impregnam o ar.

Ali no Jardim Europa a Polônia se encontra com a Suíça; Bucareste, Áustria e Alemanha estão numa encruzilhada e Luxemburgo se confronta com a Inglaterra. Outro dia, numa dessas caminhadas, quando passava pela esquina da Rua França com a Rua Holanda, o Prof. Braunfels se deparou com uma oferenda votiva de macumba. Esta não é uma visão incomum nas ruas dos bairros residenciais de São Paulo, que ficam desertas à noite e onde, mesmo durante o dia, pouca gente circula. Não é a primeira vez que o Prof. Braunfels se depara com um trabalho assim: numa tigela de barro estão arrumadas uma garrafa de pinga ou de espumante ordinário, velas vermelhas, um charuto, uma galinha morta. Desta vez, meio coberto por um pano vermelho, está um leitão morto. O focinho do leitão se ergue da beirada da tigela e aponta na direção da Rua Groenlândia e as patas do leitão foram decepadas. Os cascos fendidos apontam para a Rua Espanha e as vísceras do leitão estão expostas. Aqui está o intestino e lá está o fígado. O baço e os rins brilham sob a luz suave da manhã. Os pelos que cobrem a cabeça do leitão e o dorso do leitão são espessos, duros e castanhos. O Prof. Braunfels está acostumado a ver a carne de porco frita ou assada, mas o rosto do leitão que olha para a Rua Groenlândia é sinistro.

    Para matar um porco ou um leitão é preciso dar uma facada no seu coração. Nem sempre a primeira facada acerta o coração do animal, que grita muito alto e esperneia. Agora, o Prof. Braunfels imagina o leitão sendo esfaqueado de madrugada, na esquina da Rua França com a Rua Holanda. Os gritos do porquinho acordam a vizinhança. Ou, talvez, ele tenha sido embebedado com pinga. Ou lhe deram na cabeça com a chave de roda do automóvel. O Prof. Braunfels imagina um grupo de pessoas que vêm no meio da noite, de algum bairro da periferia, num carro escangalhado, trazendo o leitão e a tigela e a faca, as velas e a cachaça. Ele não sabe nada sobre macumba.

No largo de Pinheiros, perto da igreja, há uma loja que vende todo tipo de utensílio de umbanda, mas ele nunca entrou ali e não pretende entrar ali. Ele imagina o leitão gritando e esperneando à noite, no coração do Jardim Europa. Os guinchos do leitão despertam os cachorros de raça, que dormem nos casarões. Os latidos dos cachorros de raça despertam seus donos e os empregados domésticos dos seus donos. Luzes se acendem. Depois, o silêncio da madrugada se restabelece. Uma névoa acalma os animais e tudo volta ao normal. O leitão estando morto, até os guardas de rua voltam a cochilar. Chega a manhã e eles não viram nada e não sabem de nada. Os pelos grossos e compridos do leitão brilham ao sol e ninguém sabe como ele surgiu ali. Logo virão as moscas.

O Prof. Braunfels se afasta dali, mas uma sensação incômoda se instalou em seu peito. Ele segue pela Rua Holanda em direção à Rua Atenas, mas o tecido fino da manhã já foi rasgado. Da Rua Atenas ele passa para a Rua Portugal e segue até a Fundação Ema Klabin, na esquina da Avenida Europa. O Prof. Braunfels já ouviu falar de cabeças de porco, mas ele nunca tinha visto uma cabeça de porco no Jardim Europa. O Prof. Braunfels já sabe que cabeça de porco é o nome pelo qual são conhecidos os cortiços e as favelas. Na esquina da Rua Iraci com a Rua Hungria – que foi excluída do Jardim Europa, alguém deve saber por qual motivo, e se estende ao longo do Rio Pinheiros, entre a Ponte Cidade Jardim e a Ponte Eusébio Matoso – há um prédio de apartamentos. Esse prédio foi desocupado há alguns anos e, conforme foi escrito nos jornais, deveria ser transformado num prédio de escritórios. Depois de passar alguns anos abandonado, esse prédio foi invadido por pessoas que o transformaram numa cabeça de porco.

    O Prof. Braunfels não sabe quem são os novos moradores do seu bairro, mas quando ele avista o prédio em pandarecos não se alegra com o que vê. As vidraças estão quebradas e paredes de tijolos sem reboco aparecem nas varandas e nos buracos das janelas que foram arrancadas. O Prof. Braunfels pensa no leitão que foi morto à meia-noite na esquina da Rua Holanda com a Rua França e pensa nos moradores da cabeça de porco da Rua Hungria. Ele atravessa a Avenida Europa e segue pela Rua Áustria em direção à Avenida Faria Lima. A Avenida Europa corta o Jardim Europa em duas partes, como se fosse uma nova Cortina de Ferro. Mas não está claro para o Prof. Braunfels o que fica de um lado desta fronteira e o que fica do outro lado desta fronteira porque de um lado estão a Polônia, Bucareste e a Suíça e do outro lado estão a Bélgica, a Turquia e a Rússia.

    A Rússia e a Turquia não fazem parte da Europa, na opinião do Prof. Braunfels. São, quando muito, os subúrbios distantes do continente. Já a Hungria, que faz parte da Europa, não está no Jardim Europa, mas às margens do Rio Pinheiros. Toda essa geografia é muito confusa, e caminhar pelas ruas curvas do bairro que faz da Suécia e da Noruega vizinhas da Turquia, mas separadas da Dinamarca pela Cortina de Ferro, o deixa muito confuso. Principalmente quando, no meio do idílio de um passeio dominical, sob a luz suave da manhã, ele se depara com cabeças de porco assim, tanto na Rua Hungria quanto na Rua França e na Rua Holanda. Ele não entende isso.

Ao menos, a Rua Alemanha está dos dois lados dessa fronteira imaginária.

Ele se recolhe ao interior do seu apartamento e, depois de tomar o café da manhã com calma, ouve um CD de Schubert, sentado em sua poltrona. Ele ouve a "Sonata D. 960", interpretada por Rudolf Serkin. O pianista Rudolf Serkin nasceu em 1903 em Eger. Eger era uma cidade da Boêmia austro-húngara e é hoje uma cidade tcheca. Eger fica junto à fronteira alemã e está a ocidente de Viena, mas, quando Rudolf Serkin nasceu, Eger era vista, em Viena, como uma localidade oriental e distante. Terminada a guerra, em 1945, Eger ficou do lado oriental da Cortina de Ferro. Rudolf Serkin cresceu num lar de língua alemã, mas hoje os moradores de Eger falam tcheco. Em Eger, Rudolf Serkin e sua família eram vistos como judeus pelos cristãos e como alemães pelos tchecos. Em Viena, Rudolf Serkin era visto como tcheco e como judeu.

Depois de emigrar para os Estados Unidos, Rudolf Serkin passou a ser visto como o mais vienense dos pianistas do século XX, e como o representante de uma tradição que remonta ao próprio Schubert. Na opinião do Prof. Braunfels, ninguém compreende Schubert melhor do que Rudolf Serkin e nenhum compositor criou sonatas para piano que possam ser comparadas às de Schubert. O Prof. Braunfels vem de uma família musical. Seu tio-avô era o compositor Walter Braunfels, que compôs a ópera *Die Vögel*, baseada na comédia *As aves*, de Aristófanes. Ele ouve Schubert e ouve Rudolf Serkin e se esquece das cabeças de porco e se esquece do Rio Pinheiros. Ele se esquece até mesmo da praga de mosquitos. Ele ouve Schubert, e se lembra do seu tio-avô.

A história da família do Prof. Braunfels é quase tão confusa quanto a geografia do Jardim Europa. Walter Braunfels trabalhou na composição de *Die Vögel* durante seis anos e terminou sua obra em 1919. A ópera estreou em Munique no ano seguinte. Walter Braunfels era o filho mais novo de uma família de Frankfurt, que se interessava pelas artes. Seu pai era o jurista e crítico de literatura Ludwig Braunfels, que tinha se convertido do judaísmo para a fé evangélica. Sua mãe era Helene Spohr, sobrinha-neta do compositor Louis Spohr e amiga de Clara Schumann e Franz Liszt.

Depois do sucesso de sua ópera fantástica *A Princesa Brambilla*, Walter Braunfels passou a ser visto pela crítica como um representante inovador da nova música alemã. Durante a Primeira Guerra Mundial, Walter Braunfels serviu o exército alemão, tendo sido ferido no *front* em 1917. Depois de sua volta, converteu-se do protestantismo ao catolicismo. Em 1923, Hitler convidou Walter Braunfels a escrever um hino para o partido nazista, o que ele se recusou a fazer, indignado. A 2 de maio de 1933, por ser considerado meio judeu, suas obras foram proibidas na Alemanha. Em 1934 ele foi excluído da Academia das Artes e em 1938 da *Reichsmusikkammer*. Ainda assim, ele permaneceu na Alemanha e, terminada a guerra, foi convidado pelo então prefeito de Colônia, Konrad Adenauer, a recriar a Escola Superior de Música da cidade. Mas os músicos do tempo do nacional-socialismo, que permaneciam na escola, lhe causaram grandes dificuldades. Cinco anos mais tarde, ele se aposentou.

O Prof. Braunfels considera que há um parentesco entre a história de Walter Braunfels e a história de Rudolf Serkin porque Rudolf Serkin, sendo judeu, deixou a Alemanha em 1933. O Prof. Braunfels prefere as sonatas de Schubert às óperas do seu tio-avô e prefere as interpretações de Rudolf Serkin às de outros pianistas. Ele se levanta da sua poltrona, que fica num canto da sala, para ouvir mais uma vez o primeiro movimento da "Sonata D. 960" de Schubert. Ele aumenta um pouco o volume. O segundo movimento, Andantino, é nostálgico e melancólico demais e nem sempre o Prof. Braunfels aguenta ouvi-lo porque aquela música o lembra de coisas demais. Ele é corajoso e ouve, mais uma vez, o primeiro movimento, Allegro, da sonata, mas quando chegar o segundo movimento talvez ele tenha que desligar o aparelho.

Mais o mundo à sua volta lhe parece hostil, mais o Prof. Braunfels se sente aliviado no recolhimento do seu trabalho e no recolhimento das horas que pode passar ouvindo, por exemplo, a "Sonata D. 960" de Schubert interpretada por Rudolf Serkin. O noticiário político provoca nojo no Prof. Braunfels e ele prefere se abster de ler as notícias. Não sendo cidadão brasileiro, ele está livre de obrigações eleitorais. Ainda assim, ele não se sente desobrigado de acompanhar o noticiário político. As ameaças lhe parecem cada vez mais próximas: o cerco parece estar se fechando à sua volta e a barbárie lhe parece insinuar-se, de maneira cada vez mais evidente, sobre a ilha de civilização que, ao longo de dezenove anos, ele se empenhou em construir.

Ainda na semana passada, dois apartamentos no térreo do predinho contíguo ao seu foram pilhados enquanto seus moradores estavam fora, trabalhando. A notícia circula pelos predinhos da Rua Manduri e não há fim para os comentários. Os predinhos da Rua Manduri são os remanescentes de um outro Brasil, que nunca veio a ser. Conhecidos por abrigarem famílias simples no bairro humilde que existia junto à várzea do Rio Pinheiros, numa região que antes era habitada por lavadeiras, o bairro converteu-se em reduto de uma classe social remediada em meio ao furacão de preços de imóveis no Jardim Paulistano, e em objeto de desejo, estudo e trabalho dos assaltantes que, vindo de onde vêm a bordo de trens e de ônibus, juntamente com pessoas honradas que se dirigem, todos os dias, aos seus lugares de trabalho, desembarcam na estação Hebraica-Rebouças do trem ou na movimentada parada de ônibus do Shopping Eldorado e passam a rondar os imóveis do bairro em busca de oportunidades.

O Prof. Braunfels não sabe de onde vêm as multidões que marcham da estação de trens e não sabe de onde vêm as multidões que entopem a parada de ônibus diante do Shopping Eldorado. Ele conhece as imagens dos bairros periféricos de algumas reportagens que assistiu na Deutsche Welle e de fotografias que, ocasionalmente, aparecem estampadas nas páginas dos jornais, mas, assim como seus colegas e assim como seus vizinhos, ele está mais familiarizado com a geografia de outros lugares do mundo do que com a geografia dessas localidades.

O país onde vive o Prof. Braunfels não é o país onde vivem aquelas pessoas.

E, no entanto, é o mesmo país.

XXXIX

Enquanto isto, em seu apartamento em Pinheiros, a Profa. Tamar Peled está sentada diante da sua escrivaninha. Seus cabelos estão desgrenhados e sua cama desarrumada ainda está morna. O travesseiro está cheio de fios meio brancos e meio ruivos porque o cabelo da Profa. Tamar Peled cresceu desde que ela o tingiu pela última vez e porque, durante a noite, ela teve um sono agitado: ficou revirando a cabeça sobre o travesseiro. Sua cabeleira tingida de ruivo está se tornando mais rala. Os fios, que já tendem a cair, são arrancados pelos movimentos bruscos que ela faz com a cabeça durante a noite e o resultado disso é que a fronha amanhece cheia de cabelos meio ruivos e meio brancos que foram arrancados durante a noite. Esta não é uma visão atraente. Mesmo assim, ela larga os cabelos ali e sua cama está desarrumada.

A camisola da Profa. Tamar Peled está amassada. Quem entra no quarto dela e vê o que há ali pensa: "aqui houve uma briga, uma luta na qual cabelos foram arrancados". Mas, exceto a Profa. Tamar Peled e sua faxineira, não há ninguém que entre ali. A luta cujos sinais estão no quarto e no rosto da Profa. Tamar Peled é a luta que ela trava consigo mesma, um dia depois do outro. Ontem, para variar, ela não tomou a dose diária de Rivotril que os médicos lhe recomendam. Ela acorda e já está com os nervos à flor da pele. É domingo e a cidade descansa da grande agitação dos dias da semana.

O bairro de Pinheiros está silencioso e até a Rua Teodoro Sampaio está semideserta, iluminada pela luz suave de uma manhã de outono.

Um ônibus solitário sobe, em alta velocidade porque nos pontos ao longo da calçada não há ninguém e passageiros dentro do ônibus também quase não há. A Profa. Tamar está diante do seu computador de mesa. O brilho da tela fere seus olhos, ainda opacos de sono. Ela lança as palavras sobre a tela com movimentos nervosos dos dedos e volta a apagá-las. Escreve outras e as apaga também. Ao seu lado, sobre uma das muitas pilhas de livros, folhas e cadernos, está uma pasta transparente com as cópias do Boletim de Ocorrência de sua aluna, Eliana Buzaglio, e estão as cópias do diário de classe do Prof. Braunfels, no qual consta a assinatura de Eliana Buzaglio no espaço que corresponde à manhã que ela passou nas mãos dos sequestradores. Numa lata de lixo sobre a pia da cozinha estão os restos da pizza que a Profa. Tamar Peled comeu ontem.

Os cheiros do queijo, do presunto, dos tomates, das azeitonas, dos ovos e do orégano se espalharam pelo ar e atraíram vários insetos, que esvoaçam em volta da lata de lixo. Esta também não é uma visão agradável. Mas a Profa. Tamar não dá atenção a isso e também não se importa com isso. Ela também não pensa que, com sua denúncia, poderá prejudicar Eliana Buzaglio mais do que o Prof. Braunfels. Ela nem mesmo lavou o rosto. É preciso dizer que seus olhos estão cheios de remelas esverdeadas.

Ela quer escrever um novo ofício ao diretor da faculdade, mas não encontra as palavras certas. Ela se vira para um lado e se vira para o outro lado. Olha para a parede e observa a vista da janela. Olha para a tela do computador e olha para suas mãos no teclado. Os dorsos das suas mãos estão cheios de pintas marrons, que contrastam com a pele branca. Os médicos chamam essas pintas de manchas senis, mas para a doença da Profa. Tamar eles ainda não encontraram um nome. Por fim, ela recorre a um site da internet no qual há modelos de ofícios, despachos e requisições. Ela respira, aliviada. Logo mais o ofício estará pronto, mas ele só será analisado depois do fim do recesso acadêmico, isto é, em agosto.

À denúncia, a Profa. Tamar juntará as provas.

A faxineira virá só amanhã e, enquanto isso, a louça suja e os restos da pizza permanecem na sua cozinha e atraem mais insetos. Ela, então, ingere uma cápsula de Rivotril e volta para a cama. Quando ela se levanta de novo, já são onze horas da manhã. Ela tem olheiras fundas e a pele do seu rosto está flácida porque o remédio funciona como um golpe na cabeça. É como se ela fosse uma alegoria do desânimo. Ela terá que esperar até agosto para que o ofício seja analisado. Independentemente da denúncia de Anita Scheld e do resultado dessa denúncia, agora ela quer que o Prof. Braunfels seja punido.

Se alguém perguntasse à Profa. Tamar por que ela gostaria de ver o Prof. Braunfels punido, ela não seria capaz de responder. Não há, porém, ninguém que faça essa pergunta à Profa. Tamar e ela mesmo também não se pergunta a esse respeito. Quando ela tem vontade de comer um pedaço de pizza, come um pedaço de pizza. Quando ela tem vontade de tomar Rivotril, toma Rivotril. Quando ela tem vontade de denunciar, denuncia. Independentemente da denúncia de Anita Scheld e do resultado dessa denúncia, agora ela quer que o Prof. Braunfels seja punido. Isso desperta nela a vontade de viver.

O Prof. Braunfels ouve a sonata de Schubert e não pensa no caso de Anita Scheld. Menos ainda ele pensa na Profa. Tamar Peled. Ele gosta de dedicar os domingos a caminhar pelas ruas sombreadas e a ouvir música, mas, tendo visto o que viu hoje pela manhã, ele se sente intranquilo até agora.

À hora do almoço, ele se dirige ao restaurante vegetariano Goa, na Rua Cônego Eugênio Leite. Ali, às vezes, encontra colegas da universidade. Hoje, por exemplo: logo ao entrar, ele dá de cara com a Profa. Tamar Peled. De manhã, enquanto passeia pelo Jardim Europa, o Prof. Braunfels se depara com a cabeça de um porco e agora, ao entrar no restaurante vegetariano Goa, ele se depara com o rosto da Profa. Tamar Peled.

O leitão morto cujo focinho aponta em direção à Rua Groenlândia tem uma expressão serena e seus olhinhos de porco brilham ao sol. O rosto da Profa. Tamar Peled está perturbado e ela olha ansiosamente em direção à porta de entrada do restaurante, como se estivesse à espera da uma pessoa importante. Um dia ela come pizza com presunto e no outro dia ela vai ao restaurante vegetariano. Um dia ela toma seus remédios de tarja preta e no outro dia ela não os toma. O focinho do porco deixou o Prof. Braunfels chocado, mas quando ele avista a Profa. Tamar Peled, ele a cumprimenta de longe, educadamente, com um aceno, como se a estivesse vendo no corredor da faculdade, onde os professores costumam cumprimentar um ao outro dessa maneira.

O rosto perturbado da Profa. Tamar Peled não o perturba, mas a serenidade no rosto do leitão morto o incomoda até agora e ele não consegue esquecê-la. Um leitão morto nada pode contra o Prof. Braunfels e, no entanto, ele o incomoda, enquanto a Profa. Tamar Peled parece não incomodá-lo. Ele passa por ela e se dirige a uma mesa no canto do salão. Enquanto o garçom não vem, ele tira do bolso um caderninho e uma caneta e faz anotações. Há, no restaurante, outras pessoas que vão almoçar sozinhas. Elas digitam e digitam nos seus aparelhos celulares enquanto esperam pelo garçom.

O Prof. Braunfels faz anotações no seu caderninho porque se lembra de que, quando os exércitos de Antiochus Epiphanes ocuparam Jerusalém, o imperador dos selêucidas ordenou que fossem feitos sacrifícios de porcos no templo. Não está claro para o Prof. Braunfels que importância isso possa ter para sua pesquisa, mas ele prefere se voltar para seu caderno a ter que olhar à sua volta e a ter que trocar olhares com a Profa. Tamar Peled. Os olhos da Profa. Tamar Peled têm um brilho verde-escuro que lembra o Prof. Braunfels do fundo das garrafas verdes de água mineral Pilar que havia em São Paulo à época da sua imigração.

A água Pilar era engarrafada em Ribeirão Pires, no alto da Serra do Mar. Ao ler as informações que constam do rótulo da água Pilar, o Prof. Braunfels imaginava uma nascente de água fresca jorrando no coração da Mata Atlântica e a pureza desse lugar estava contida naquela garrafa de vidro verde-escura. O que se adivinha por trás dos olhos da Profa. Tamar Peled, porém, era só confusão – uma desordem que, mesmo vista de longe, não é agradável.

Assim, o Prof. Braunfels evita olhar para ela e, se olha para ela, evita tentar adivinhar o que está por trás daquele olhar.

O que está ali não é a pureza de uma fonte no meio da floresta e o que ele enxerga ali está além do âmbito do que ele considera a civilização.

Por esse motivo, fica melhor se for ignorado.

O Prof. Braunfels tornou-se mais condescendente com o passar do tempo, mas ele não vê ali nada que lhe pareça exemplar.

XL

O domingo à tarde às vezes deixa o Prof. Braunfels entediado e às vezes deixa o Prof. Braunfels deprimido. Chega o domingo à tarde e muitos dos vizinhos do Prof. Braunfels se sentam em seus sofás e em suas poltronas, bebem cerveja e assistem ao demorado jogo de futebol na televisão, que se estende enquanto a tarde se derrama. A tarde se arrasta. Os jogadores chutam a bola e o locutor tenta apressar a tarde. O Prof. Braunfels tem ojeriza a jogos de futebol na televisão. Ele tenta se dedicar ao seu trabalho, mas o sono o atrapalha e os rojões que seus vizinhos soltam a cada tanto não o deixam descansar. O *campus* da universidade está deserto, os ônibus não circulam ali e a biblioteca está fechada. Durante a tarde de domingo, fantasmas que passam os dias da semana se escondendo parecem sair dos seus cantos. Uma máscara de alegria se impõe sobre o rosto dos seus vizinhos como num dia de Carnaval. As cinzas nas churrasqueiras do bairro ainda estão quentes e emanam um cheiro de gordura queimada e de carne torrada que enlouquece as moscas. Afogado pelos excessos, o bairro inteiro mergulha numa modorra. Tudo o que o Prof. Braunfels gosta de imaginar sobre o seu bairro choca-se, numa tarde assim, com o que ele ouve, vê e sente. O cheiro e o barulho espantam o Prof. Braunfels da sua própria casa: ele se sente como se estivesse descendo os degraus do exílio enquanto segue pela escadaria em direção à calçada da Rua Manduri.

Numa tarde assim, o Prof. Braunfels gostaria de fazer uma caminhada por um caminho bonito e sombreado e então contemplar a vista tranquila de um mirante. Ele pensa em ir de carro até o Parque Alfredo Volpi, no Morumbi. Em vez disso, vai ao Shopping Eldorado.

O mito do Eldorado trouxe os colonizadores espanhóis para a América do Sul. Eles imaginavam que o Eldorado fosse uma cidade no coração da Amazônia, toda construída de ouro. Ao fim, não a encontraram na Amazônia.

Os palácios de marfim dos livros dos salmos não tendo sido encontrados no interior da Amazônia, a família Veríssimo construiu junto à ponte Eusébio Matoso um shopping center que estava destinado a superar em luxo, em tamanho e em variedade o Shopping Iguatemi, que ficava ali perto, na Rua Iguatemi, que logo seria transformada em avenida e receberia o nome de Faria Lima, em homenagem ao prefeito que, durante o regime militar, governou a cidade e reformou a cidade sob a égide de uma rosa e de uma pá de pedreiro.

O Prof. Braunfels sendo historiador, cabe-lhe saber o que se encontra por trás dos nomes dos edifícios que são marcos no bairro. Por exemplo: o Shopping Eldorado, onde, nos anos 1980, funcionava uma loja de departamentos concebida para ser uma versão brasileira das grandes lojas de departamentos norte-americanas, evidentemente guardadas as devidas proporções.

Aos dois andares de estacionamentos subterrâneos do Shopping Eldorado somaram-se, quinze ou vinte anos depois da sua inauguração, cinco andares de estacionamentos suspensos, ao longo da Rua Ibiapinópolis, que ocupam o quarteirão inteiro, da Avenida Eusébio Matoso até a Avenida Rebouças.

Onde antes havia um enorme terreno baldio cheio de mamonas espinhosas, de frutas venenosas, cujas folhas segmentadas eram acariciadas pelas nuvens de óleo diesel mal queimado que emanavam diretamente dos ônibus e dos caminhões que trafegavam pela Avenida Eusébio Matoso, mamonas que evocavam a agressividade do semiárido e a alma da gente acostumada à secura, ao sol de rachar pedras, ao temperamento indócil do xique-xique, agora impera o imenso armazém de carros.

Há, entre os colegas do Prof. Braunfels na universidade, muitos que olham para o mundo à sua volta e nele enxergam ilustrações das teorias políticas de Marx. O mundo é, para eles, como uma ilustração das ideias que Karl Marx e Friedrich Engels desenvolveram em seus tratados. Eles veem o ônibus cheio de gente que sobe a Rua Teodoro Sampaio e enxergam a luta de classes. Olham para os mendigos que abordam os transeuntes em pontos estratégicos da calçada em volta da parada de ônibus do Shopping Eldorado e enxergam o exército industrial de reserva. Contemplam o olhar vazio dos cobradores de ônibus e descobrem a alienação. Esses mesmos colegas comandam monitores e doutorandos, que realizam para eles tarefas da vida acadêmica que lhes parecem estar abaixo das suas dignidades. Por exemplo: partir à caça de artigos acadêmicos sobre temas que dizem respeito aos projetos de pesquisa desses docentes, em sites da internet como o Jstor e o Muse, imprimir esses artigos, colocá-los dentro de pastas transparentes. Por exemplo: preencher os formulários que devem ser colocados nos diferentes tipos de relatórios que devem ser apresentados periodicamente às diferentes instâncias e aos diferentes órgãos responsáveis pela supervisão das atividades acadêmicas nas esferas da administração pública federal e estadual. Por exemplo: levar e trazer documentos que precisem ser assinados pelo Prof. Sérgio e pela Profa. Bernadete, por Regina, da secretaria, e por Rosana, da Comissão de Pesquisa, por André, da Pró-Reitoria de Pesquisa, e por Maria Aparecida, que chefia a Câmara de Normas e Recursos.

Os diferentes funcionários ocupam postos da hierarquia universitária, e os diferentes postos da hierarquia universitária possuem cada qual sua dignidade, o *je ne sais quoi* dos títulos nobiliárquicos hereditários. São esses cargos que conferem aos seus ocupantes remanescentes de poderes sacramentados pelas solenidades da vida acadêmica. Quem os conhece entra em contato com determinados princípios essenciais, com certas forças cuja atuação determina o andamento da vida acadêmica.

Há, entre os colegas do Prof. Braunfels, muitos que atribuem ao complexo de instâncias da administração acadêmica um estatuto sagrado. Os cargos da administração estão revestidos de uma aura peculiar, que pode ser vista, por olhos treinados, nas salas e nos escritórios daqueles que os ocupam. Ao mandarem seus doutorandos e seus monitores percorrerem lugares assim, em busca de assinaturas e em busca de carimbos, alguns dos colegas do Prof. Braunfels entendem que os estão iniciando nos mistérios da vida acadêmica e que, portanto, os estão beneficiando.

Um conceito como o conceito de proletariado acadêmico parece não fazer sentido para esses colegas do Prof. Braunfels porque eles não veem nenhum tipo de correspondência entre o que se passa no mundo da economia capitalista e o que se passa no universo acadêmico. Há outros, porém, que veem no funcionamento da vida acadêmica correspondências evidentes com o capitalismo e que fazem analogias de todos os tipos. A produção acadêmica de determinado docente, que se soma, ao longo dos anos, na forma de livros e de artigos, corresponde à acumulação primitiva. Os títulos, por meio dos quais é possível galgar os diferentes degraus da hierarquia acadêmica, são formas do capital, que tende sempre à expansão.

O Prof. Braunfels não está entre os que atribuem à burocracia universitária um caráter sacrossanto e tampouco está entre os que a veem como mais uma manifestação condenável do capitalismo. Ele chega à Cidade Universitária e encontra ali um oásis. À entrada da Cidade Universitária há uma avenida larga e o canteiro central dessa avenida também é largo. Ao longo do canteiro central e também dos lados da avenida estão as tipuanas antigas, que enchem aquele caminho de sombra. Ao avistar aquela sombra, o Prof. Braunfels respira aliviado. Ali está uma cidade inteira dedicada à cultura. Este é um pensamento que tranquiliza o coração do Prof. Braunfels porque ele vê a si mesmo como um homem de cultura.

Por isso, quando atravessa a avenida sombreada pelas árvores imensas, é como se estivesse chegando ao seu lugar. A Cidade Universitária faz parte da cidade e não faz parte da cidade. O espírito que está presente ali é diferente do espírito que predomina em outros bairros da cidade, mas quem olha o mapa de São Paulo não tem dúvidas de que a Cidade Universitária se encontra encravada na cidade, e que ocupa uma parcela importante do bairro do Butantã.

O Prof. Braunfels caminha pela Cidade Universitária. Ao mesmo tempo, ele sente que está em São Paulo e sente que não está em São Paulo. Estar entre dois lugares significa não estar em lugar nenhum. O Prof. Braunfels tem uma predileção atávica por esses lugares que não são lugares. Por exemplo: os aeroportos. Quem está num aeroporto não está mais onde estava e ainda não está onde estará. Está suspenso, entre dois lugares, como se estivesse pairando um metro acima da superfície da Terra. Quem está num lugar assim precisa de palavras capazes de lhe explicar onde ele se encontra. Como as palavras que estão grafadas num grande totem, à entrada da Cidade Universitária, onde se lê: Universidade de São Paulo – *Campus* da Capital.

Não se trata de ilustrações de teorias sociais e não se trata de um empreendimento capitalista. Trata-se de uma universidade, e o Prof. Braunfels se sente agradecido por poder estar ali. Durante anos ele sonhou com um posto acadêmico e agora ele ocupa um posto acadêmico. Existem duas coisas terríveis: uma é não alcançar os sonhos e outra é alcançar os sonhos. O Prof. Braunfels se pergunta qual das duas é a mais terrível, mas não encontra resposta. Enquanto ele vê doutorandos e pós-doutorandos que sofrem os piores temores enquanto lutam para concluir seus projetos, o Prof. Braunfels pode regozijar-se com a segurança de um posto acadêmico. Seu projeto de pesquisa sobre a vida cotidiana dos escravos da Palestina sob domínio romano avança devagar. Ele insiste e persevera. As fichas se enchem com sua caligrafia miúda e seus fichários já estão abarrotados. Os meses se acumulam.

Se cada uma daquelas fichas fosse uma nota de cinquenta reais ou uma nota de cem reais, o Prof. Braunfels já teria acumulado uma quantia considerável de dinheiro. Enquanto outros se empenham em acumular riquezas, o Prof. Braunfels acumula conhecimentos. O conhecimento lhe parece superior à riqueza.

Quando ele deixa o *campus* da Cidade Universitária e chega à Avenida Faria Lima, ele observa os edifícios de escritórios cheios de pessoas apressadas. Aquele movimento lhe parece absurdo. Então, ele se lembra das bibliotecas universitárias e se lembra de seus propósitos e olha para tudo aquilo com indiferença e com serenidade.

Ele chega à Cidade Universitária e encontra facilmente seu lugar e ao sair da Cidade Universitária procura seu lugar pela cidade e não o encontra. O Prof. Braunfels anda pelas ruas do Jardim Paulistano e se sente como um estrangeiro ali. As casas do bairro têm muros altos que as fecham para a rua. É como se dessem as costas para a rua enquanto o que têm pela frente está cercado por mil segredos.

Manfred Herbst morava no bairro hierosolimita de Rehavia. O bairro de Rehavia tem ruas que parecem estreitas e são sombreadas por casuarinas. Os prédios de Rehavia têm dois andares e três andares e, no máximo, quatro andares. Quando Manfred Herbst vivia ali com sua família, o bairro inteiro, por assim dizer, era habitado por imigrantes vindos da Alemanha. Manfred Herbst saía à rua e conversava com seus vizinhos na mesma língua que tinha aprendido na casa do seu pai.

Vindo da Cidade Universitária, o Prof. Braunfels desce do ônibus na estação do Shopping Eldorado e penetra no seu bairro. Ele não encontra quase ninguém andando pelas calçadas porque seus vizinhos andam dentro de automóveis com vidros escuros em vez de andarem a pé. Quem anda pelas calçadas são empregados domésticos ou empregados dos escritórios que há na Rua Hungria, e que usam as ruas do bairro para estacionar seus automóveis. O Prof. Braunfels não conversa com os empregados domésticos e não conversa com os empregados dos escritórios porque não acha que tenha algo em comum com eles. Ele não conversa com seus vizinhos porque não os encontra, não sabe quem eles são, não os conhece. Ele não os conhece porque não fala com eles e não fala com eles porque não os conhece. Ele desce do ônibus em silêncio e, quando chega ao seu apartamento, vê que não trocou nenhuma palavra e nenhum olhar com ninguém. Ele vive ali, mas é como se vivesse em outro lugar. Parece-lhe que seus vizinhos se sentem da mesma forma que ele: isolados pelos muros altos das suas propriedades, eles pouco sabem sobre o que se passa do outro lado desses muros.

De manhã, o Prof. Braunfels vê os automóveis que saem de dentro das garagens dos seus vizinhos, mas os vizinhos ele não vê. Um tem um Peugeot branco e outro tem um Volkswagen azul, mas todos se escondem atrás do segredo dos vidros escuros e do enigma de placas com letras e números, que ninguém é capaz de decifrar. Eles se afastam dentro dos seus carros e o Prof. Braunfels não sabe quem eles são. As pessoas que vivem no seu bairro lhe parecem ter aversão às calçadas. A única exceção são os vizinhos que têm cachorros e às vezes são vistos com seus animais passeando pelas calçadas.

Às vezes passa pela cabeça do Prof. Braunfels que, se ele tivesse um cachorro, talvez pudesse conhecer pelo menos algum dos seus vizinhos. Ao contrário das pessoas, os cachorros, quando se avistam, imediatamente se põem a caminho um em direção do outro, em vez de se evitarem. Mas o Prof. Braunfels não se anima a comprar um cachorro porque um cachorro dá trabalho e um cachorro faz sujeira e um cachorro o desviaria dos seus propósitos e dos seus projetos. Se o Prof. Braunfels tivesse uma família, talvez ele também tivesse um cachorro. As coisas sendo como elas são, ele nem mesmo tem uma mulher e, menos ainda, uma família e um cachorro.

O Prof. Braunfels gostaria de se casar. Quando ele era mais jovem, não se casou porque a vida de um historiador da Antiguidade que não tem emprego fixo é muito precária e é muito instável. Agora que ele alcançou o posto de livre--docente na Universidade de São Paulo, ele sente que há estabilidade em sua vida, mas ele reluta em se casar porque aprecia muito sua tranquilidade e aprecia muito sua paz de espírito e teme que o casamento venha a perturbar sua paz de espírito e a acabar com sua tranquilidade, ou que atrapalhe e até mesmo ponha em risco seus projetos.

O Prof. Braunfels deseja escrever um livro que tenha uma estatura semelhante à do livro de Manfred Herbst, um livro que se torne, no mundo dos estudos sobre a Antiguidade, uma referência tão importante quanto o livro de Manfred Herbst. Manfred Herbst tinha uma família e Manfred Herbst viveu em tempos de adversidade e, no entanto, seu livro supera os livros de centenas e talvez de milhares de estudiosos da Antiguidade, do passado e do presente, que vivem cercados de confortos e de facilidades, que viajam pelo mundo de congresso em congresso e de conferência internacional em conferência internacional, e que desfrutam de temporadas sabáticas nas bibliotecas das melhores universidades do mundo, na Inglaterra e na Alemanha, nos Estados Unidos e na França, na Itália e no Egito, e escrevem artigos acadêmicos que entediam seus leitores e são lidos apenas por aqueles que, por questões profissionais e por questões de carreira, são obrigados a fazê-lo, e que o fazem sem prazer e sem deleite.

O Prof. Braunfels pensa em Manfred Herbst e pensa que as facilidades nem sempre favorecem a qualidade do trabalho. Quando ele pensa assim, as objeções que ele faz em silêncio à ideia de casamento lhe parecem ridículas. Ainda assim, ele reluta em se casar. Quando o domingo termina, o Prof. Braunfels se sente aliviado porque, aos domingos à tarde, a solidão se torna muito pesada para ele. Ele se deita cedo e, tão logo nasce a segunda-feira, ele já começa os preparativos para uma nova semana de trabalho.

Antes que comece o estrondo dos automóveis, o Jardim Paulistano se enche com o canto dos passarinhos. O Prof. Braunfels gosta da luz da manhã. Há um ditado alemão que diz: *"Morgenstunde hat Gold im Munde"*, que significa "a hora matinal tem ouro na boca". Esse ditado é a tradução literal do dito latino *"aurora habet aurum in ore"*. Há outros, porém, que dizem: *"Morgenstund hat Blei im Hintern"*, que significa "a hora matinal tem chumbo no traseiro". O Prof. Braunfels saboreia o ouro dessa hora e se empenha em fixá-lo. A maneira do Prof. Braunfels de fixar o ouro matinal é dedicar-se a seu trabalho. Ele pensa no livro de Manfred Herbst como um livro feito inteiramente do ouro da hora matinal.

Os vizinhos do Prof. Braunfels estão mergulhados nos seus sonhos. Eles ainda estão ocupados com a digestão do churrasco do domingo e com a digestão da pizza do domingo. Eles naufragam nos seus travesseiros e se afogam nos seus cobertores, como se o chumbo da hora matinal os impedisse de se levantar. O Prof. Braunfels já está desperto. Sobre sua escrivaninha, a luz está acesa e ele sorve uma xícara de chá preto. Assim começam o novo dia e a nova semana. Ele preenche suas fichas e revira os livros que estão empilhados na escrivaninha. Os pássaros cantam e o ar fresco entra pela janela aberta. Durante a noite, a umidade se levanta da terra e o vento leva para longe a poluição que se instala sobre a cidade. Chega a manhã e o ar está frio e até mesmo o perfume dos jasmins que crescem junto aos muros do bairro pode ser sentido no ar. Assim é o gosto dourado da hora matinal.

Os vizinhos do Prof. Braunfels roncam nas suas camas. Despertadores espreitam seu sono, mas o chumbo da hora matinal lhes parece invencível. Ainda assim, persianas e venezianas começam a se abrir e luzes começam a brilhar nas janelas. Aos poucos, o chumbo do dia vai ocupando o lugar do ouro da manhã. Os automóveis vêm pela Avenida Faria Lima e fazem a conversão na Rua Manduri. A rua estava vazia e agora todas as vagas de estacionamento já estão tomadas. A trepidação parece brotar do asfalto, que ainda agora estava coberto de orvalho e já está ressecado e quente. Os aviões despejam do céu seu zumbido penetrante e os helicópteros picotam o ar com suas pás e com suas hélices. O Prof. Braunfels deixa seu apartamento e se dirige, com sua pasta e com seus livros, à biblioteca de História e Geografia. Ele penetra na manhã de chumbo a bordo do ônibus Cidade Universitária.

Ele olha para os passageiros e seus rostos lhe parece cinzentos.

Ele olha pela janela e a paisagem da Avenida Eusébio Matoso lhe parece cinzenta.

O prédio do Shopping Eldorado está coberto de vidro cinza, mas, no seu interior, está uma cidade inteira, feita só de ouro.

XLI

A notícia da morte da Profa. Tamar Peled despencou como uma bigorna sobre a primeira segunda-feira do recesso acadêmico do meio do ano. Aparentemente passaram-se vários dias entre a morte da Profa. Tamar Peled e a descoberta da morte da Profa. Tamar Peled.

Na quinta-feira anterior, Estelita Figueiredo tinha estado no apartamento da Profa. Tamar Peled para arrumar sua escrivaninha e seus livros e, como costumavam fazer nessas quintas-feiras, as duas mulheres comeram o que comiam e beberam o que bebiam, isto é, comeram os gordurosos baurus da padaria do Sr. Mesquita e beberam o guaraná das latas geladas que a Profa. Tamar Peled costumava comprar no mesmo estabelecimento, como se sabe.

Quando o zelador do prédio, com a ajuda de um chaveiro cuja banca, na Rua Artur de Azevedo, tinha um telefone de emergência com atendimento vinte e quatro horas por dia, arrebentou a porta do apartamento, no domingo à noite, a Profa. Tamar Peled estava estatelada no sofá da sala e um enxame de moscas, algumas delas verdes, zumbiam. Havia moscas que voavam e havia moscas que caminhavam com suas patas sobre os olhos verdes arregalados da Profa. Tamar Peled, como se aqueles olhos fossem feitos de açúcar. Isso intrigou o zelador e assustou o chaveiro, mas um cheiro insuportável de carniça pairava no apartamento. Eles abriram as janelas da sala e saíram dali.

O cheiro, tendo escapado por baixo da porta, alertou os moradores do prédio, porque ninguém atendia a campainha, e quando começaram a sentir o cheiro no corredor os vizinhos já sabiam: aconteceu com a professora. O escritório da falecida estava impecavelmente arrumado. Ali estava a mão de Estelita Figueiredo. O que uma arrumou a outra não teve tempo de desarrumar. Da quinta-feira à noite até o domingo à noite passaram-se três dias e três noites. Do bauru da padaria do Sr. Mesquita até as pizzas de domingo, que foram estragadas pelo mau cheiro no sexto andar do prédio, pelo escarcéu dos vizinhos e pelas sirenes e pelas luzes azuis da polícia, muito embora não estivesse claro qual era a urgência, mas a polícia é a polícia, e pelas sirenes e pelas luzes vermelhas do rabecão do Instituto Médico Legal, que chegou só lá pela meia-noite porque a safra do fim de semana é sempre gorda, passaram-se setenta e duas horas.

A pizza do Sr. Raimundo foi para a geladeira, à espera de dias melhores. O Sr. Raimundo fazia reparos eventuais no apartamento da Profa. Tamar Peled e ele tinha o telefone de Estelita Figueiredo. Ela foi chamada e tardou a chegar, porque mora longe. Mais uma pizza que foi parar na geladeira.

Ao receber o telefonema do Sr. Raimundo, Estelita Figueiredo guardou sua pizza na geladeira, para que não se estragasse, mas quando o corpo da Profa. Tamar Peled chegou à geladeira do Instituto Médico Legal já estava estragado. Se não estivesse estragado, não teria chegado ali: não existe cheiro mais pavoroso do que o cheiro da carniça.

Havia, também, os restos da pizza que a Profa. Tamar Peled deixou na cozinha, que já estava estragada, com as moscas voando à sua volta: o cheiro de presunto estragado pairava no ar da cozinha.

Se a Profa. Tamar Peled comeu uma pizza no sábado à noite isso significa muitas coisas. Por exemplo: que ela estava viva no sábado à noite.

Quando o Prof. Braunfels ficou sabendo da morte da Profa. Tamar Peled, por meio de um comunicado enviado por correio eletrônico pela secretária do Departamento de Antropologia e retransmitido pelos diferentes departamentos a todos os docentes da faculdade, sua primeira reação foi de alívio, porque agora ele não teria mais que se ocupar com o caso de Anita Scheld, que estava automaticamente extinto. Ele se lembrou de que, na véspera, tinha avistado a Profa. Tamar Peled no restaurante vegetariano Goa, da Rua Cônego Eugênio Leite.

Uma pessoa almoça no restaurante vegetariano no domingo. Chega a noite e seu corpo está completamente podre. A mensagem que foi transmitida por correio eletrônico é escabrosa porque descreve as circunstâncias nas quais se deu a descoberta do corpo da Profa. Tamar Peled. O Prof. Braunfels lê a mensagem e pensa: "algo aqui não está em ordem".

Ele se ocupa de investigar a vida dos escravos da Palestina sob domínio romano e não os casos escabrosos da sua faculdade.

A cidade de São Paulo está cheia de casos escabrosos e, se os historiadores da Antiguidade forem examinar esses casos, quem irá se ocupar com os estudos sobre a Antiguidade? Para investigar casos assim existem os investigadores. Ainda assim, há alguma coisa que incomoda o Prof. Braunfels. Mas ele deixa isso de lado porque não quer se distrair dos seus propósitos.

É tudo muito simples: o Prof. Braunfels quer se dedicar à sua pesquisa e não quer se intrometer em assuntos que não dizem respeito à sua vocação porque ele não acredita que nenhum tipo de benefício possa derivar da sua interferência num assunto que está claramente fora da sua competência. Ele não se importava com a Profa. Tamar Peled quando ela estava viva e, portanto, não vê motivos para se importar com ela agora que ela está morta. Ainda que ele nunca tenha estudado anatomia, ele sabe que o corpo de uma pessoa que está viva à hora do almoço não pode estar podre ao anoitecer.

O Prof. Braunfels sabe que há alguma coisa errada nessa história, mas a perspectiva de desperdiçar tardes inteiras prestando depoimentos que depois serão anexados a processos que depois talvez não terão nenhuma consequência prática, pois é sabido que nada mais pode ser feito por uma pessoa que está morta e enterrada, lhe parece horrorosa e, ainda que alguma coisa pudesse ser feita pela Profa. Tamar Peled, o Prof. Braunfels não tem certeza de que se disporia a fazê-la.

Por isso, ele considera mais prudente guardar para si o que sabe, mesmo porque não existe nenhuma lei que o obrigue a compartilhar com ninguém, e muito menos com alguma autoridade policial, a informação de que, no dia em que foi dada como morta, a Profa. Tamar Peled foi vista almoçando no restaurante vegetariano Goa. Se há alguém que tem alguma obrigação nesse sentido, esse alguém é o dono do restaurante ou o garçom do restaurante que serviu o almoço à Profa. Tamar Peled.

O Prof. Braunfels sabe que uma notícia corriqueira como é a notícia da morte de uma pessoa solitária cujo corpo fica por dias apodrecendo num apartamento fechado não recebe a atenção da imprensa, não é publicada nos jornais e não é divulgada pela televisão, e que provavelmente nem o dono do restaurante vegetariano Goa nem os garçons do restaurante vegetariano Goa ficarão sabendo da morte da Profa. Tamar Peled. Por isso, ele não consegue se tranquilizar. Não conseguindo se tranquilizar, ele tem à sua frente suas fichas e seus livros. O tempo passa, mas seu trabalho não avança. As horas passam, mas a mão do Prof. Braunfels permanece imóvel.

O livro de Manfred Herbst sobre os costumes funerários no Império Bizantino é considerado pelos historiadores da Antiguidade como uma obra-prima. Há, nesse livro, um capítulo inteiro dedicado ao fenômeno das aparições dos mortos insepultos. As imagens dos mortos que não tinham sido sepultados eram vistas vagando por todos os lugares que tinham frequentado em vida: suas casas e a igreja, seus lugares de trabalho e as vielas do mercado, as cisternas e o porto. Para evitar essas assombrações que perturbavam os vivos e não permitiam aos mortos a paz, o imperador Constantino promulgou um édito determinando que os mortos, obrigatoriamente, seriam sepultados no mesmo dia dos seus óbitos se morressem de dia e imediatamente ao amanhecer se morressem à noite.

O Prof. Braunfels deixa de lado suas fichas e se lembra desse capítulo. Ele abre o livro de Manfred Herbst, que leva consigo a toda parte, como um talismã, e põe-se a reler o capítulo que fala sobre as aparições dos mortos insepultos. Ele lê uma página e lê cinco páginas e lê doze páginas. Ele termina o capítulo e está mais intrigado do que estava quando começou. O livro de Manfred Herbst fala a respeito do brilho que há nos olhos dessas aparições e ele revê o brilho dos olhos da Profa. Tamar Peled, que o lembrava das garrafas de água mineral Pilar.

O fenômeno das aparições dos mortos insepultos parece ao Prof. Braunfels muito mais interessante do que o caso da Profa. Tamar Peled – tanto o caso com Anita Scheld quanto, mais recentemente, o caso da morte da Profa. Tamar Peled.

Se o Prof. Braunfels não se interessa por investigações policiais, o assunto das visões e das aparições lhe interessa menos ainda. Num dia ele vê uma cabeça de porco em seu passeio matinal pelo Jardim Europa e, no dia seguinte, ele fica sabendo que a pessoa que viu na véspera, na hora do almoço, estava morta. As visões de um mundo às avessas não lhe interessam porque, sendo um homem da cultura e da civilização, o Prof. Braunfels não está interessado em se transformar num zumbi nem num pajé nem num xamã. A Europa há muito tempo baniu as bruxas, os fantasmas e as assombrações.

Tendo deixado a Europa, o Prof. Braunfels não pretende abandonar os paradigmas da sua cultura. Se existe alguma coisa que põe em xeque esses paradigmas, ele prefere deixá-la de lado.

Um homem não precisa compreender o mundo. Precisa, apenas, saber qual é seu lugar no mundo. O Prof. Braunfels dedicou anos de sua vida à sua formação como historiador da Antiguidade e dedicou anos de sua vida à sua carreira na Universidade de São Paulo. Sendo professor livre-docente, ele está há dezenove anos no Brasil. Ele sabe que o lugar que conquistou para si é o seu lugar no mundo. O Prof. Braunfels se orgulha do seu cargo e ele se orgulha do seu trabalho. Ele espera um dia poder se orgulhar do seu livro sobre os escravos na Palestina sob domínio romano. Quando anda pelo seu bairro, muitas vezes ele se depara com pessoas muito bem-vestidas. São os empregados dos grandes escritórios que há na Rua Hungria, que estacionam seus carros nas ruas do Jardim Paulistano. Ele olha para essas pessoas e tem a impressão de que elas detestam seus trabalhos. Pelo menos, elas estão bem-vestidas.

Ele caminha pelas calçadas da Avenida Faria Lima à hora do almoço e vê os funcionários dos escritórios que andam com seus crachás pendurados, como se estivessem etiquetados e dependurados dos cabides de uma loja de departamentos. Nessas etiquetas estão todas as informações necessárias. A etiqueta rege a maneira como eles se vestem e rege a maneira como eles se comportam. Todos usam calças bem passadas e camisas de colarinho. Há regras de etiqueta que são rigorosamente observadas: é como se essas regras estivessem impressas nos crachás.

Muitas coisas podem ser ditas a respeito do trabalho do Prof. Braunfels, mas ninguém duvida que ele faz seu trabalho com devoção. Ele se dedica à sua pesquisa e ele se dedica às suas aulas. Ele se mantém atualizado por meio de livros e de periódicos e supervisiona o trabalho dos seus alunos. Ele tem coisas a fazer que são mais importantes do que os mortos e mais importantes do que os fantasmas. Ainda que o livro de Manfred Herbst, que o Prof. Braunfels admira mais do que nenhum outro, trate de mortos e trate de fantasmas, esse não é um assunto que diz respeito à vida cotidiana do Prof. Braunfels, e sim à sua vida acadêmica.

A vida acadêmica deve ter precedência sobre a vida cotidiana. Uma deve servir à outra. No Império Romano havia uma festa que era celebrada no início do inverno. O nome dessa festa era Saturnália. Durante a celebração da Saturnália, os servos eram servidos pelos seus senhores. A estrutura da sociedade era posta abaixo: os membros das castas superiores ocupavam o lugar dos membros das castas inferiores e os membros das castas inferiores ocupavam o lugar dos membros das castas superiores.

A Saturnália coincidia com o ciclo dos cereais e era parte das celebrações ctônicas do calendário romano. Era a principal festa agrária do calendário romano, que comemorava a renovação e a purificação da natureza com a chegada do inverno. Tendo se transformado num carnaval *diem ac noctem*, a Saturnália era uma festa na qual os escravos tinham seu dia de liberdade e os homens livres tinham seu dia de escravos. Por esse motivo, esta é uma festa particularmente importante para a pesquisa do Prof. Braunfels. Em seu livro sobre a vida cotidiana dos escravos na Palestina sob domínio romano, é importante investigar o papel que essa festa desempenhava.

Recentemente o Prof. Daniel Sperber, da Universidade Bar Ilan de Tel-Aviv, publicou um artigo na revista *Oxford Journal of Archaeology*, cujo tema é a celebração da Saturnália na Palestina sob domínio romano. Saturno é, dos planetas do Sistema Solar, o mais distante da Terra que ainda pode ser contemplado a olho nu. Por isso, representa os limites do mundo que pode ser percebido pelos sentidos, o mundo físico, com suas limitações e distorções.

Ao inverter por um dia e por uma noite a estrutura da sociedade, a Saturnália aponta para o que está além do mundo palpável. Para investigar o assunto discutido em seu artigo, o Prof. Daniel Sperber recorre a fontes talmúdicas, com as quais o Prof. Braunfels não está familiarizado. Seja como for, a Saturnália representa a inversão da ordem social e a inversão da ordem do mundo. O Prof. Braunfels escreve sobre a Saturnália, porém ele não deseja ofender a ordem da sociedade. Por isso, em vez de se preocupar com o caso da Profa. Tamar Peled, ele se dedica à sua própria pesquisa. Se conhecesse bem o aramaico, o Prof. Braunfels poderia, ele mesmo, recorrer ao Talmude. Ao investigar o Talmude, ele encontraria muitas referências à vida cotidiana dos escravos na Palestina sob domínio romano. Como não conhece o aramaico, o Prof. Braunfels recorre a livros e artigos. Por exemplo: o artigo do Prof. Daniel Sperber.

O desconhecimento do aramaico é uma falha na formação do Prof. Braunfels. Quando ele era estudante na Alemanha, o aramaico não tinha prestígio nas universidades. Sendo a língua do Talmude, era negligenciado pelos grandes expoentes dos estudos sobre a Antiguidade, que privilegiavam o grego e o latim em detrimento de outras línguas do mundo antigo. Felizmente, para o Prof. Braunfels, há estudiosos como o Prof. Daniel Sperber, que publicam em inglês seus livros e seus artigos baseados em fontes talmúdicas.

Ainda que não tenha estudado aramaico em sua juventude, o Prof. Braunfels se empenha em rematar as falhas da sua formação. Como ele faz isso? Estudando aramaico por conta própria, e em segredo. No Departamento de História Antiga da Universidade de São Paulo não há ninguém que conheça o aramaico e o Prof. Braunfels não comenta com nenhum dos seus colegas a respeito dos seus estudos da língua do Talmude. Ele usa um método norte-americano chamado *Beginner's Aramaic* e usa a gramática de Weingreen, mas ele nunca leva consigo, seja para a biblioteca da faculdade, seja para seu gabinete na faculdade, seus livros de aramaico e seus cadernos de exercícios de aramaico.

Ele não quer que seus colegas saibam que, na sua idade, ele está tentando aprender uma nova língua e, menos ainda, quer que saibam que, por meio dessa língua, ele deseja ter acesso ao texto do Talmude. No mundo acadêmico, no qual adquiriu sua formação, o Talmude é considerado um livro obscuro e incompreensível. E, no entanto, artigos como o do Prof. Daniel Sperber deixam claro que o Talmude é um livro importante para a história espiritual do Ocidente. O Talmude, tendo sido combatido durante séculos e séculos pelas igrejas na Alemanha e além das fronteiras da Alemanha, acabou banido das universidades alemãs nas décadas que antecederam o nascimento do Prof. Braunfels.

O artigo do Prof. Daniel Sperber aborda, entre outros temas, a situação dos semiescravos ou meio-escravos na Palestina sob domínio romano. Quem é meio-escravo? Meio-escravo, segundo a escola de Shamai, é alguém que, tendo sido escravo, foi destinado, por herança, a dois senhores, metade para cada um, e um dos novos senhores optou por libertá-lo. Legalmente, ele se encontra numa situação impossível. Ele não é um escravo e ele não é uma pessoa livre. Do ponto de vista legal, o meio-escravo está numa terra de ninguém. Ele se encontra entre dois mundos: um dia ele trabalha para seu senhor. Chega o dia seguinte, ele trabalha para si, ou não trabalha. Chega o dia da Saturnália e não lhe cabe servir e tampouco lhe cabe ser servido. Essa situação intrigante é discutida no artigo do Prof. Daniel Sperber, ao qual o Prof. Braunfels se refere em sua pesquisa.

O Prof. Braunfels se interessa pela situação do meio-escravo ou do semiescravo, que não é uma coisa nem tampouco é outra coisa. Em alemão se diz: *"Weder Fleisch noch Fisch"*. Isso significa: "Nem carne, nem peixe". Chega a tarde e o Prof. Braunfels se fecha no escritório, em sua casa, e se põe a estudar aramaico. Durante o outono, o sol da tarde entra pela janela do escritório do Prof. Braunfels. Ele fecha a persiana e uma penumbra se faz no escritório. Ele se lembra das janelas pequenas do apartamento de Manfred Herbst, em Jerusalém, no predinho que foi concebido por um arquiteto refugiado da Alemanha. O propósito dessas janelas pequenas é deixar de fora a luz dura e implacável do Oriente, criando no interior do apartamento uma bonita penumbra centro-europeia, reminiscente de salas de trabalho cujas janelas se abrem para pátios internos, sob um céu permanentemente carregado de nuvens escuras. Pelas frestas da persiana, entra uma luz amarela e cortante, que se projeta sobre as páginas de *Beginner's Aramaic*.

Quem observa o Prof. Braunfels assim pensa que ele está se debruçando sobre algum livro proibido. Não há, porém, ninguém que o observe. Se alguém soubesse que ele está estudando aramaico, pensaria que ele pretende estudar o Talmude.

Na opinião do Prof. Braunfels, o Talmude diz respeito a uma sociedade do passado. Sendo cidadão de um Estado moderno, o Prof. Braunfels está interessado nas leis desse Estado. O Prof. Braunfels é cidadão alemão. No entanto, há dezenove anos que ele vive no Brasil. As leis da Alemanha não se aplicam no Brasil, que tem suas próprias leis, das quais nem todas são rigorosamente aplicadas. Algumas sendo aplicadas, há outras que permanecem como letra morta. O ditador Getúlio Vargas se tornou famoso por muitos motivos. Um desses motivos: os provérbios que ele criou. Dois desses provérbios: "A lei, ora a lei" e "Para os amigos, tudo. Para os inimigos, a lei".

O Prof. Braunfels não tem muitos amigos e não conhece muito bem as leis brasileiras. Ele não sabe, por exemplo, se existe ou se não existe uma lei que o obrigue a declarar às autoridades o que ele sabe sobre o caso da Profa. Tamar Peled, nem sabe que autoridades poderiam ser essas. Quando o pai do Prof. Braunfels vivia na Alemanha, houve uma época em que ele foi privado de sua cidadania alemã.

Embora tivesse sido batizado na fé evangélica e fosse casado com uma mulher evangélica, ele foi considerado um "mestiço" enquanto vigiam as leis raciais na Alemanha. Isso porque o avô paterno do Prof. Braunfels era judeu e sua avó paterna era alemã. Sendo mestiço, o pai do Prof. Braunfels não era judeu e não era ariano. Por não ser ariano, foi privado de sua cidadania alemã, muito embora não fosse considerado judeu segundo as leis religiosas, já que não era filho de mãe judia. No entanto, por ser casado com uma mulher que era considerada ariana, a Dra. Inge Braunfels, a mãe do Prof. Braunfels, ele teve sua vida preservada.

O Prof. Braunfels é alemão segundo as leis alemãs, mas ele não mora na Alemanha. Segundo as leis judaicas, ele não é judeu. Ainda assim, ele estuda aramaico e lê o Talmude. Ele não lê o Talmude em busca de sabedoria e não o faz em busca de leis por meio das quais possa governar sua vida, mas o faz em busca de conhecimento sobre a vida cotidiana dos escravos da Palestina sob domínio romano. Ainda assim, ele cerca seu estudo por novecentos e noventa e nove segredos, como se quisesse esconder do mundo que está estudando o Talmude, ou como se temesse que os segredos contidos nesse livro de livros pudessem chegar aos olhos de pessoas indevidas.

O Prof. Braunfels revira as páginas dos volumes do Talmude em busca de ocorrências da palavra *ahbed* e da palavra *abdah* indicadas na concordância *Thesaurus Talmudis* de Chayim Yehoshua Kasovski e então recorre à tradução alemã do Talmude que foi feita por Lazarus Goldschmidt e publicada pela primeira vez na Alemanha entre 1929 e 1936.

O Prof. Braunfels revira as páginas do Talmude, mas se alguém dissesse que ele gosta do que encontra ali, não estaria dizendo a verdade. Ele investiga as passagens e encontra palavras em várias línguas orientais e também passagens em grego e em latim. Ele as lê e as traduz e se sente como se estivesse revirando um baú enorme e desarrumado, cheio de coisas que não lhe pertencem, de objetos usados que ele não conhece, e que estão amontoados, em desordem. Essa desordem o incomoda.

O Prof. Braunfels gosta de textos que são como a boa música, que fluem com graça e com naturalidade, como o voo de um pássaro. O que ele encontra ali está cheio de interrupções e de tropeços. A pontuação não é clara. A língua não é uniforme. Os textos têm um caráter fragmentado e neles se passa de uma língua a outra língua. Uma cacofonia de opiniões, ideias e figuras de linguagem lembra o Prof. Braunfels do burburinho de um mercado oriental, onde cada qual alardeia o que tem em mãos e ninguém tem a palavra final. O Prof. Braunfels aprecia a ordem e detesta a desordem. Ele gosta do silêncio e o clamor de muitas vozes o incomoda. Ele se sente como se estivesse percorrendo as vielas estreitas de um interminável mercado de pulgas, cheio de todo tipo de objetos disparatados, cuja utilidade permanece oculta aos seus olhos.

O Prof. Braunfels preferiria não ter que penetrar nesse emaranhado de línguas, opiniões, leis e comentários. Ele gostaria de poder fundamentar sua pesquisa somente em textos claros, formalmente bem organizados, escritos de maneira serena, como, por exemplo, os textos de Flavius Josephus. As páginas do Talmude, na opinião do Prof.

Braunfels, falam de um estado de agitação mental permanente. O Prof. Braunfels aprecia a serenidade e não vê com bons olhos a agitação. Na sua opinião, uma mente agitada é como um lago agitado. A água fica turva e é impossível ver o que há dentro dela. Num lado tranquilo, a água se torna cristalina. O que é pesado se precipita e a água fica livre de impurezas. Com a escrita também acontece assim. O Prof. Braunfels aprecia as obras clássicas, construídas com harmonia e com equilíbrio, bem-proporcionadas e solidamente estruturadas.

O Talmude lhe parece um depósito desordenado de fragmentos. Em meio a esses fragmentos estão os tijolos com os quais ele vai edificar seu livro. Ele precisa encontrar os tijolos que lhe servem, deixando de lado os que não lhe convêm. O amontoado parece ter sido determinado pelo acaso e ele o revira e revira à procura de alguma coisa que lhe possa servir. Ele encontra alguma coisa e a examina de perto, por todos os lados. Se a passagem lhe serve, ele apanha uma nova ficha e faz anotações. Ele escreve e, enquanto escreve, já vê onde esse trecho se encaixa em sua argumentação.

O livro de Manfred Herbst argumenta com elegância, expõe seus argumentos com clareza e traz as referências de maneira harmônica e convincente. O Prof. Braunfels gostaria que essas mesmas características distinguissem o seu livro. Como fazer isso a partir das contradições irritantes que ele encontra em sua fonte de pesquisas?

O Prof. Braunfels investiga os tratados talmúdicos sobre o tema dos escravos e encontra um emaranhado de contradições. Ele anota a opinião deste rabino e anota a opinião daquele rabino, mas não consegue chegar a muitas conclusões. Ele guarda nos lugares convenientes dos seus fichários as fichas preenchidas e confia que, mais tarde, encontrará a voz por meio da qual essas contradições poderão ser explicadas com clareza.

Chega a noite e o Prof. Braunfels fecha os pesados volumes e fecha o livro *Beginner's Aramaic*. Ele sai para uma caminhada pelo seu bairro. As ruas estão cheias de automóveis e não há mais nenhum rastro do ouro da manhã nem do frescor da manhã, mas o chumbo do dia impregna o ar. Ele procura um canto silencioso na praça que há na esquina da Rua Manduri com a Rua Ibiapinópolis. As luzes de mercúrio alongam as sombras das árvores enormes. Da penumbra, o cheiro de maconha se espalha pela noite. O barulho dos automóveis está um pouco mais distante, mas não para. A cada dois ou três minutos um avião sobrevoa o bairro a caminho do aeroporto de Congonhas. Um helicóptero se aproxima da torre do Banco Itaú com grande estardalhaço. Fachos de luz cruzam o céu da noite.

Mais um dia se vai. Cada dia é um dia a menos. Ultimamente, esse pensamento persegue o Prof. Braunfels. Às vezes, ele tem medo de não conseguir terminar a escrita do seu livro. De uma hora para outra, as pessoas adoecem e morrem. Por exemplo: a Profa. Tamar Peled. Agora que terminou o trabalho do seu dia, o pensamento do Prof. Braunfels se volta, como que por gravidade, para seu encontro com a Profa. Tamar Peled no restaurante vegetariano Goa. Se é verdade que ele a viu, ela não estava morta havia dias quando a encontraram no seu apartamento. Se não é verdade que ele a viu, então quem é a mulher que ele viu no restaurante e com quem trocou acenos? Na quarta-feira de manhã o Prof. Braunfels se dirige ao Departamento de História Antiga porque, durante o café na sala dos professores, ouviu do Prof. Robério que D. Estelita Figueiredo está acompanhando as investigações sobre a morte da Profa. Tamar Peled. O Prof. Braunfels entra na sala do Departamento de História Antiga e fica sabendo de D. Estelita Figueiredo que o laudo emitido pelo Instituto Médico Legal aponta como *causa mortis* um infarto do miocárdio e que o mesmo laudo estima que o óbito tenha ocorrido na noite de quinta-feira para sexta-feira. O Prof. Braunfels ouve essa informação de D. Estelita Figueiredo, mas ele preferiria não ter ouvido nada. Ainda assim, ele foi ao Departamento de História Antiga especialmente para se informar sobre o laudo do Instituto Médico Legal. Um homem ouve uma coisa e já não pode mais apagá-la da sua memória. As palavras que foram ditas já não retornam e as palavras que foram ouvidas já não saem dos ouvidos. Ele preferiria não ter ouvido o que ouviu, mas quando se arrepende de ter ido conversar com D. Estelita Figueiredo, já é tarde. Agora sua lembrança do encontro no domingo o atormenta e ameaça sua concentração. Sua mente está agitada e ele já teme que o dia de trabalho seja um fracasso.

O dia já está pela metade e ele ainda não escreveu uma linha sequer em sua nova pesquisa. Ao que parece, a outra metade do dia será consumida pelas dúvidas quanto ao que aconteceu no domingo. O Prof. Braunfels não sabe a quem deve se dirigir para falar de um caso como esse. Ele leu e releu o capítulo do livro de Manfred Herbst sobre as aparições dos mortos insepultos no Império Bizantino. Se o Prof. Braunfels tivesse alguma dúvida a respeito da sua saúde mental, ele iria consultar um médico. Se ele fosse consultar um médico e lhe contasse o que viu, o médico lhe receitaria algum remédio do catálogo de remédios de tarja preta que são vendidos nas farmácias. Se ele fosse consultar algum dos feiticeiros que, por meio de anúncios pendurados nas árvores e nos postes do Jardim Paulistano, anunciam passes e amarrações, seu caso seria tratado com naturalidade porque pessoas assim estão acostumadas a lidar com fantasmas e com aparições. Se ele fosse à casa de umbanda que há no Largo de Pinheiros, junto à igreja, sairia de lá carregando uma cuia de barro, velas vermelhas, cachaça, um charuto e talvez uma galinha preta degolada. Se ele fosse à polícia, teria que prestar depoimento diante de um escrivão que usa uma camisa feita de tecido sintético, numa sala com ar-condicionado gelado, ou, talvez, numa sala cheia de moscas – o Prof. Braunfels não sabe qual dessas alternativas lhe provoca maior ojeriza. Se ele falasse a respeito do que viu com algum dos seus colegas, a fama de louca, que acompanhava a Profa. Tamar Peled pelos corredores e que, havia dois dias, desde que todos receberam a notícia da sua morte, se encontra em estado de vacância, imediatamente passaria a acompanhar o Prof. Braunfels e talvez não se descolasse mais dele. Uma vez que, dentre essas várias alternativas, não há nenhuma que pareça conveniente ao Prof. Braunfels, ele tenta conduzir sua mente de volta para seu trabalho, em conformidade com o ditado que diz que não é preciso compreender o mundo, é preciso, apenas, encontrar seu lugar no mundo.

Sobre o seu lugar no mundo, o Prof. Braunfels não tem dúvidas. Ele é um historiador da Antiguidade e seu assunto é a vida cotidiana dos escravos na Palestina sob domínio romano. Ao voltar para seu lugar, ele se tranquiliza. Ele abre o livro de Flavius Josephus e sente como se isso fosse uma volta ao lar. Ainda que tenha certeza a respeito do seu lugar no mundo, o Prof. Braunfels está muito assustado e não consegue se acalmar. Ele sente que está diante de alguma coisa inominável: ou algum tipo de doença, ou algum tipo de demônio. Ele conhece seu lugar no mundo, mas sente que não entende mais o que se passa nesse mundo. Seu coração está acelerado de uma maneira que ele não conhece.

Num momento assim, ele se arrepende de ter vindo para o Brasil porque as bases sobre as quais se assenta sua visão de mundo parecem ter se dissolvido. O Prof. Braunfels nunca presenciou um naufrágio porque ele nunca viajou de navio. Ainda assim, se alguém lhe perguntasse como ele se sente, ele diria que se sente num naufrágio. Vivendo há dezenove anos longe de seu país, o Prof. Braunfels empenhou-se em construir para si mesmo um mundo particular num país estrangeiro. Agora, ele sente que esse mundo está se dissolvendo. Ainda hoje de manhã havia ordem no mundo. Cada coisa estando em seu lugar, o Prof. Braunfels sentia o prazer que deriva da normalidade e da ausência de sobressaltos. Agora, seu coração está acelerado e sua respiração está curta.

O trabalho é, para o Prof. Braunfels, um refúgio e uma fortaleza. O mundo à sua volta estando em desordem, dentro das fronteiras do território consagrado ao seu trabalho há ordem. O Prof. Braunfels se lembra sempre do exemplo de Manfred Herbst. A desordem do mundo no qual vivia Manfred Herbst não pode ser comparada à desordem do mundo no qual vive o Prof. Braunfels. O que se passava na Alemanha de então e o que se passava na Palestina britânica de então não pode ser comparado a nada do que se passa no mundo de hoje. Ainda assim, o Prof. Braunfels se sente como um náufrago. Ele se senta na biblioteca da faculdade e abre os volumes de Flavius Josephus e investiga as ocorrências das palavras gregas que interessam à sua pesquisa, com a ajuda da concordância de Karl Heinrich Rengstorf.

Ele pensa no destino apavorante dos homens livres da Judeia que, tendo sido subjugados pelos romanos, foram mortos ou foram escravizados. Diante da história dos sofrimentos desses milhares, que é narrada em *De bello judaicum*, as preocupações, os temores e as ansiedades do Prof. Braunfels são nada ou são menos do que nada. Ao se comparar com esses personagens saídos dos livros, o Prof. Braunfels considera que suas aflições são um pouco ridículas. Ainda assim, ele vive sua vida e não a vida daqueles cujas vidas e mortes são narradas nos livros que ele investiga. Não há, aparentemente, ninguém que o escravize, mas ele tenta se concentrar no seu trabalho e, em vez disso, seu pensamento se volta para o caso escabroso da Profa. Tamar Peled.

Deixando os livros de lado, o Prof. Braunfels desce para o café do prédio de História e Geografia para sorver chá preto. Ele acredita que o chá preto o ajuda a se concentrar no seu trabalho e, no entanto, depois de tomar uma xícara, ele se sente ainda mais disperso e ainda mais ansioso. O Prof. Braunfels não costuma se deixar levar por estados de espírito confusos. Ele vai atrás dos seus pensamentos e se esforça em trazê-los de volta para o lugar onde eles devem estar. O lugar onde devem estar os pensamentos do Prof. Braunfels é o trabalho do Prof. Braunfels. O chá preto não o ajuda a trazê-los de volta para esse lugar. O medo é como uma ventania e os pensamentos são como as folhas secas que, com a chegada do outono, caíram dos plátanos.

A ventania sopra as folhas que já estão no chão para longe e logo arranca mais folhas secas das árvores. Logo, não haverá mais nenhuma folha. Os galhos secos dos plátanos se erguem para o céu como os de uma árvore morta. Assim é o outono, e o inverno raramente é melhor do que isso.

O Prof. Braunfels vê a tarde que é esfolada pela ventania e vê seus pensamentos que voam para longe. Ele tenta trazê-los de volta, mas o vento está forte demais. Isso já é quase um vendaval. Ele se levanta da mesa do café da faculdade e desce os degraus que há no gramado em torno do prédio de História e Geografia em direção à Avenida Luciano Gualberto.

Do outro lado da avenida, as obras do prédio da Biblioteca Brasiliana, que um dia abrigará a coleção do bibliófilo José Mindlin, avançam.

Nos livros da coleção de José Mindlin está o ex-líbris com uma citação de Michel de Montaigne, que diz: "*Je ne fais rien sans gayeté*", "nada faço sem alegria". O Prof. Braunfels pensa com simpatia nesse ex-líbris, que convém a um bibliófilo amador. Já o ex-líbris de Manfred Herbst, com a gravura de um plátano que perde as folhas, e com os dizeres "*Vita fugit, opera manent*", convém a um estudioso sério. É nesse exemplo que se mira o Prof. Braunfels. O terreno onde está sendo construída a Biblioteca Brasiliana, que abrigará o acervo de José Mindlin, está cercado por tapumes. Ainda assim, uma imensa estrutura de concreto supera em muito a altura dessa cerca, que não é capaz de tapá-la.

O Prof. Braunfels caminha pela calçada e não há nada que o proteja e ninguém parece lhe dar atenção. Ele luta para tirar seu livro da obscuridade, mas é desviado de seu propósito pela ventania. Para tirar seu livro da obscuridade, primeiro o Prof. Braunfels precisa escrevê-lo. Para poder escrevê-lo, primeiro ele precisa terminar de consultar suas fontes e precisa terminar de preencher suas fichas. Em vez de fazer o que precisa ser feito, o Prof. Braunfels caminha pela Avenida Professor Luciano Gualberto. Ele contempla as árvores antigas que há ali e o vento que carrega as folhas secas. Segundo D. Estelita Figueiredo, às quatro horas da tarde de hoje o corpo da Profa. Tamar Peled será cremado no Crematório Vila Alpina. São três horas.

Ocorre ao Prof. Braunfels que a Vila Alpina recebeu esse nome por causa de uma suposta semelhança com os Alpes. O nome Vila Alpina evoca em sua mente a imagem de um bairro devastado, calorento e desagradável, onde não há mais árvores, mas onde há um grande crematório. Essa não é uma imagem que o Prof. Braunfels associa aos Alpes.

No Império Bizantino não era costume cremar os mortos, e sim enterrá-los. O Prof. Braunfels pergunta a si mesmo se, de acordo com as crenças do Império Bizantino, estudadas por Manfred Herbst no seu livro sobre os costumes funerários, os corpos daqueles que foram cremados são considerados sepultos ou insepultos. Se são considerados sepultos, o Prof. Braunfels não tem nenhum motivo para se preocupar. Se são considerados insepultos, e se o que ele viu no domingo no restaurante vegetariano Goa foi uma aparição, ele tem motivos para se preocupar. Talvez as cinzas que restem depois de concluída a cremação sejam enterradas e, nesse caso, o Prof. Braunfels não terá motivos para se preocupar e talvez essas cinzas sejam lançadas ao vento, espalhando-se pela atmosfera. Se esse for o caso, pensa o Prof. Braunfels que ele tem motivos para se preocupar. Isso, porém, só se for verdade que o que ele viu no domingo realmente era uma aparição.

O Prof. Braunfels se assusta com seus próprios pensamentos. Ele nunca acreditou em aparições e nunca acreditou em despachos de macumba, mas o que ele viu no domingo o leva a pensar em coisas que lhe pareciam impossíveis. Ele se vê caminhando pela Avenida Prof. Luciano Gualberto e se vê fazendo a si mesmo perguntas impossíveis. Esses pensamentos sobre o impensável, que começaram como uma brincadeira e como uma diversão do pensamento, parecem enraizar-se. O Prof. Braunfels gostaria de se desvencilhar deles.

Enquanto anda pela Avenida Prof. Luciano Gualberto, ele observa as tipuanas. Os troncos das tipuanas estão cheios de erva-de-passarinho. A erva-de-passarinho é um parasita e os pensamentos do Prof. Braunfels também lhe parecem parasitas. O Prof. Braunfels gostaria de esquecê-los, mas não consegue. Em vez de o Prof. Braunfels dirigir seu pensamento, agora é seu pensamento que o dirige.

Ele se entrega ao seu pensamento e se pergunta: se as cinzas da Profa. Tamar Peled foram lançadas ao vento, isso significa que suas aparições poderão se multiplicar por todos os lugares aos quais essas cinzas foram levadas?

O Prof. Braunfels acha graça nesse pensamento e acha graça na ideia da multiplicação daquelas imagens fantasmagóricas.

Onde começa um pensamento assim? Onde começam os pensamentos?

Onde terminam?

XLII

Chega a noite e o Prof. Braunfels ainda está andando pelo *campus* da Universidade de São Paulo. A esta época do ano, a noite começa cedo. Estamos no início do mês de julho e, às cinco e meia da tarde, é noite fechada. O Prof. Braunfels deu uma volta pelo bosque que há atrás do prédio de Física e agora ele está outra vez na Avenida Prof. Luciano Gualberto, à espera do ônibus que o levará ao Jardim Paulistano.

O Prof. Braunfels não está acostumado a passar a tarde flanando pela Cidade Universitária. Tendo andado por este lado e por aquele lado em vez de passar a tarde inteira na biblioteca, ele sente, porém, que descansou. Ainda assim, há uma porta que se abriu e o Prof. Braunfels não sabe como fechá-la. Por meio do esforço, uma pessoa pode se lembrar de alguma coisa do passado. Porém, por mais que se esforce, uma pessoa não pode decidir esquecer uma coisa da qual se lembra. Ainda assim, as pessoas se esquecem da maior parte das coisas que lhes aconteceram. Quem decide o que será lembrado e quem decide o que será esquecido? Quais são as razões que governam a lembrança e quais as que governam o esquecimento? Esquecer significa perder. Empreender é o contrário de perder.

O que é esquecido caiu para fora. A memória é como uma dança das cadeiras: enquanto a música toca, as lembranças vão andando, mas há sempre uma cadeira a menos. A música para e para cada lembrança há uma cadeira. Menos para uma delas. A lembrança que ficou sem cadeira caiu para fora do jogo. Para tentar se acalmar, quando chega à sua casa o Prof. Braunfels liga o aparelho de som da sua sala e se abaixa para escolher um CD. Ele se lembra de uma ária da ópera *Dido e Eneias*, de Henry Purcell, cuja letra diz: "Music for a while shall all your cares beguile". A música ajuda a lembrar o que está longe e ajuda a esquecer o que está perto.

Ele escolhe um CD de Purcell que traz as *Fantazias*, numa interpretação do grupo London Baroque. Na capa do CD está impresso o *Páris*, de Van Dyck. Páris e Helena. Dido e Eneias. Tamar e Amnon. O Prof. Braunfels se lembra da época em que fazia peregrinações pelas lojas de CDs durante suas viagens à Alemanha. As capas dos álbuns inflamavam sua imaginação com as promessas da música divina. Ele manuseava aqueles álbuns nas estantes das lojas e fantasiava. Sentava-se nas cadeiras de escuta das lojas e o que ele ouvia superava sua fantasia. Agora ele olha para o retrato de Páris na caixa do CD e tenta se lembrar de onde e de quando comprou aquele CD do selo fonográfico Bis.

O Prof. Braunfels tenta se lembrar de onde adquiriu um disco e não consegue. Ele tenta se esquecer do que viu no domingo e do que ouviu hoje e também não consegue. Ele põe o CD no aparelho de som e se acomoda na poltrona. Na dança das cadeiras há sempre uma cadeira a menos, mas na sala do Prof. Braunfels há assentos de sobra. Quem está sentado entre duas cadeiras não está sentado e não está em pé. Por exemplo: os meio-escravos, a respeito de quem o Prof. Braunfels leu no Talmude, que não são escravos nem são homens livres. Por exemplo: os mortos sem sepultura, a respeito dos quais Manfred Herbst escreveu um capítulo em seu livro sobre os costumes funerários no Império Bizantino, que não são considerados vivos e não são considerados mortos. Por exemplo: o pai do Prof. Braunfels e o tio do Prof. Braunfels, que não eram considerados alemães nem eram considerados judeus e que, achando que fossem as duas coisas, não eram uma coisa nem eram a outra coisa.

O Prof. Braunfels está bem sentado em sua poltrona. Ele fecha os olhos e ouve uma das *Fantazias* de Purcell, e as imagens dos olhos da sua mente tomam o lugar das imagens dos olhos do seu corpo. Quando as imagens que os olhos enxergam coincidem com as imagens que agradam aos olhos da mente, uma pessoa se sente feliz. Quando não, não. Às vezes é preciso suportar visões que desagradam os olhos do corpo e desagradam os olhos da mente. Por exemplo: quando se vê uma aparição que não existe de uma pessoa de quem não se gosta. Por exemplo: quando se vê um porco degolado em meio ao passeio matinal de domingo. O Prof. Braunfels ouve uma das *Fantazias* de Purcell e o que ele ouve agrada aos seus ouvidos. Através dos ouvidos do corpo, a música entra em sua mente.

No mundo barroco existem só formas graciosas, ponto e contraponto, o formalismo inabalável dos rituais estabelecidos e sacramentados por meio dos quais uma ordem perfeita e tão inabalável quanto a natureza se estende sobre todos os âmbitos da existência humana. As contradições se acomodam e se equilibram. Os conflitos e os dramas se dissolvem em seus opostos. A crença na transcendência, a consciência da efemeridade da vida, a convicção de que a trajetória terrena não é senão um prelúdio da vida eterna, contrapõem-se ao gosto pela sensualidade, pelas honras, pelo brilho, pelas pompas, pelo rebuscamento, pelas riquezas. Uma visão de mundo teológico-filosófica, que parece justificar uma vida voltada para o ascetismo, convive com uma mitologia da vida cotidiana em que o rito e a celebração são também entendidos como maneiras de se conjurar aquelas forças simbólicas que determinam os rumos do drama cósmico, como um grande teatro em que os espetáculos do brilho se revezam e se disputam. O caráter teatral de um mundo assim apazigua a alma de quem vive nele porque quem vive num mundo assim vive dentro de uma ordem. O Prof. Braunfels ouve a música desse mundo e imediatamente sua serenidade se restabelece. A música entra pelos ouvidos do seu corpo, mas ele sente que a origem dessa música não está neste mundo.

O Prof. Braunfels é um historiador e ele está acostumado a passar de um mundo a outro mundo. Ele não acredita em reencarnação, mas às vezes lhe parece que ele já viveu num lugar onde tudo se dobrava ao domínio de uma ordem superior. Ao pensar no mundo antigo e ao pensar no mundo barroco, o Prof. Braunfels encontra outros lares, distantes do mundo contemporâneo, da Alemanha tanto quanto do Brasil. As *Fantazias* o envolvem e o Prof. Braunfels se esquece de tudo o que o inquietava ainda agora. Um homem vive e vários mundos se abrem para ele. Não é preciso

compreender todos esses mundos. É preciso, só, encontrar o seu lugar no mundo.
O Prof. Braunfels está confortavelmente sentado numa das poltronas que há na sua sala. Por enquanto, ninguém o incomoda ali. Ninguém vem buscá-lo no meio da noite e ninguém mata uma galinha ou um leitão na esquina da Rua Manduri com a Rua Ibiapinópolis para lhe causar mal. Nenhuma visão assustadora, por enquanto, o perturba no interior da sua casa e a equanimidade prevalece, na sua alma assim como na música de Purcell. Sua respiração se acalma.
O Prof. Braunfels é um estrangeiro sobre a terra. Ele é um hóspede sobre a terra, mas, por enquanto, sente-se em casa ali. Ele não gostaria de ter que se mover dali nem de ter que sair andando para se sentar só quando a música parasse, para talvez não encontrar mais nenhuma cadeira e então cair fora do jogo. Ele gostaria que, quando não estivesse mais ali, seu livro fosse lembrado por outros historiadores da Antiguidade, assim como o livro de Manfred Herbst é lembrado.
Ele pensa na construção do prédio da Biblioteca Brasiliana, que ainda agora avistou na Cidade Universitária, surgindo por sobre os tapumes, e se lembra do adágio de Michel de Montaigne que diz: *"Je ne fay rien sans gayeté"*.
O Prof. Braunfels olha para sua vida e não lhe parecem faltar pequenas alegrias. Por exemplo, a alegria de ouvir as *Fantazias* de Purcell.
Ainda que, ao fundo, a cada tanto, o rugido que os aviões a caminho do aeroporto de Congonhas despejam sobre o Jardim Paulistano resvale na música, ele não a leva para muito longe dali, como a ventania que arrasta as folhas secas das árvores.